버큰헤드호 **침몰사건**

버큰헤드호 **침몰사건**

발행일   2017년 1월 6일

지은이   A. C. 애디슨 & W. H. 매슈스 공저
옮긴이   배 충 효
펴낸이   손 형 국
펴낸곳   (주)북랩
편집인   선일영   편집   이종무, 권유선
디자인   이현수, 이정아, 김민하, 한수희   제작   박기성, 황동현, 구성우
마케팅   김회란, 박진관
출판등록   2004. 12. 1(제2012-000051호)
주소   서울시 금천구 가산디지털 1로 168, 우림라이온스밸리 B동 B113, 114호
홈페이지   www.book.co.kr
전화번호   (02)2026-5777   팩스   (02)2026-5747

ISBN   979-11-5987-369-0 03840(종이책)   979-11-5987-370-6 05840(전자책)

이 도서의 국립중앙도서관 출판예정도서목록(CIP)은 서지정보유통지원시스템 홈페이지(http://seoji.
nl.go.kr)와 국가자료공동목록시스템(http://www.nl.go.kr/kolisnet)에서 이용하실 수 있습니다.
(CIP제어번호 : CIP2017000245)

(주)북랩 성공출판의 파트너

북랩 홈페이지와 패밀리 사이트에서 다양한 출판 솔루션을 만나 보세요!
홈페이지 book.co.kr   1인출판 플랫폼 해피소드 happisode.com
블로그 blog.naver.com/essaybook   원고모집 book@book.co.kr

허친슨(HUTCHINSON & CO.) 출판사
런던 패터노스터 로(Paternoster Row), 1906년

버큰헤드호 침몰사건

A. C. 애디슨 & W. H. 매슈스 공저 | 배충효 옮김

the wreck of the birkenhead

북랩 book Lab

"미래에 데인저 곶 부근에서 장렬하게 산화한 버큰헤드호 병사들을 주제로 삼는 작가가 나타나는 모습을 그려본다. 불가항력으로 좌초한 버큰헤드호가 끝내 침몰할 때, 의지와 용기와 인내로 똘똘 뭉쳐 끝까지 제 소임을 다한 병사들이여."

— 윌리엄 메이크피스 새커리(1811~1863, 영국 소설가), 1852년 5월

헌사 :
버큰헤드호를 기리는 시(詩)

선측으로 지는 해 시시각각 떨어지고
평온한 정적 속에 심해가 요동치니
함락된 마을에서 들려오는 절규인가
여인들 비명소리 높아가네

강철 같던 버큰헤드 순식간에 좌초하고
감추어진 암초 위에 속절없이 걸려드니
치명적인 그 충격은 선체를 파고들고
우르르 늑재는 굉렬하네

돌진이 웬 말인가 눈앞에 위험 오니
야비한 겁쟁이들 하나같이 도망치듯
판자들은 이리저리 사방팔방 흩어지니
용골 바닥 아래부터 이탈하네
바다는 바람 한 점 없어 잠잠하고

푸릇푸릇 반투명한 유리 같은 바닷속에
험상궂은 물고기들 우리들 피 달라 하고
느릿느릿 지나가고 지나가네

물너울과 큰 물고기 먹잇감을 기다리니
푸른 바다 히쭉 웃고 깊은 잠에 빠져 있듯
청청한 바닷속에 검은 형체 숨죽이니
심해만큼 조용하기 그지없네

순식간에 침몰하여 서약하고 기도할 때
응답하길 기대 않고 희미하게 소리치니
우리 대령 명령 따라 갑판 위 올라가서
우리는 죽기 전에 도열하네

여름꽃이 부러울까 하늘 아래 푸른 바다
함치르르 빛이 나도 죽기가 어려우랴
구명정을 붙들어라! 어떤 이가 소리치나
천만다행 우리 장교 아니어라

영국인들 진실하여 노 젓기를 거부하고
비열하다 그 목소리 우리는 귀를 닫네
육지에서 바다에서 우리의 지휘관들
한 줌의 오명 없이 지키리라

영국 사람 우리더러 비겁자라 말 안 하리
치욕스런 목숨 부지 그 얼마나 수치인가
제 몸뚱이 아끼려는 탈영병에 비할쏜가
약자들을 어찌하여 짓밟으리

여인부터 아이부터 탈출 먼저 시켜보니
노는 쉼 없이 오가기를 반복하고
선체는 시시각각 아래로 침몰해도
병사들은 한 치의 미동 없네

이다음 생각하여 무엇하리 주저 없이
장렬하게 죽어가니 푸른 바다 피투성이
저 자주색 바다 아래 수장된 이들같이
모두 모두 깊이깊이 잠이 드네

용사들도 잠들었네! 생 무덤이 내 집이나
별과 같은 상처들을 훈장 삼아 부활하니
하느님이 곁에 있고, 약자 위해 피 흘리니
그 노력이 헛수고가 아니었네

그 날의 헌신으로 찬사 훈장 없다 해도
자랑스런 가슴마다 청동 십자 못 달아도
탑 공원에 우레 같은 대포 소리 안 들려도
우리 심정 변함없이 이와 같네

하느님의 은총으로 목숨 건진 이들이나
만(灣)에서 순교하여 목숨 잃은 이들이나
포위 작전 고사하고 전투 한 번 없었으나
흡족하게 뿌린 만큼 거두었네.

- 프랜시스 헤이스팅스 도일 경(1810~1888)

잊을 수 없는 버큰헤드호 침몰사건

영국 군함 버큰헤드호 침몰 50주기를 맞는 해인 1902년 말에 출간된 『버큰헤드호 이야기(The Story of the Birkenhead)』는 앞으로도 절대 사라지지 않을 당시의 기억과 정신을 기리고자 하는 전 세계 국민들의 따뜻한 환대를 받았다. 그 책이 유통된 덕분에 자연스럽게 그토록 매력적인 주제와 관련한 추가적인 사실들이 발견되었고, 세계적인 관심을 받았다. 그 이후 우리는 새로운 정보나 단서를 입수할 때마다 엄밀히 조사하고 면밀히 검토했다. 무려 2년이 넘는 고된 과정이었다. 이를 위해 실로 방대한 양의 서신을 교환했는데, 영국 전역은 물론이고 케이프와 남아프리카 방방곡곡에 있는 관련자들과 서신을 주고받았다.

버큰헤드호와 관련한 육군 자료뿐만 아니라 가치 있는 해군 측 자료도 초기부터 수집했다. 또한, 고인이 된 버큰헤드호 해군 생존자의 아들이자 해양 분야를 평생 연구한 W. H. 매슈스(W. H. Matthews)가 첫 책의 저자와 합심해 지속적으로 이 주제를 연구하고 몰입한 덕분에 흡족할 만한 결과를 도출할 수 있었다. 여러 방면에서 새로운 사실들을 발견했고, 과거에는 전혀 생각지 못했던 방면으로도 연구를 진행할 수 있었다. 우리가 느낀 바로는 버큰헤드호와 그 영웅들과 관련한 사실들을 마침내 이 책에서 철저하게 빠짐없이 검토했고, 모든 교훈 혹은 본받을 점을 언급했다고 해도 과언이 아닐 듯싶다. 어쨌든 우리는 원하는 목적을 이루기 위해 전력을 다했고, 그 결과 성공을 거두었다고 굳게 믿는다.

전작의 내용을 통합하고 수없이 수정한 이번 개정판은 그 내용과 형식이 전작에 비해 크게 개선되었다. 개정판에서는 버큰헤드호 이야기의 주요 상황을 쓸데없이 반복하는 것을 피하고, 가급적 사건이 일어난 순서대로 기술하려고 노력했다. 당연한 일이겠지만, 버큰헤드호 생존자들의 개인적인 경험담은 손대지 않고 그대로 실었다. 사실 버큰헤드호 침몰 사고의 온전한 그림을 그리려면 생존자들의 증언이 필수적이다. 그런 극한 상황에서는 누구나 다른 사람이 보지 못한 상황을 목격할 수 있고, 서로 다른 관점을 제공해 우리가 사건의 공통점을 추측할 수도 있기 때문이다. 이 책에는 생존자들이 경험한 탈출과 시련, 고통의 시간들이 최대한 각자의 언어로 기술되었다. 따라서 중요한 의미가 있는 버큰헤드호 생존자들의 진술은 난파선 역사상 그 유례가 없을 정도로 더할 나위 없이 흥미진진하고 생생한 정보를 전하고 있다.

남아프리카 그 자체에 관한 내용도 깊이 있고 연민을 자아내며, 덧붙여 비극적인 버큰헤드호 이야기는 매우 흥미롭다. 이 책은 버큰헤드호 사건과 관련해 대단히 중요한 자료들을 기꺼이 우리에게 친절하게 제공해 준, 작고한 라이트 대령의 유언 집행자이자 후일

랭커스터 공작령(公爵領) 부대법관에 오른 옥타비우스 리-클레어와 버큰헤드호 승선 군인들의 지휘관이자 크게 헌신한 세튼 대령의 조카 A. D. 세튼 소령에게 힘입은 바가 크다. 그 밖에도 버큰헤드호 생존자들과 그 친척들, 육군성, 해군성, 첼시 병원 연금 위원회, 왕립합동군사연구소(RUSI) 자문위원회, 대영박물관과 사우스켄싱턴 박물관 직원들, 값진 도움을 제공해 준 저자와 독자들에게 감사를 표한다.

이 책에서는 버큰헤드호 사고를 기리기 위해 버큰헤드호와 크든 적든 관련이 있고 가장 근래에 활약한 영국 육군 총사령관 5명의 초상화를 특별히 실었고, 버큰헤드호에 관한 두 분의 서신도 함께 실었다. 먼저, 웰링턴 공작은 군인으로서 위대한 업적을 쌓은 후 말년에 버큰헤드호 생존자들과 깊은 인연을 맺은 인물로, 이 책에 사본으로 실은 것처럼 그의 거의 마지막 공무(公務)가 버큰헤드호의 유일한 생존 선임 장교의 공훈 연금을 승인하는 서류에 서명하는 일이었다. 그다음으로 총사령관을 역임한 하딘지(Hardinge) 자작은 버큰헤드호 추모 기념물을 세우려고 애를 썼던 윌리엄 네이피 경을 음으로 양으로 도왔다.

후임 총사령관 케임브리지 공작은 군 생활 초기 아일랜드에서 제12창기병연대의 실질적인 중령으로 복무했고, 버큰헤드호 생존 장교 중 1명으로 케임브리지 공작과 같은 연대 소속이었던 본드-셸턴 대위와 후일 개인적인 친분을 쌓았다. 또한, 총사령관으로 부임할 때에는 당시 육군의 병참 부장으로 복무하던 라이트 대령에게 크림반도를 오가며 영국군 병력을 수송하는 임무를 훌륭하게 지휘한 공로를 특별히 치하했다. 마지막으로 최근에 총사령관을 역임한 울슬리 경과 로버츠 백작은 버큰헤드호 침몰 50주기를 맞아 버큰헤드호 문제를 진심으로 다루었다.

버큰헤드호 희생자들을 기리는 인물들의 명단은 여기에 그치지 않고 계속 이어진다. 킹 에드워드 7세는 역사적으로 길이 남을 트라팔가르 해전 100주년 기념일인 1905년 10월 21일에 이 책의 출간을 기념해 특별히 자필 서명이 들어간 초상화를 제공했다. 여기에 영국군의 초대 감찰감을 역임한 코노트(Connaught) 공작도 동참했다. 코노트 공작이 명예 연대장으로 몸담고 있던 하이랜드 경보병대는 그 전신이 제74하이랜더스연대(현 하이랜드 경보병대 제2대대)로, 버큰헤드호의 세튼 대령이 이 연대에서 복무한 바 있다. 또한, 영국의 우방이자 동맹국을 자랑스럽게 자처하는 이탈리아와 포르투갈의 국왕들은 물론이고 버큰헤드호 승선 연대인 옥스퍼드셔 경보병대(전신은 제43연대)의 명예 연대장인 카를로스 국왕도 그 행렬에 동참했다. 앞서 호명한 영국 왕실의 저명인사들 외에 일왕과 영국 황태자도 버큰헤드호의 가치를 인정하면서 이 책의 초판에 초상화를 싣는 것을 기꺼이 수락했다. 독자들이 보고 있는 이 온전한 개정판을 영국 국민들, 특히 『버큰헤드호 침몰사건』 속에서 그 영광스러운 역사가 살아 숨 쉬는 영국 육군과 해군에게 헌정한다.

이 책을 집필하고 서문을 쓸 무렵, 우리는 놀랍고도 상당히 낭만적인 사실을 추가로 발견했다. 알고 보니 기쁜 인연으로 우리의 부친들은 버큰헤드호 침몰 당시 케이프에 정박하고 있었던 기함 카스토르호의 선상 동료였다. 카스토르호는 침몰 현장에서 많은 생존자를 구출해 실어 나른 선박이자 와이빌 준장이 자신의 사관실에서 그 참사에 대한 해군 보고서를 작성한 선박이기도 하다. 부친들께서는 1855년부터 1858년까지 3년간 카스토르호가 프리깃으로 활약하는 동안 선상에서 함께 복무했다.

과거에 영국 해군에서 복무했던 다니엘 애디슨(브릭스톤 힐 남서 런던 브릭스톤 힐)은 버큰헤드호 생존자이자 자신과 한때 같은 배에서 근무했던 W. H. 매슈스(후일에 해안경비대 수비대장 역임)를 또렷이 기억했다. 카스토르호 승선 시절 옛 동료와 그에 얽힌 많은 즐거운 추억들 덕분이었다. 물론 우리는 애디슨이 자신의 흥미로운 이력 중에서 초장기에 카스토르호에서 복무했다는 사실은 익히 알고 있었다. 하지만 그런 사실이 판명되기 전까지는 이 기간에 애디슨이 매슈스와 같은 프리깃을 타고 있었다고는 전혀 의심하지 못했다.

에디슨의 세 번째 선상 동료는 영국 브라이튼에서 아직까지 생존해 있던 윌리엄 그리프스(William Griffiths)로 밝혀졌다. 그 시절 모든 영국 군함에는 바이올린 연주자가 한 명씩 배치되어 있었는데, 그리프스는 카스토르호에서 그토록 행복한 일을 하다가 제대했다. 선상 근무를 하는 동안 실로 불운한 사건을 겪기도 했다. 아프리카 마다가스카르의 세인트오거스틴(St. Augustine)만으로 입항하기 위해 측연(測鉛)을 던져 수심을 재던 도중에 어느 하급 장교가 데리고 있던 애완용 원숭이 한 마리가 짓궂게 그를 지탱하던 밧줄을 풀어버렸고, 그 바람에 바닷속으로 곤두박질쳤다. 항해 속도가 빠른 프리깃은 곧 침로를 바꾸었고, 원숭이가 저지른 장난의 희생자가 된 그리프스는 상어가 우글거리는 바다에서 오랫동안 헤엄을 친 끝에 초주검이 되어서야 겨우 구조되었다. 그나마 뛰어난 수영 실력 덕분에 목숨을 건질 수 있었다. 정작 이런 소동을 일으킨 원숭이는 자기가 지지른 일의 심각성을 깨닫고 돛대 꼭대기로 알아서 피신한 뒤였다. 앞서 언급한 카스토르호 생존자들의 협조로 이 책에 기함 카스토르호가 담긴 멋진 그림을 실었다.

A. C. 애디슨 · W. H. 매슈스
1906년 3월

차 례

헌사 : 버큰헤드호를 기리는 시(詩) / 6

책머리에 : 잊을 수 없는 버큰헤드호 침몰사건 / 10

제1장 들어가며 / 21

영국인들의 가슴속에 남아 있는 버큰헤드호	/ 23
허구로 가득 찬 이야기	/ 29
알려지지 않은 버큰헤드호 사건	/ 34
'버큰헤드 정신'을 담은 영웅적 행위	/ 39

제2장 버큰헤드호가 침몰하다 / 43

버큰헤드호, 550명을 태우다	/ 45
엔진을 멈추고, 닻을 내려라	/ 50
'탈출을 시도한 병사가 3명도 채 되지 않았다'	/ 55
생존자는 193명이었다	/ 61
바닷물 속에서 38시간을 보내다	/ 66
장병들의 일관되고 기품 있는 태도	/ 72
최후의 작별 악수	/ 77

제3장 버큰헤드호는 왜, 어떻게 침몰했나? / 83

라이트 대위의 정식 보고서 / 85

와이빌 준장의 긴급 공문 / 91

토마스 램스든 선장의 전보 / 95

G. W. S. 하이어의 보고서 / 102

찰스 커 렌윅의 진술서 / 104

윌리엄 컬헤인의 보고서 / 107

B. H. 번스 함장의 보고서 / 110

라이트 대위의 두 번째 진술서 / 113

창기병연대 본드 소위의 진술서 / 117

어느 부사관의 진술서 / 122

군의관 컬헤인의 편지 / 126

해리 스미스의 진술서 / 131

제4장 버큰헤드호 용사들을 추모하다 / 135

가련한 희생자들이여! / 137

절체절명의 상황에서 완벽한 질서와 규율을 유지하다 / 143

진정한 영웅으로서 죽음을 맞다 / 149

인간의 진심이 잠에서 깨어나 외부로 드러나다 / 155

제5장 버큰헤드호의 역사 : 요람에서 무덤까지 / 159

버큰헤드호와 웨스트민스터 후작 부인 / 161

버큰헤드호의 마지막 항해 / 166

나침반의 문제 / 170

버큰헤드호에 얽힌 비밀이 바닷속에 수장되다 / 173

제6장 해군 생존자들의 군사 재판 / 177

첫 번째 공판이 열리다 / 179

두 번째 심리가 시작되다 / 182

무죄를 선고하다 / 186

**제7장 버큰헤드호의 지휘관 알렉산더 세튼의
재능과 용맹 / 191**

수리 과학 분야에서 두각을 나타내다 / 193

버큰헤드호에 탑승하다 / 196

월계관보다도 빛나는 진정한 영예를 얻다 / 201

진실로 정직하고 선한 인물 / 204

마지막 대화 / 209

속절없이 물속으로 빨려 들어가다 / 213

마지막 기록 / 217

제8장 생존자 루카스 소위의 생생한 증언 / 221

제9장 침몰 사고 후 50년이 지나다 / 235

마지막 생존자 / 237

생존자를 수소문하다 / 239

육군 원수 울슬리 경의 편지 / 243

총사령관 로버츠 경의 편지 / 247

모리스 장군의 편지 / 249

가장 화려한 승전보 / 252

사명감은 죽음보다 강하다 / 257

제10장 마리안 다킨 이야기 / 261

파킨슨 부인의 생애   / 263
마리안 다킨의 장례식   / 267
보이든 중사의 증언   / 271

제11장 그곳을 잊지 않기 위해 :
데인저 포인트에서 / 275

데인저 포인트 등대   / 277
버큰헤드호를 기억하다   / 281

제12장 어느 생존자의 비극적인 죽음 / 285

매클러스키 살해 사건   / 287
'폭행'과 '살해' 사이   / 291
왜 매클러스키를 죽였을까?   / 295
한 정신 이상자의 살해   / 299

부록 : 사망자와 생존자 명단 / 304

the wreck of the birkenhead

**일러
두기**

1. 총 24장으로 구성되어 있던 원문을, 버큰헤드호 침몰 사건과 관련한
   중요한 내용만 간추려 총 12장으로 재구성했다.

제1장

들어가며

the wreck of the birkenhead

영국인들의 가슴 속에 남아 있는
버큰헤드호

아무리 시간이 지났어도 버큰헤드호가 남긴 빛나는 기억은 전혀 퇴색되거나 다른 사건들에 가려져 그 빛을 잃지 않았다. 버큰헤드호 침몰 사고에 얽힌 감동적인 일화와 그 진정한 가치는 버큰헤드호 이야기가 세상에 처음 알려졌을 때와 마찬가지로 오늘날도 모든 영국인의 가슴속에 소중하게 남아 있다. 그 이유는 무엇일까? 버큰헤드호 침몰 사고가 단순히 대형 선박 사고라서 그렇지는 않았다. 불행한 일이지만 아직도 수백 건의 대형 선박 사고가 일어나고 있고, 그런 사고들로 우리는 늘 많은 인명을 잃는 비극을 경험해야만 했다(사고 당시의 환경과 사고 규모에 따라 그 숫자는 더 많아지기도 적어지기도 했지만 말이다). 버큰헤드호 침몰 사건이 승조원들의 고결하고 굳센 용기와 경탄할 만한 자기희생 정신을 보여준 사례라서 꼭 그런 것만도 아니었다. 운 좋게도 우리는 그런 감동적인 일화를 많이 알고 있다.

영국 군인과 선원들의 소명의식은 각별해서 다양한 형태로 그 용맹함과 대담성을 드러내고, 심지어 여타의 도덕적 가치들의 '수호자'

역할을 하는 불굴의 용기 또한 지녔다. 이런 가치들을 극명하게 보여주는 풍부한 사례가 우리 영국 역사에는 차고 넘치지 않는가? 버큰헤드호 사건을 그런 고귀한 가치가 드러난 최고의 사례로 여길 필요는 없다. 그렇다면 버큰헤드호 사건의 가장 큰 가치를 어디에서 찾을 수 있을까? 버큰헤드호 사건은 절체절명의 순간에서도 승조원들의 영웅적인 행위와 위험 앞에서 규율을 유감없이 보여준 전례 없는 사건이었다. 군인 수송함에 타고 있던 수백 명의 군인과 선원, 장교와 병사는 선박 침몰 당시 하나밖에 없던 구명정에 여성과 어린이를 먼저 태우고 약자들을 위험에 빠뜨리는 대신 스스로 확실하고 충격적인 죽음을 택했다. 그들의 행위가 왜 그토록 영웅적이었는지를 보여주는 대목이다.

그런 행동을 가능하게 했던 규율은 실로 경탄할 만했다. 침몰하던 군인 수송함에 타고 있던 병사들은 대부분 남아프리카 국경 지역의 병력을 증강하려고 갓 선발된 젊디젊은 신병에 불과했기 때문이다. 버큰헤드호 승조원들의 이런 영웅적인 행위에 전 세계 사람들이 존경 어린 찬사를 보내고 그 메아리가 전 세계 방방곡곡으로 퍼지는 것은 어쩌면 당연한 일인지 모른다. 그들은 마땅히 그런 찬사를 받을 만하다. 자고로 용감한 사람은 위험이 닥쳤을 때 그것을 기이할 정도로 잘 견뎌내고 용맹을 통해 그 정신을 드러낸다. 용감한 사람이 싸움이 가장 격렬할 때 뛰어드는 것처럼, 전쟁터에서 빛나는 용맹을 뽐내는 용감무쌍한 병사는 끔찍하게 위험한 상황 속에서 쏜살같이 덤벼든다.

한편 소극적인 용기를 뜻하는 의연함은 그 모든 위험을 꿋꿋하게 견뎌내고 앞으로 벌어질 일들을 담담하게 받아들이는 태도다. 하지만 제아무리 이런 가치들이 훌륭하다고 하더라도 스스로 빛을 발하는 영웅적 행위가 있어야 그런 가치들은 비로소 완성된다. 영웅적 행위는 가치 중의 가치, 가치의 최고봉이다. 버큰헤드호 승조원들이 명백하게 보여준 것처럼 영웅적 행위에는 변함없고 확고하며, 흔들림 없고 한결같은 규율이 작용하였다. 그 속에서 우리는 '영웅적 행위의 향기'를 아직 은은하게 맡고 있으며, 미래 세대들 역시 변함없이 그 아름다운 향기를 기억하게 될 것이다. 그들의 숭고한 행위에 영국 시인 스윈번(Swinburne)이 달링(Grace Darling, 1838년 등대지기인 아버지와 함께 난파한 선원을 용감히 구조한 여성으로 영국의 국민적 영웅—옮긴이)을 떠올리며 쓴 황홀한 시구를 적용해 보면 묘하게 딱 맞아 떨어지는 기분을 느낄 수 있다.

> 별과 달과 태양이 끝도 없이 뜨고 지고, 차고 기울고 나서야
> 하염없이 내리던 눈발 그제야 그치네.
> 세상에 빛이 사라지고 나서야, 한순간 죽음으로 하늘이 가려지고 나서야
> 늘 불멸의 행위를 기다려 온 그 불멸의 사랑 그 명을 다하리.

버큰헤드호에 국민들이 한결같은 애정을 보내고 그 사건을 마음속에 간직하는 것은 별로 놀랄 일이 아니다. 버큰헤드호 사고는 변치 않는 기억이다. 그리고 본질적으로 실제 일어난 사건 그 자체보다 강렬하다. 쉽게 흐릿해지지 않고, 역사적으로도 더욱 명징하며, 실제 사건보다 실제 같다. 버큰헤드호와 관련해서 지금까지 흥미롭

지만, 허구에 불과한 내용과 무성한 뒷이야기들을 살펴보면 아연실색하지 않을 수 없다. 버큰헤드호 사건이 일어나고 한참이 지나서인 1903년의 일이었다. 한 양식 있는 철학자는 버큰헤드호 관련 일화 전부를 통째로 잘못 해석한 나머지 우리 영웅들이 영국 국가인 '여왕 폐하 만세'를 부르면서 죽음을 맞이한 것이 아니라 작별의 의미로 소총 일제사격을 한 뒤 구명보트를 향해 거수경례를 한 채 세상을 떠났다고 기록했다.

이처럼 과장된 해석이 쏟아지기 얼마 전에 〈윈저매거진(Windsor Magazine)〉은 버큰헤드호에 대한 기사를 주저 없이 한껏 시적으로 표현했다. 〈윈저매거진〉은 그 불운한 선박이 '침몰'하는 와중에도 '장교와 병사 가릴 것 없이 모든 승조원은 기립한 채로 거수경례를 했다'라고 주장했다. 버큰헤드호 사건에 대한 이런 과장된 주장은 〈윈저매거진〉이 실은 또 다른 기사에 비하면 새 발의 피에 불과했다. 이 잡지는 한 소년 영웅에 관한 감동적인 이야기를 실었는데, 그 소년은 '갓 학교를 졸업한 17살짜리 청년에 불과했지만, 현재는 하이랜드 경보병연대가 된, 제74하이랜더연대의 장교였다'. 젊은 청년 러셀(Russell)을 설명한 기사는 다음과 같았다.

러셀은 상관의 명령을 받고 여성과 어린이를 태운 구명보트에 투입되었다. 그 배를 지휘하기 위해서였다. 러셀은 흐릿한 눈으로 선미에 앉았다. 멀지 않은 곳에서 버큰헤드호가 그 운명을 다 하고 있었고, 자기가 금쪽같이 여기던 전우와 동료들이 꼿꼿이 서 있는 모습을 지켜보았다. 배는 용감한 용사 수백 명과 함께 곧 바닷속으로 침몰했다. 러셀은 심해(深海)의 먹잇감이 되어 두려움에 몸부림치는 조난자들의 모습을 지켜보았고, 상어 떼의 공격에 몸이 갈기갈기 찢기며 울부짖는 그들의 절규를 들었다.

이처럼 극심한 고통을 겪는 와중에 이 젊은 청년의 영웅적인 행위가 일어날 상황이 벌어진다.

그런 뒤, 자기가 판단하기에 모두가 안전하고 자기에게 (영광스럽게도) 생명과 야망, 영광이 주어졌다고 판단한 순간 러셀은 구명보트 근처에서 선원처럼 보이는 형체가 떠오르는 모습을 발견했다. 그는 있는 힘을 다해 손을 뻗어 그 옆구리를 움켜잡았다. 구명보트에는 한 명만 더 실어도 배가 뒤집힐 게 뻔해 보일 정도로 한 치의 공간도 없었다. 나중에 알고 보니 이 선원에게는 먹이고 보살펴야 할 부양가족이 딸려 있었다.

여기까지 읽은 독자라면 이야기에 한껏 심취되어 절정 부분까지 읽고 싶은 마음이 들 것이다. 아마도 앞으로 왠지 불길한 일이 벌어질 것 같은 예감에 잠시 멈칫하겠지만, 마음을 굳게 먹고 이야기를 끝까지 읽어나갈 것이다. 사실 이 이야기의 결말은 예상보다 훨씬 더 참혹하다.

알렉산더 쿠민 러셀(Alexander Cumine Russell)은 구명보트 뱃고물에서 일어섰다. 그러고는 뱃고물을 피해 용감하게 바다로 풍덩 뛰어들어 그 선원이 자기가 있던 위치에, 그것도 안전하게 탈 수 있도록 도왔다. 그런 후에 구명보트에 타고 있던 모든 사람이 이구동성으로 "신의 가호가 있기를!"을 외치는 가운데,

그 17세 청년에 불과했던 젊은 장교는 바닷속에서 팽그르르 돌며 죽음을 맞았다. 보트에 타고 있던 조난자들은 모두 두 눈을 감고 기도를 올렸다. 사람들이 다시 눈을 떴을 때, 그의 모습은 어디에서도 찾을 수 없었다.

이 얼마나 서정적인 풍경인가! 러셀에 관한 일화는 한 편의 예술 작품처럼 들릴지 몰라도, 그 밖의 다른 가치는 전무하다. 이유는 이 일화가 전혀 사실이 아니기 때문이다. 이 이야기는 진실에 근거한 내용이 단 하나도 없다. 간단히 말해서 러셀의 일화는 처음부터 끝까지 지어낸 이야기다. 하급 장교였던 러셀은 분명 영광스럽게 생을 마감했다. 러셀이 제 소임을 다하고 죽은 것은 사실이지만, 앞에서 묘사한 것과는 거리가 멀었다. 버큰헤드호 침몰 당시 러셀의 자기희생을 두고 그렇게까지 과장할 필요는 없다. 버큰헤드호 침몰 사고에 대한 다른 기사들과 마찬가지로, 러셀에 대한 일화 역시 크든 적든 왜곡되어 있다.

허구로 가득 찬
이야기

버큰헤드호 침몰 사고에 대한 일
화는 1905년 초에 버큰헤드호에 탑승했던 어느 군인의 전(前) 아내
의 사망 사건을 계기로 세상에 처음으로 알려졌다. 그 기록에 따르
면 '충돌이 있고 난 뒤 20분 후에 군인과 승조원을 합친 454명은 갑
판 위에서 정렬한 채 배와 함께 바닷속으로 가라앉았다'. 그리고 '그
들의 헌신 덕분에 여성과 어린이를 합쳐 184명(애초에 대략 166명이라고
인용했으나)이 목숨을 건졌고, 생존자들은 희생자들의 용기 있는 자기
희생을 기록으로 남겼다. 그들의 영웅적 행위는 루디야드 키플링
(Rudyard Kipling, 1865~1936)을 포함한 여러 시인에게 영감을 주었다.
오늘날 키플링은 '버큰헤드 정신'을 "상상할 수 없는 고통을 감내한
선택"이라고 힘주어 말한다.

버큰헤드호에서 벌어진 '사실들'에 비춰보더라도 군인들의 마지막
작전은 절대 쉽지 않은 선택이었다. 버큰헤드호 침몰 사건에 관해
생생하게 다룬 두 번째 기록은 1905년 8월호 영국 문예지 〈로열
매거진(The Royal Magazine)〉에 실렸다. 이 이야기는 버큰헤드호 침몰

사고에서 살아남은 귀중한 연로 생존자 중 한 사람인 제12연대 소속 윌리엄 스미스 상등병이 사고 당시 자신의 경험을 설명한 것으로 알려져 있다. 스미스 상등병은 늘 선실 아래의 사슬 펌프(chain pump) 근처에서 일했지만, 우연히 갑판 위에서 벌어진 상세한 정황을 묘사하게 되었다(*"나는 항상 갑판 아래에서 근무했다. 갑판 위에서 일어난 일에 대해서는 거의 아는 것이 없다"*).

스미스가 잡지 기사에서 가장 의아하게 생각한 대목은 자기가 당시 몇몇 장교가 여성과 어린이들이 구명보트로 탈출하도록 지휘했고, 심지어 친절하고 세심하게 탈출 사다리까지 제공했다고 진술했다는 내용이다. 그 이야기는 너무나 감동적이어서 내심 어리둥절하고 불편하기는 했지만 웃음을 지을 수밖에 없었다고 말했다. 이런 터무니없는 패러디를 루카스(Lucas) 함장이 읽었다면 그 역시 한바탕 웃었을 것이다. 자신이 묘사한 실제 상황과는 너무나 대조적이기 때문이다. 루카스 함장의 묘사에 따르면, 당시 남편과 떨어져 겁에 질린 여성들은 안간힘을 다해 탈출 사다리에 아등바등 매달렸다. 스미스 상등병이 '인생을 통틀어 최대의 악전고투를 벌인 그 20분 동안' 임무를 수행하고 갑판으로 뛰어 올라왔을 때, 그는 "배가 박살이 난 뒤 정신을 차려보니 나는 알몸인 채로 바다에 떠 있었다. 수영을 못했던 탓에 탈출하기 전에 미리 셔츠를 찢어 버렸던 탓이다"라고 언급했다.

〈로열 매거진〉에 기사를 쓴 사람은 상상력이 놀랍도록 풍부해서 바닷물에 빠져 목숨을 건지기 위해 사투를 벌이던 스미스 상등병의 모습까지 자세하게 묘사했다. 물 위에 뜬 돛대 목재에 매달려 있던 스미스 상등병은 거추장스럽고 무거운 군복 외투를 입고 있었고, 어깨끈 위에는 연대 번호가 또렷하게 새겨져 있었다! 하지만 이런 상세한 묘사는 외려 진실을 왜곡한다. 어떤 경우에도 버큰헤드 호 사건이 희화화되어서는 안 된다. 하지만 지금까지 여기저기에서 무의식적으로 사건을 희화화하는 시도가 있었다. 배에 '왕실 근위 해병대'가 승선하고 있었다는 소문은 이미 사람들의 입에 오르내린 바 있고, 그와 동시에 어느 용감한 생존 장교의 암울한 운명도 미리 점쳐졌다.

펌프에서 올라온 그는 1등 선실 바닥에서 어린이 두 명을 발견했다. 그리고 두 어린이를 구명보트 한 대에 옮겨 실었다. 그는 배와 함께 침몰했으나 헤엄을 쳐서 무사히 해안에 도착했고, 해변의 물가에서 자기가 구조해야 할 조난자들을 찾았다.

이것이 사실이라면, 본드 소위는 자기가 맡은 책임감만으로도 놀라움을 금치 못했을 것이다. 다행히 그는 전혀 그런 발견을 하지 못했다. 해변에는 조난한 순진한 어린이들은 한 명도 없었고 자신을 충실히 따르던 믿음직한 군마가 있었을 뿐이었다. 그 불쌍한 군마는 물속을 헤엄쳐 본드보다 먼저 해안에 도착해 있었던 것이다. 단지 말 한 마리만 눈에 띈다는 사실에 본드는 꽤 흡족해했다. 말 한 마리라도 살아남았다는 사실에 틀림없이 기뻐했을 것이다. 그런데 이때 영향력이 큰 언론사와 인쇄 실수, 그리고 마치 마법사의 요술과도 같은 각색이 더해지면, 말은 돌연 다른 존재로 변신하는 일이 벌어진다. 결국, 앞에 나온 이야기를 만족스럽게 설명하려면 그런 식으로 이해할 수밖에 없다.

사실은 왜곡할수록 실망감만 커질 뿐이다. 버큰헤드호 침몰 사고 후 오랜 시간이 지나서도 사라지지 않는 오류들이 분명히 존재한다. 이제는 그런 잘못된 인식들이 사라지기를 바란다. 그리고 꼼꼼히 연구해서 그런 오류들은 마땅히 바로잡아야 한다. 어느 누구도 그런 작업을 하지 않는다면 진실된 역사는 크게 왜곡되고, 상상력에 의지한 동화 같은 이야기만 후대에 전해지게 될 것이다. 버큰헤드호 이야기는 분명 사람들의 마음을 사로잡는 매력이 있다. 그렇지만 그 이야기가 허구로 가득 채워진 것도 아니다. 사건이 일어난 그 잊지 못할 2월의 새벽, 당시 갑판 위에서 벌어졌던 풍경 속에는 그 어떤 허식도 없었고, 그 어떤 무대 효과도 없었다. 갑작스러운 재난과 위험에 휩싸인 장병들이 차분하게 명령을 주고받고, 곧 닥쳐올 죽음을 예감하면서도 단호하게 자신들의 임무를 다했다는 사실 이외에는 그 어떤 극적인 광경도 펼쳐지지 않았다.

버큰헤드호 이야기의 마력은 다수의 영웅적 행동에서 찾을 수 있다. 누구나 공포에 벌벌 떨만한 상황 속에서도 그들은 완벽한 규율과 자제력을 유지했다. 그것도 경험 많은 병사가 그렇게 행동했던 것이 아니라 대부분 이제 갓 고향을 떠나온 입대한 지 얼마 안 된 젊은 병사들이 주인공이라는 것이다. 게다가 그들은 한 연대 소속으로 한솥밥을 먹던 지휘관의 지휘를 받았던 것이 아니라 각양각색의 서로 다른 연대에 소속되어 있었고, 생전 처음 보는 낯선 지휘관의 명령을 받으면서도 그런 일을 해냈다. 또한, 지금까지 살펴본 바와 같이, 버큰헤드호 침몰 당시 승선 장병들이 생존에 대한 엄청난 유·혹을 뿌리치고 여성과 어린이를 먼저 구해낼 수 있었던 것은 군인 정신이 살아 있었기 때문이다. 병사들이 그토록 자제력을 유지하고 기꺼이 자기를 희생했던 밑바탕에는 연대에 소속된 장교들의 역할이 크게 자리 잡고 있다.

장교들은 그처럼 칠흑같이 어둡고 참혹한 상황 속에서 말 그대로 빛나는 등불 같은 존재였다. 버큰헤드호 장교들은 병사들에게 지시를 내리고, 그들에게 용기와 힘을 북돋워 주었으며, 스스로 모범을 보임으로써 일반 사병들에게 자신감을 심어주었다. 버큰헤드호 승조원들은 혹독한 시련 속에서 규율이 무엇인지 유감없이 보여주었고, 시대를 초월해 모두에게 귀감이 될 만한 규율의 진정한 가치를 몸소 일깨워 주었다.

알려지지 않은
버큰헤드호 사건

프로이센 왕 역시 생각이 다르지
않았다. 무인(武人) 군주를 자처하던 프로이센 왕이었지만, 버큰헤드
호 장병들을 자신의 일사불란한 군사들조차 마음에 잘 새겼으면
하는 고결한 사례로 여겼다. 그는 죽음이 코앞에 닥쳤을 때도 제
임무를 훌륭히 해낸 이 용맹한 영국 군인들의 기록을 찾아오라고
지시를 한 뒤에 모든 병사 앞에서 낭독하도록 했다.

정작 영국에서는 버큰헤드호 희생자들을 그 정도로 영광스럽게
여기지 않았으나, 어느 국가라도 자랑스러워할 만한 그들의 희생정
신에 뒤늦게나마 경의를 표했다. 현재 첼시(Chelsea) 왕립병원 주랑(柱
廊)에는 역사에 길이 남을 버큰헤드호 침몰 사고 당시 고귀하게 목
숨을 잃은 장교와 하사관, 병사들을 기리는 기념비가 세워져 있다.
이 기념비는 빅토리아 여왕의 지시로 그곳에 세워졌는데, 추모비를
세우라고 지시한 여왕의 자애로운 마음 덕분에 추모비 건립은 전
국민의 지지를 받았다. 버큰헤드호 희생자들을 기리고 영국 최고
의 군사적 전통을 지키기 위해서 봉헌된 장소에 기념비를 세우는

것은 당연한 일이었지만, 여러 시인과 화가까지 앞다투어 추모 열기에 동참했다. 그 과정에서 때때로 분명한 역사적 사실이 왜곡되기도 했지만, 그들이 덕분에 대중적 성공을 얻은 것은 사실이었다.

프랜시스 헤이스팅스 도일(Francis Hastings Doyle) 경은 버큰헤드호 희생자들을 기리는 아름답지만, 상상에 의지한 시를 썼다. 이 책에는 버큰헤드호와 관련한 최고의 사진들이 사본으로 실려 있고, 버큰헤드호의 비극을 극명하게 보여주는 본드-셸턴(Bond-Shelton) 대위의 진실한 증언이 들어 있다. 셸턴 대위는 실제로 절체절명의 순간을 지켜본 인물로 침몰 당시의 생생한 기억을 묘사했다.

사람들이 지금까지 버큰헤드호 사건을 잊어버리거나 외면한 것은 아니지만, 버큰헤드호 침몰 사고 자체의 실상은 아직도 완전히 드러난 적이 없었다. 그 정도로 언급할 만한 충분한 가치가 없기 때문이리라. 영국의 육군과 해군의 역사에서 버큰헤드호 사건만큼 흥미롭고 가치 있는 내용도 없으므로 보존해야 할 가치도 그만큼 높다. 또한, 우리의 자랑스러운 군대 역사에서 그처럼 고결하고 눈부신 사례 혹은 훌륭한 행위를 고취하는 사례도 없다. 그렇다면 도대체 왜 버큰헤드호와 관련한 잘못된 정보들이 아직도 그대로 방치되고 있는 것일까? 버큰헤드호 사건의 전모가 국민들 앞에 영구적인 자료로 공개되지 않았던 이유는 무엇일까? 아마도 그런 노력을 기울일 가치가 없어서 그랬던 것은 아닐 것이다. 그런 설명은 전혀 이유가 되지 못한다. 그 이유는 아마도 버큰헤드호와 관련한 방대한 자료를 제대로 처리하기가 어려웠다는 사실 때문일 것이다. 버큰헤드호 관련 자료는 단편적인 자료들이 여기저기 흩어져 있었던 까닭에 어느 정도 이야기의 얼개를 짜기 위해서는 방대한 조사를 통해서 수많은 자료를 수집하고 취합해야만 했다.

앞으로 알게 되겠지만, 버큰헤드호 이야기 중에는 비극적이고 영웅적인 이야기 이외에도 유익하고 흥미로운 일화가 상당히 많다. 선박의 해상 침몰과 재난을 다룬 책에는 버큰헤드호에 관한 짤막한 이야기들이 이곳저곳에서 등장하는데, 신빙성 없고 결점의 내용들이 대부분이다. 잡지 기사라는 좁은 한계가 있었지만 그나마 최근에 이런 문제가 다루어진 적이 한 번 있었다. 때는 1897년으로, 당시에는 그 역사적인 선박 침몰 사건을 두고 비판적이고 예리한 평가가 내려졌다. 모리스(Maurice) 소장은 〈콘힐 매거진(The Cornhill Magazine)〉에 실린 한 기념일 연구 글에서 버큰헤드호 사건에서 도출할 수 있는 위대한 교훈을 강조했다. 그와 같은 자세한 설명은 비록 잠깐일 뿐이라고 할지라도 유익하고 환영할 만했다.

그러나 오늘날 독자들은 그가 버큰헤드호 사건의 전말과 정황, 현장에 있던 인물들의 실제 증언을 반드시 확보하기를 바라고 있다. 그런 뒤라면 마음껏 자기 이야기를 탐구하고 그와 관련한 자기 견해를 내세워도 좋을 것이다. 하지만 아직까지 그에게 그런 기회는 없었다. 그런 사례에서와 같이 버큰헤드호 이야기에서 빠진 부분을 제시함으로써 국가 기록의 미비점을 보완하고, 그와 동시에 선박 침몰 당시의 인물과 사건에 대한 최근 사진 자료를 충분히 제공하는 것이 바로 이 책의 집필 목적이다. 그리고 독자들에게 이야기뿐만 아니라 삽화도 제시하였다. 또한, 침몰 사고 후 50년이 넘도록 생존해 있는 버큰헤드호의 용맹한 승조원들을 계속해서 소개하기 위한 목적도 있다.

따라서 독자들은 이 책을 읽으면서 그들과 친숙해지고, 그들의 면모와 사연을 속속들이 알고 이해하게 될 것이다. 예나 지금이나 바로 이런 부분이 결여되어 있었다. 사람들은 여태껏 버큰헤드호 영웅들의 이야기를 귀로 듣고 이야기하기를 좋아했지만, 조금은 거리를 두고 그들을 존경해왔다. 하지만 사람들은 버큰헤드호 사건의 전말에 대해 캄캄하다. 대중들이 지금까지 알고 있는 지식은 빈약하고 피상적이며, 사건에 대한 관심은 지대할지 몰라도 그런 관심은 짝사랑에 불과하다. 그렇다면 이런 의문을 품을 수 있다. 버큰헤드호에 관한 이야기에 그토록 의문점이 많다면 대중들은 지금까지 버큰헤드호 사건에 대해 완전히 잘못된 정보를 들어온 것은 아닐까?

오죽했으면 버큰헤드호 사건을 그 누구보다 잘 알아야 할 사람들조차 버큰헤드호 기념비가 영국에 있다는 사실조차 모를 정도다. 그에 딱 들어맞는 사례가 1905년 1월 유독 세간의 각별한 주목을 받았다. 한 지방 도시의 시장이 버큰헤드호에서 일어난 사실들을 무시하는 천진난만한 주장을 펼쳤다. 그 사건은 요크 앤드 랭커스터 연대(York and Lancaster Regiment) 주최로 셰필드 커틀러스 홀(Cutler's Hall)에서 열린 1897년 워런 헤이스팅스호(Warren Hastings) 침몰 추도식장에서 일어났다. 시장은 한 연설에서 헤이스팅스호 침몰 당시 장병들이 발휘한 뛰어난 규율에 응당한 경의를 표했다. 그들의 일사불란한 행동 덕분에 이 연대 소속 파견대인 2대대 병사 전원이 목숨을 건졌다.

시장의 연설에 병사들은 큰 박수갈채를 보냈다. 하지만 버큰헤드호 영웅들을 기리는 아무런 기념물이 없다는 시장의 주장에 이의를 제기한 사람은 아무도 없었다. 연사는 버큰헤드호 사건의 중요성을 단순히 알고 있었던 것에 불과했지만, 그 내용을 너무나 멋지게 표현한 덕분에 오히려 찬사를 받았다. 시장이 의식적으로 그런 실수를 저질렀다면, 의심할 필요도 없이 그는 크게 후회했을 것이다. 이 사건은 그동안 버큰헤드호와 관련해 제기되어온 문제를 더욱 부각할 뿐이었다. 이처럼 버큰헤드호 사건 자체는 극진한 대접을 받고 있지만, 그 사건의 정황과 기억은 흐릿해지거나 점점 잊히고 있다.

'버큰헤드 정신'을 담은
영웅적 행위

이제 우리의 앞날을 한 번 생각해
보자. 버큰헤드호 사건으로 우리가 훌륭한 실례를 경험했으며, 오
늘날 젊은이들은 그것을 통해 헤아릴 수 없는 가치를 얻게 되었음
을 이 글에서 특별히 언급하지 않을 수 없다. 어떤 방법이나 규칙의
실용적 가치는 종종 대단한 일을 통해서뿐만 아니라 사소한 일을
통해서도 제대로 판단할 수가 있다. 어느 쪽으로 살펴보든 결과는
똑같다. 버큰헤드호 승조원들이 갑판 위에서 질서정연하게 서로 똘
똘 뭉칠 수 있었던 원동력은 그 무엇보다도 규율이 바로 섰기 때문
이다. 추상같은 규율 덕분에 침몰 당시의 혼란과 공포를 막고, 초기
의 두려움을 진정시킬 수 있었으며, 그 결과 많은 영웅적 희생으로
일부 탑승자들의 생명을 구할 수 있었다.

1903년 12월 18일, 글래스고에 있는 한 학교 건물이 순식간에 화
염에 휩싸였으나 1,200명이 넘는 어린 학생들이 무사히 건물을 빠
져나왔다. 이 극적인 구조 현장에서도 차분함과 규율이 그 위력을
발휘했다. 한 교생 선생은 어린 학생들이 조금이라도 두려움을 불

러일으키는 소리를 듣지 못하도록 학생들에게 행진곡을 목청껏 부르게 하면서 그 위험에서 빠져나왔다. 그 사건은 전적으로 조용하면서도 흔들리지 않는 침착성과 규율이 올린 개가였다. 글래스고 화재 사건은 그 한 달 전에 일어난 섀프츠베리 로드 스쿨(Shaftesbury Road School) 화재 사건을 상기시켰다. 당시에도 어린 학생 2,000명이 무사히 화재에서 빠져나왔다.

1904년 1월 5일, 토론토의 한 공립학교에서도 화재가 발생했다(토론토는 처음으로 소방 훈련을 도입한 도시로 자처하고 있다). 교실에 있던 어린 학생 600명은 선생님들의 지시대로 '군인들처럼 일사불란하게 교실을 빠져나왔고', 채 2분도 지나지 않아 모든 인원이 건물을 빠져나왔다. 화재가 발생한 지 5분도 못 되어 학교 건물 전체는 화염에 활활 타올랐다.

1905년 1월 26일 아침, 자욱한 연기가 타텀(Tatham)의 집에 살고 있던 하숙생들의 잠을 깨웠다. 당시 타텀의 집에는 이튼(Eton) 학교에 다니던 소년 50여 명이 잠을 자고 있었다. 소년들은 정신을 번뜩 차렸다. 잠옷 바람으로 혹은 옷을 걸쳐 입은 채 용감하게 탈출을 감행했고, 규율과 자제력을 잃지 않고 건물 복도에 결집했다. 결국, 불에 타들어 가던 건물에서 소년들은 모두 줄을 지어 안전하게 탈출할 수 있었다.

1905년 8월 29일 오후, 카디프(Cardiff)에 있는 랜즈다운 로드 스쿨(Lansdowne Road School)에 '흡사 대포 소리를 연상시키는' 번개가 갑자기 내리쳤다. 남학생들이 수업을 듣던 교실은 연기와 그을음으로 가득 찼고, 여학생들이 있던 교실은 굴뚝 벽돌이 쿵쾅거리며 부딪했기 때문에 교실은 순식간에 아수라장으로 변했다. 공포감에 사로잡힌 어린 학생들은 여기저기서 비명을 질러댔다. 하지만 학교 선생님들은 곧 학생들을 소방 훈련 때처럼 통제했고, 아무런 부상 없이 학생들을 운동장으로 대피시켰다.

마지막으로, 그 양상은 다르지만, 절체절명의 순간에서 얻을 수 있는 교훈은 무엇인지 계속 살펴보기 위해서 버큰헤드 정신을 담은 영웅적 행위로 불리는 사건을 다루고자 한다. 이 사건은 1905년 10월 16일 솔렌트(Solent) 해협에서 일어났는데, 한 해군 중위가 A급 잠수함의 안전을 위험에 빠뜨렸다는 혐의로 포츠머스에서 군사재판을 받았다. 수집된 증거에 따르면, 잠수함이 잠수를 시작하자마자 제대로 닫히지 않은 통풍구를 통해서 바닷물이 철철 쏟아져 들어왔다. 그로 인해 잠수함은 수심 90피트까지 급속하게 가라앉았고, 배의 전면은 바닷물로 가득 차서 조명마저 꺼졌다. 하지만 승조원들은 차분하게 자기 자리를 지켰고, 3분 30초 후에 선박은 수면 위로 떠올랐다. 다행히 승조원 모두 목숨을 건졌다. 승조원들은 가까스로 비극을 모면했고, 그 결정적인 요인은 규율이었다. 잠수함을 지휘하던 그 용감한 장교는 승조원들의 용기를 진심으로 치하했다. 그 지휘관은 군사재판에서 스스로 죄를 인정했지만, 극도로 절박한 상황에서 그가 보여준 차분함과 침착성을 인정받아 그저 문책을 받는 선에서 끝이 났다.

자기 민족과 혈육을 사랑하는 국민이라면 인명이 있는 곳이 어디이든 규율의 중요성을 으뜸으로 생각한다. 그곳이 가라앉는 배의 갑판 위이든, 불타는 학교 건물의 벽이든, 잠수함의 내부이든 관계없이 행동을 취해야 할 현장에서 규율은 필수적이다. 이때 맞서야 하는 적은 게걸스런 화염이나 유독 가스, 집어삼킬 듯한 파도나 잠복해 있는 상어 떼가 될 수가 있다. 지금까지 우리는 그 주인공이 아무리 어리다고 할지라도 급박한 상황에서 규율이 얼마나 큰 위력을 발휘하는지 알아보았다. 이제 버큰헤드호 침몰 당시 장병들과 선원들이 규율을 통해서 어떤 업적을 이루었는지 알게 될 것이다. 규율만 있다면 그 어떤 곳에서든 못 해낼 일이 거의 없다.

제2장

버큰헤드호가 침몰하다

천국이 온통 평온함으로 가득할 때 바다에 가라앉은 배들처럼.

- 토머스 무어

버큰헤드호,
550명을 태우다

이 파란만장한 역사가 열리는 1852년 1월, 남아프리카 흑인들과 전쟁을 벌이던 영국은 희망봉에서 전투 중인 해리 스미스 경을 지원하기 위해 추가 병력을 파견했다. 1월 2일, 불러(Buller) 대령 휘하의 소총여단 1대대 소속 근무(勤務) 중대원들은 도버(Dover)에서 스크루선 메가이라(Megaera)호에 탑승했다. 또한, 여타 10개 연대 주둔지에서 차출된 파견부대도 버큰헤드호에 승선했다. 증강된 병력을 모두 합치면 약 1,200명이었다. 메가이라호는 항해 도중 선박 고장으로 플리머스에 입항해야 했으므로 파병이 지연되었다. 반면 버큰헤드호는 1월 17일 코크(Cork) 항에서 순조롭게 출항했다. 그 시절 튼튼한 철갑 외륜 증기선으로 동종 사양의 선박 중에서 영국 해군 최고로 손꼽히던 버큰헤드호는 포 4문을 갖춘 군인 수송선으로 활약하고 있었다. 당시 남아프리카 변경 방어를 위해 차출되어 버큰헤드호에 탑승한 사람들은 장교 12명, 준위 2명, 하사 9명, 사병 468명, 의무관 3명, 여성 25명, 어린이 31명 등 모두 550명이었다.

버큰헤드호가 항구를 떠날 때 세찬 바람이 일었고, 배가 비스케이(Biscay) 만을 통과할 때까지 강풍이 계속 불었다. 증기선은 마데이라(Madeira) 섬과 시에라리온을 경유해 항해하다가 석탄과 식량을 싣기 위해 세인트헬레나(St. Helena, 아프리카 서해안의 영국령 섬—옮긴이)에 잠시 정박했고, 출항 초기부터 맞닥뜨린 궂은 날씨에도 좋은 항로라고 평가받는 바닷길을 선택한 덕분에 2월 23일 케이프타운 근처 사이먼즈타운(Simonstown)에 무사히 도착할 수 있었다. 항해 중에 여성 3명은 출산을 하다가, 다른 1명은 결핵으로 사망해서 여성의 숫자는 21명으로 줄었고, 아기는 3명이 더 태어나 어린이 수는 34명으로 늘어났다. 이런 변동 때문에 케이프타운에 도착할 때 버큰헤드호에 탑승하고 있던 총인원은 549명으로 바뀌었다.

여성과 어린이들은 대부분 배가 입항하자마자 곧바로 뭍으로 올라왔다. 다만 그들 중에서 약 20명은 계속해서 알고아(Algoa) 만까지 계속 항해했는데, 이들은 이후에 일어난 침몰 사고에서 가까스로 목숨을 건졌다(국가의 공식 기록에 따르면, 간혹 더 많은 인원이 구조되었다고 기록된 내용도 있다. 하지만 여기서 밝힌 구조된 여성과 어린이의 숫자가 정확하다). 제12연대 소속 페어클로 중위와 버큰헤드의 함장 보좌관 프레시필드(Freshfield), 남성 몇 명 역시 몸이 아파 사이먼즈타운에 머물렀다. 버큰헤드호가 다시 항해를 계속하기 전에 배 안에는 석탄 350톤과 약간의 식량, 장교들의 군마가 몇 마리가 실려 있었다.

탑승 명부 원본에 기록된 인원 이외에도 버큰헤드호에는 남아프리카 변경에 파병된 조타수 네스비트(Nesbitt)의 아내인 네스비트 부인과 클루티(Cloete) 대령의 시종인 앤드루 화이트(Andrew White), 식민지 병사 2~3명이 승객으로 탑승하고 있었고, 그 밖에 로벤(Robben) 섬에서 부대 본부로 귀대하던 제91연대 소속 오닐(O'Neil) 상등병과 병사 2명도 승선했다. 영국 해병대를 포함해 초급 장교와 병사들을 전부 합친 인원수는 약 130명이었다. 버큰헤드호의 함장은 로버트 살몬드(Robert Salmond) 대령이었고, 항해장은 윌리엄 브로디(William Brodie)가 맡았다. 부항해장은 스피어(R. D. Speer)와 제러마이아 데이비스(Jeremiah O. Davis) 2명이 맡았고, 항해사는 리처즈(R. B. Richards) 와 헤어(C. W. Hare)가, 포술장은 존 토마스 아치볼드(John Thomas Arch-bold)가 맡았다. 군의관은 윌리엄 컬헤인(William Culhane)이었다. 〈더 타임스(The Times)〉가 '최대한 정확하게 확인한 추정치'에 따르면, 버큰헤드호 탑승 총인원은 638명이었다. 〈애뉴얼 레지스터(Annual Register)〉 연감은 장교와 수병 130명을 포함해 탑승 총인원을 630명으로 기록했다. 불완전한 공식 집계 탓에 이런 기록은 최대한의 추정치이나, 두 가지 기록 중에서 아마도 〈더 타임스〉의 추정치가 더 정확했을 것이다. 세심하게 숫자의 균형을 맞추다 보면 총인원수를 과장하기보다는 실제보다 축소해서 생각하기 마련이다.

2월 25일 오후, 버큰헤드호 지휘관 살몬드 대령은 해리 스미스 경을 지원하라는 정부의 긴급 공문과 함께, 당시 케이프타운의 해군 지휘 본부에 주둔하고 있던 H.M.S. 카스토르(Castor)호의 와이빌(Wyvill) 준장에게서 즉시 출항하라는 명령을 하달받았다. 그에 따라 버큰헤드호는 오후 6시에 즉시 항해를 재개하고, 충원 병력을 상륙시키기 위해 아프리카 대륙 동남쪽 해변인 알고아 만(포트엘리자베스)과 버팔로(Buffalo) 강 어귀(이스트런던)를 향해 계속해서 나아갔다. 외항 여정에서 막바지 단계에 접어든 버큰헤드호가 증기를 펄펄 내뿜으며 사이먼즈타운을 빠져나오던 저녁 무렵, 날씨는 쾌청했다. 장병들은 기나긴 여정의 막바지에 어서 빨리 상륙하기를 학수고대하며 들떠 있었다. 항해장 브로디와 당직사관 스피어는 폴스(False) 만을 항해하던 도중 오후 8시 정각에 때를 맞춰 해도(海圖)에 선박 위치를 표시했다.

침로는 남남동(SSE½E, 당시는 128방위를 썼으며, 각도로는 약 151.52°에 해당한다—옮긴이)이었고, 약 6.4Km 떨어진 거리에 케이프 행클리프(Cape Hangklip, 폴스 만 동쪽에 자리 잡고 있는 450미터 높이의 사암 봉우리—옮긴이)가 9시 30분 방향으로 자리 잡고 있었다. 밤 10시부터 자정까지 첫 불침번으로 타륜을 잡은 숙련 갑판원 존 헤인스(John Haines)는 배가 동쪽 방향으로 흐르지 않도록 침로를 계속 유지했다. 쾌청한 날씨와 잔잔한 물결 속에서 그 멋진 수송선은 약 8노트의 속도로 유유히 바다 위를 운항했다. 자정이 되자 불침번을 제외한 모든 인원은 갑판 아래 선실에 머물렀다. 항로 주변은 더할 나위 없이 평온하고 고요했다. 고동치는 엔진 소리만이 야간의 적막함을 깨뜨리는 가운데, 웅장한 선박은 일렁이는 파도를 헤치며 약 3.2km 남짓 떨어져 있는 해안을 향해 나아갔다. 마치 어둑한 창공 위로 반짝이는 별들에 화답이라도 하듯 그곳에서는 불빛이 반짝이는 것 같았고, 때때로 바위투성이의 해안가로 큰 파도가 밀려들어 철썩거리는 소리가 희미하게 들리는 듯했다.

그때는 부항해장 데이비스가 갑판을 책임지고 있었다. 함장과 항해장은 갑판 아래 선실에서 휴식을 취하는 중이었다. 토마스 코핀

(Thomas Coffin)이 타륜을 잡았다. 뱃머리에 배치된 병사 2명이 사주 경계를 잘하고 있었고, 외륜 덮개 부근에서는 마지막 야간 당직병인 한 측심원이 있는 힘껏 줄을 끌어올리면서 측심을 했다. 수송선이 뭍에 접근하면서 밤새 어렴풋하게만 보이던 육지의 모습이 좌현 이물 쪽의 3점에서 4점 방향에 또렷하게 나타났기 때문이다. 새벽 1시 50분경, 평수병이자 측심원인 아벨 스톤(Abel Stone)은 수심이 12~13패덤에 불과한 것을 확인하고 불침번을 서던 장교에게 그 사실을 알렸다. 아벨 스톤은 다시 한 번 가늠자를 바다로 던졌지만, 수심을 다시 한 번 더 재보기도 전에 배는 '쿵'하고 암초에 부딪히고 말았다!

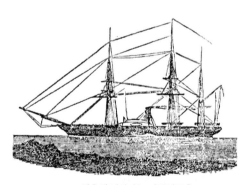

암초에 다가가는 버큰헤드호

엔진을 멈추고,
닻을 내려라

버큰헤드호는 그 어떤 위험 신호
도 없이 데인저 포인트(Danger Point) 해안의 암초에 부딪쳤다(지금까지
는 측심원의 마지막 측심 보고를 받자마자 조타수가 키를 좌현으로 돌렸다면 배의 좌
초를 막을 수 있었을 것이라고 알려져 있다. 그러나 여기서 분명히 기억해야 할 점은
메인 톱마스트(main topmast) 부근에서 근무하다 목숨을 구한 생존자들이 배가 난
파당한 지점에서 거대한 파도를 목격했다는 사실이다. 이런 사실은 사고가 일어난 지
점이 암초가 극도로 날카롭거나 많지 않은 지대였음을 시사한다). 데인저 포인트
는 8시간 전에 출발한 기항지에서 약 80km 떨어진 곳이었다. 충돌
후 측심원은 선측 수심이 겨우 7패덤에 불과하다는 사실을 깨달았
다. 뱃머리에서는 수심이 2패덤, 고물에서는 11패덤이었다. 버큰헤
드호 승조원들은 틀림없이 좌초하자마자 배가 돌이킬 수 없는 운명
임을 직감했을 것이다. 배에 뚫린 구멍으로 바닷물이 눈 깜짝할 사
이에 마구 쏟아져 들어왔으므로, 부대원 대기실에서 잠을 자던 병
사들 대부분이 익사했다. 나머지 병사와 장교들은 모두 황급히 갑
판 위로 피신했다.

충격에 잠이 깨 선실에서 황급히 달려 나온 살몬드 함장은 현재 시각(새벽 2시를 조금 넘긴 시각이었다)과 침로를 물었다. 살몬드 대령의 증언으로 남남동(SSE½E)이라고 알려진 당시 침로는 꽤 정확했다. 살몬드 대령은 부하들에게 엔진을 당장 멈추게 하고, 이물의 큰 닻을 내리라고 지시했다. 그리고 선미의 구명정을 내려서 선측에 띄우라고 명령하면서, 엔진을 후진시키도록 했다.

그 사이 제74하이랜더연대를 이끌고 있던 세튼 중령은 장교들을 소집해 병사들이 침묵을 지키고 철저히 규율을 따르도록 그들에게 각인시켰다(비록 지금까지 그는 세튼 '소령(Major)'으로 불려 왔지만, 선상의 상급 장교였던 세튼의 계급은 사실 중령이었다. 세튼이 전사한 존 포다이스(John Fordyce) 중령의 자리를 물려받아 1851년 11월 7일부로 중령으로 진급했다는 사실은 1852년 1월 16일 자 〈런던 가제트(London Gazette)〉에 실렸다. 그러나 버큰헤드호가 항해 중이던 때에는 이런 사실이 공식적으로 확인되지 않았다). 그와 동시에 제91연대의 라이트 대위에게는 살몬드 함장의 명령이 제대로 수행되고 있는지 확인하라고 지시했다. 라이트 대위는 그 지시를 그대로 따랐다.

라이트 대위의 불호령을 들은 병사 60명은 2열 종대로 황급히 아래쪽 후갑판의 펌프실로 물을 퍼내러 투입되었고, 나머지 병사 60명은 외륜 구명정들이 매달려 있는 삭구를 젖 먹던 힘까지 다해 끌어당겼다. 장교들은 병사들 곁에서 지휘를 맡았다. 나머지 병사들은 선박 앞부분의 침몰 속도를 늦추기 위해 선미루(船尾樓)에 집합했는데, 그곳에는 이미 공포에 벌벌 떠는 여자와 어린이들이 차양 아래에 모여 있었고, 부사관들은 차분하게 정렬해 있었다. 그 어떤 혼란이나 수군거림도 없었다. 하달된 명령은 전부 그 즉시 수행되었고, 가라앉는 배 위에서도 장병들 대부분은 한 치의 흐트러짐 없는 완벽한 자세를 유지했다.

이 무렵 선상에서의 광경은 생각만큼 끔찍하지 않았는데, 장병들이 용감하게 위기 상황에 맞선 덕분이었다. 함장의 지시에 따라 포술장 아치볼드는 선미에서 파란색 신호탄에 불을 붙였고, 그 불빛은 가라앉던 증기선의 들썩이는 갑판과 좌우로 요동치는 돛대 위에 있던 사람들의 두려움을 알게 모르게 경감시켜주었다. 구조를 요청하는 로켓도 쏘아 올려 보았지만, 안타깝게도 근방에는 구조해 줄 만한 단 한 척의 배도 없었다.

선박이 좌초하자마자 황급히 선실에서 올라온 살몬드 함장은 열정적으로 명령을 내렸고, 참사를 불러온 실수를 만회하기 위해 사력을 다했다. 하지만 때는 이미 너무 늦었다. 엔진을 '후진' 시킨 것은 상황을 더욱 악화시켰다. 배에 첫 번째 충격이 가해진 후 10분 만에 기관실 아랫부분에서 또다시 충돌이 일어났다. 그 결과 선측이 몇 피트가량 툭 튀어나왔고, 배 밑바닥이 찢어지면서 구멍이 났다. 그러자 바닷물이 배 안으로 순식간에 쏟아져 들어와 연료를 태우던 불길을 덮치면서 엔진이 멈춰 섰고, 그곳에서 근무하던 승조원들도 갑판 위로 탈출하기가 어려워졌다.

버큰헤드호의 침몰 위기는 따라서 실질적으로 가속화 되었다(당시 엔진은 556마력이었고, 후진할 때는 회전수가 16~20회 정도였다. 두 번째 충돌이 있기 전에 배는 눈에 띄게 암초를 향해서 다가갔다). 불운은 불행한 운명을 맞이한 선박을 끈질기게 따라 다니면서 용감한 장병과 선원들의 필사적인 노력조차 그때그때 물거품으로 만들어 버렸다. 선상에 있던 구명정 3척만 겨우 바다에 띄워 탈출시킬 수 있었다. 흔히 대형 활대정

(boom boat)이라고 부르던 함재정(함선에 싣는 중형 보트—옮긴이)들은 버큰헤드호의 선체 중앙에 실려 있었는데, 단 한 대에도 접근할 수가 없었다. 아마도 요동치는 갑판과 난파로 인한 잔해가 쌓여 있던 탓이었을 것이다. 좌현에 있던 외륜 구명정은 갑판에서 바다로 거의 내려질 뻔했지만, 삭구가 끊어져 무용지물이 되고 말았다. 그 외륜 구명정이 추락하면서 제12창기병연대 소속 롤트 소위와 여타 병사가 익사했다(영국 해병대의 드레이크(Drake) 상사는 롤트 소위를 구하기 위해 용감하게 물에 뛰어들어 사투를 벌였지만 역부족이었다).

또 다른 외륜 구명정은 보트를 들어 올리는 기둥의 고정핀이 녹이 슬어 하선할 수가 없었다. 따라서 인명을 구할 수 있는 값진 수단을 다시 한 번 포기해야만 했다. 우현 위에 있던 기그(gig) 한 척을 내리는 과정에서는 줄 하나가 끊어져 보트가 전복되었고, 그 안에 타고 있던 병사들 대부분이 익사했다. 이는 그 시절 선상에서의 그것도 영국 군함에서의 재난 대비 체계가 얼마나 허술했는지, 그런 면에서 오늘날 영국 해군이 얼마나 진일보했는지를 단적으로 보여준다. 완전한 무관심 속에서 삭구는 썩어 갔고, 핀과 볼트도 속절없이 녹이 슬었다. 수많은 병사뿐만 아니라 그 아내와 가족들까지 실은 수송선이 이처럼 정비에 무책임했던 것은 비난받아야 마땅하다. 그러나 신의 가호로 배에 타고 있던 여성과 어린이들은 모두 목숨을 건졌다.

배가 침몰할 것을 직감한 살몬드 함장은 그 즉시 여성과 어린이들을 커터(cutter, 군함용의 소정(小艇)으로 외대박이 돛배의 일종—옮긴이)에 태우라고 명령을 내렸다. 제73연대 소속의 루카스 소위와 같은 연대 소속하사 킬케어리(Kilkeary)는 세튼 대령의 지휘 아래 그 명령을 수행했다. 참으로 고된 임무였다. 배는 좌우로 심하게 흔들리고 있었다. 겁에 질린 부인들은 아기를 품에 안고 곧 운명에 목숨을 맡길 남편들과 마지막으로 진한 포옹을 했다. 그럼에도 이 슬픈 임무는 최대한 신속하면서도 확실하게 완수되었다. 살몬드 함장은 커터를 내리라고 지시하는 동시에 좌현 현문(舷門)에 있는 말들을 밖으로 내던지라고 명령했다. 이 임무는 두드러진 용맹과 인간애를 보여준 본드 소위와 제12창기병연대 병사들이 수행했다.

그 사이 버큰헤드호는 암초에 이리저리 부딪혀 부서지고 있었다. 여성과 어린이를 태운 두 번째 커터는 항해사인 리처즈가 지휘를 맡았는데, 이 커터는 버큰헤드호 앞 돛대 부근에서 이물이 떨어져 나갈 때 사고 해역을 간신히 벗어난 상태였다. 그때 첫 번째 커터와 기그에는 병사들이 승선하던 중이었다. 뱃머리가 갑자기 떨어져 나가면서 그 충격으로 이물의 기움 돛대가 부러져 하늘 높이 튀어 올라 전부 톱 마스트 쪽을 향해 날아갔다. 그 사이 선박 굴뚝이 우현 쪽으로 와르르 무너져 내리면서, 외륜 구명정의 삭구를 끌어내리고 있던 병사들을 덮쳐 안타깝게도 그들이 즉사했다.

암초와 충돌하는 버큰헤드호

'탈출을 시도한 병사가
3명도 채 되지 않았다'

배가 암초에 부딪힌 뒤 불과 15분
도 지나지 않은 때였다. 그 사이 갑판 아래에서는 병사들이 사슬 펌
프에서 시종일관 배수 작업을 하고 있었는데, 장병들은 불가능해 보
이지만 배가 떠오를지도 모른다는 실낱같은 희망을 품고서 배에 찬
바닷물을 조금이라도 퍼내려고 사력을 다했다. 제43연대 지라르도
중위 덕분에 힘을 얻은 루카스 소위는 이미 갑판 위로 올라가 두
번째 커터에 여자와 어린이들을 태우는 작업을 지휘했고, 굴뚝이
무너져 내렸을 때는 외륜 구명정과 씨름하고 있던 장병들에게 힘을
보탰다. 그런 뒤 이 포기할 줄 모르는 젊은 장교는 다시 펌프 쪽으
로 가서 지라르도 중위를 구하고, 자신은 제73연대의 부스 중위의
도움으로 살아났다. 하지만 안타깝게도 가련한 부스 중위는 그곳에
서 자기 부하 50명과 함께 목숨을 잃었다. 지라르도 중위와 여타 병
사들은 전 병력은 배의 후미에 집결하라는 외침을 듣고, 계속해서
선미루 갑판 쪽으로 나아갔다. 선미는 이미 물속으로 가라앉고 있
어서 곧 물에 잠길 듯 위태위태했다.

선미루 갑판에는 세튼 대령과 루카스 소위를 비롯한 장교들이 집합해 있었다. 고물은 이제 공중에 하늘 높이 떠 있었다. 그때 살몬드 함장은 "수영할 수 있는 사람은 전부 물속에 뛰어들어 구명정 쪽으로 가라"고 크게 외쳤는데, 구명정들은 침몰 지점에서 꽤 가까운 거리에 떠 있었다. 라이트 대위와 지라르도 중위는 그 외침을 듣자마자 그렇게 하면 부인들이 타고 있는 보트가 전복되니, 제발 함장님의 지시를 따르지 말라고 병사들에게 간청했다(세튼 대령이 병사들에게 처음으로 이렇게 간청했다는 증거는 풍부하다. 라이트 대위와 지라르도 중위는 자신들의 공도 공이지만 세튼 대령의 공이 컸다고 거듭 밝혔다). 이렇듯 정중한 호소에 병사들은 선미루 갑판 위에 모여 거의 '부동자세'를 유지했다. '탈출을 시도한 병사가 3명도 채 되지 않았다'고 알려졌을 정도로 그들은 최후까지 명예를 지켰고, 여성과 어린이를 태운 커터는 안전하게 앞으로 나아갔다. 선박의 중간부가 반 토막 나자마자 선미루 갑판은 가라앉았고, 탑승자 전원이 물속에 빠져 허우적거렸다.

버큰헤드호가 암초에 부딪힌 후 불과 5분 20초 만에 모든 것이 물속으로 사라졌다. 오직 메인 톱마스트(main topmast, 주 돛대의 중간 돛대—옮긴이)와 톱세일 야드(topsail yard, 주 돛대의 중간 활죽—옮긴이)만 배가 가라앉은 곳의 수면 위를 떠다닐 뿐이었다. 선박이 침몰한 뒤의 참상은 끔찍했다. 선박과 함께 침몰한 많은 탑승자가 물 위로 다시 떠올라 살기 위해 필사적으로 애를 썼지만, 대부분 이내 자포자기해 어둡고 구렁진 심해의 품으로 빨려 들어갔다. 이 가련한 이들이 운명을 받아들일 때 엄습했던 두려움은 비단 익사에 대한 두려움뿐만이 아니었다. 공포감을 불러일으키는 것은 한두 가지가 아니었다. 승조원들이 이미 지각했듯이, 침몰 해역에는 굶주린 괴수인 상어 떼가 우글거리고 있어 속수무책의 먹잇감을 목 놓아 기다리고 있었다.

그럼에도 갑판 위에 모여 있던 병사들은 여자와 어린이들의 목숨을 먼저 살리기 위해 마지막으로 탈출할 수 있는 확실한 기회마저도 스스로 포기했다. 이런 점이 그들의 영웅적 행위를 더욱 빛나게 했다. 침몰 해역에는 바위투성이에 집채만 한 파도가 몰아치는 데다 해안에서 조금 떨어진 곳에는 치명적인 해초가 빽빽하게 테를 두르고 있어, 제아무리 수영을 잘하는 병사라도 꼬불꼬불한 해초에 몸이 돌돌 말려 버리면 빠져나갈 도리가 없었다.

증기선이 충격을 받고 난파되어 완전히 물속으로 거꾸러지고 나서 벌어진 상황은 말 그대로 아비규환이었다. 그때 물속에서 경험했던 가공할만한 공포에 대해서는 루카스 소위와 본드 소위, 여타 생존자들이 생생하게 증언하고 있다. 침몰 해역의 파괴적인 조건들이 침몰이라는 비극을 불러왔고, 그 결과 많은 인명 손실이 뒤따랐다. 용맹했던 세튼 대령도 침몰 과정에서 목숨을 잃었다(배가 침몰할 때 세튼 대령과 함께 선미루 갑판에 서 있다가 바닷물에 휩쓸려 내려간 렌윅(C. K. Renwick)의 추후 주장에 따르면, 물속에서 사투를 벌이던 병사 몇몇이 세튼 대령을 와락 움켜잡고 물속으로 끌어당겼다고 한다). 세튼 대령은 유명을 달리하기 바로 직전에 선미루에서 루카스 소위에게 마지막 말을 남겼다.

용감했던 지휘관 살몬드 함장 또한 목숨을 잃었는데, 전해지는 바에 따르면 그는 여느 영국인과 뱃사람처럼 최후의 순간까지 제 본분을 다했다고 한다("살몬드 함장은 필요하다면 어렵지 않게 자기 목숨을 보

전할 수도 있었지만, 선미 부분이 침몰하는 마지막 순간까지 지시를 내리다가 파도에 휩쓸렸다"). 항해장 브로디 또한 조타실로 쏟아져 들어온 파도에 휩쓸려 익사했다(같은 부사관의 증언에 따르면, "*항해장 브로디는 바다에 외륜 구명정을 띄우다가 배가 두 동강 나자 즉사했다*" 반면, 포술장 아치볼드의 증언은 사뭇 다르다. 그는 브로디와 함께 파도에 휩쓸려 배 밖으로 내동댕이쳐졌는데, 정신을 차려보니 브로디가 어느 건초 더미 위에 매달려 있었다고 한다).

선미루가 물속으로 가라앉자, 많은 이들은 바닷속으로 흩뿌려진 난파선 잔해(돛대의 파편, 갑판의 원목, 선실의 가구, 건초 더미, 전복된 보트, 그 밖의 잡동사니)에 너도나도 달려들었다. 얄궂게도 외륜 구명정 2척은 파도에 휩쓸리거나 전복된 채 해안가에 도착할 수밖에 없었다. 1척은 배가 바닷물로 가득 찼고, 1척은 완전히 전복되었다.

하지만 그런 최악의 상황에서도 그 구명정 2척 덕분에 여러 사람이 목숨을 건졌다. 침몰 사고로 부유 쓰레기들이 해안으로 밀려들면서 부유물을 잡고 어렵사리 뭍에 올라온 사람도 있었다. 또 어떤 이들은 용케 해초를 피해 헤엄을 쳐 육지에 닿았다. 그렇게 구사일생으로 목숨을 건진 생존자 중에는 본드 소위도 포함되어 있었다. 배에서 뛰어내리기 전에 용케 구명조끼를 입은 덕분이었다. 또한, 군마 5마리도 무사히 해안가로 올라왔는데, 그중에는 본드 소위의 군마도 있었다. 나머지 말들은 해초에 걸려 익사하거나, 상어 떼에 잡아먹혔고, 배 밖으로 튕겨져 나와 물속에서 허우적거리던 말들도 결국 죽음을 면치 못했다. 제91연대의 라이트 대위도 운 좋게 해안에 도착했는데, 나중에 동료 생존자들을 돕는 데 큰 공을 세웠다. 지라르도 중위와 루카스 소위, 포술장 아치볼드, 조타수 맥스웰

(Maxwell)도 운 좋게 살아남았다. 부항해장은 둘 다 익사했고, 항해사 헤어도 마찬가지였다. 해군 장교들의 희생은 상당했고, 승선한 육군 장교들의 희생 또한 만만치 않아서 14명 중에 오직 5명(라이트 대위(제91연대), 지라르도 중위(제43연대), 루카스 소위(제73연대), 본드 소위(제12창기병연대), 의사 보웬(선임 군의관))만이 목숨을 건졌다.

꾀죄죄하고 비참한 행색을 한 50명이 넘는 병사들은 물 위에 떠 있던 버큰헤드호의 돛대와 활대를 피난처로 삼았다. 그들 대다수는 사고 당일은 물론이고 그 다음 날 오전까지 거기에 매달려 있었는데, 스쿠너선 라이어네스호(Lioness)가 당도해 구출을 도울 때는 이미 생존자 수보다 사망자 수가 더 많았다. 병사들 중 일부는 이미 바닷속으로 떨어졌는데, 극심한 추위와 피로 때문에 미약한 힘으로 부유물을 오래 잡고 있지 못했고, 새벽에 탈출을 시도한 병사들도 주변의 선박 잔해를 붙잡고 해안으로 접근하려고 시도했지만 거의 성공하지 못했기 때문이었다. 메인 톱세일 야드(main topsail yard) 위에서 목숨을 건진 사람 중에는 함장 보좌관 하이어도 있었는데, 활죽에 의지한 덕분에 참사에서 살아남았다.

그 구명 스쿠너선은 침몰 해역에서 빠져나온 커터 2척과 이미 합류한 상태였다. 첫 번째 커터에는 수석 보조기관사 렌윅과 군의관 보웬, 병사 34명이 탑승했다. 이미 우리가 살펴보았듯이, 두 번째 커터에는 여자와 어린이들이 타고 있었고, 항해사인 리처즈가 지휘를 맡았다. 구명정 중에는 기그 한 척도 있었는데, 처음에는 8명만 타고 있다가 군의관 후보생 윌리엄 컬헤인이 침몰 사고 지점에서 헤엄쳐 나오자 그 또한 물속에서 건져 올렸다. 기그는 렌윅도 구해냈으나 그는 나중에 첫 번째 커터의 지휘를 맡으려고 배를 옮겨 탔다.

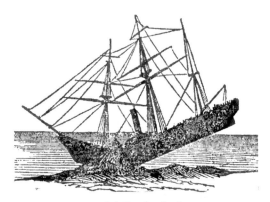

난파되는 버큰헤드호

생존자는
193명이었다

침몰 현장을 빠져나온 구명정 3척은 삼삼오오 무리 지어 해안에 오르려고 했으나, 해안에 접근하자마자 끊임없이 해변으로 밀려오는 거대한 파도 때문에 위험천만해 보이는 상륙을 시도할 수가 없었다. 동틀 무렵 앞바다에서 스쿠너를 목격한 생존자들은 그 배와 마주치기를 기대하며 다시 바다로 나아갔다. 두 번째 커터에는 탑승자가 여자와 어린이들 뿐인 데다 노도 6개밖에 없었던 탓에, 그 배는 남겨두고 나머지 2척만 이동했다. 첫 번째 커터에서 가장 힘 좋은 병사 8명이 군의관 윌리엄 컬헤인과 합류해 기그를 몰고 스쿠너를 추격하기 시작했다. 이때까지만 해도 스쿠너선에서는 왜 이들이 자신들을 뒤쫓아 오는지 영문을 몰랐다. 아무튼, 이때 렌윅이 첫 번째 커터로 배를 갈아탔다. 선발한 인원들을 태운 기그는 스쿠너를 향해서 힘차게 출발했지만, 문득 칼바람이 몰아쳐 길이 가로막혔고 결국 추격을 포기하고 말았다.

그 와중에 이미 첫 번째 커터를 발견한 스쿠너는 10시 정각에 생존자들을 자기 배에 태웠다. 그 후 채 1시간도 못 되어 라이어네스호는 급조한 한 여성의 숄을 돛 삼아 표류하던 두 번째 커터의 생존자들을 구출했다. 그동안 불운을 겪던 기그는 80km를 항해하고 나서야 비로소 안전한 상륙지를 발견했다. 기그는 마침내 침몰 해역에서 24km 떨어진 곳에 있는 더반(D'Urban) 항에 도착했는데, 그곳에는 필립슨(Phillipson)이 운영하는 가게 하나가 있었다. 도착 시각은 오후 3시로 기그 탑승자들은 완전히 녹초가 된 상태였다. 상륙에 성공한 군의관 컬헤인은 445명이 목숨을 잃은 버큰헤드호 침몰 소식을 알리러, 케이프타운을 향해 들판을 가로질러 160km가량을 말을 타고 달려갔다. 승선한 탑승자 중에서 생존자는 193명에 불과했다.

버큰헤드호 침몰 소식이 케이프타운에 전해지자 현지 주민들은 아연실색했다. 험하고 먼 길을 달려온 탓에 거의 탈진한 상태에 이른 컬헤인은 2월 27일, 지친 말 위에서 위태위태한 상태로 흑인 거주지역에 도착해 사고 소식을 전했다(와이빌 준장은 오후 2시가 도착 시각이라고 말한다. 컬헤인은 어떤 곳에서 도착 시각이 아침 9시였다고 증언한 적이 있다. 하지만 그가 그 전날 더반 항에 오후 3시에 도착해서 1시간 후에 출발했고, 20시간 정도 말을 탔다는 자신의 주장을 감안할 때 케이프타운에 도착한 시간은 준장이 증언한 시간과 비슷했을 것이다. 그처럼 고통스러운 상황 속에서 군의관 컬헤인이 시간과 거리에 대해 사소한 착각을 하는 것도 놀랄 일은 아니다. 도착 시각에 관해서는 컬헤인이 착각한 것 같다). 그토록 멋진 수송선이 침몰했다는 비보였다(주민들은 처음에 '탑승객 690명 중에서' 약 70명만 목숨을 건졌고, 기그로 '9명이 육지에 상륙했다'는 인상을 받았다). 40시간 전에 사이먼즈만을 출발해서 해안을 빠르고 안전하게 통과하리라고 용감한 장병들에게 호언장담했던 바로 그 배였다고 했다. 그 중요한 첫 소식에 담긴 비극 못지않게 그것을 전하는 방식 또한 얼마나 비극적인가. 비애에 젖은 그가 미처 입을 떼기도 전에 침몰 사고의 처참함이 온전히 전해졌을 터!

불과 10년 전에도 컬헤인처럼 불행한 소식을 안고 잘랄라바드(Jalal-abad, 아프가니스탄의 수도 카불의 동쪽, 간다라 지방으로 통하는 도로변에 있는 도시 ―옮긴이) 관문 앞에 도착한 전령이 있었다. 당시 '패잔병'이었던 군의관 브라이든(Brydon)은 영국군이 카불에서 크게 패퇴했다는 비보를 전했다. 다행히 컬헤인은 브라이든처럼 유일한 생존자도 아니었고, 그처럼 절절하게 참사 소식을 전해야 할 의무도 없었지만, 버큰헤드호 침몰은 패전 소식 못지않게 끔찍해서 사고의 갑작스러움에 감정을 추스르기 힘들었다. 크리스토퍼 와이빌(Christopher Wyvill) 준장은 버큰헤드호 침몰 사고를 정식으로 보고받고, 사고 소식을 곧바로 당시 케이프 주 총독인 해리 스미스 장군에게 전달했다. 군의관 컬헤인은 침몰 사고 사실에 대해서 진술하면서 다음과 같이 덧붙였다.

"선미 구명정 여러 척을 내려 약 65명이 거기에 탑승했고, 기그 역시 내렸습니다. 외륜 구명정들을 꺼내던 과정에서 침몰하던 선박이 들썩이면서, 외륜 구명정들이 바닷물에 휩쓸려 내려갔습니다(외륜 구명정 1척은 대빗(davit, 닻을 끌어 올리거나 배 옆에 달린 보트를 올리고 내리기 위한 기둥―옮긴이) 고정판이 녹이 슬어 하선할 수가 없었다. 또 다른 구명정 1척은 갑판에서 바다로 내려질 때 도르래가 끊어졌다). 그리고 많은 인원이 상갑판으로 피신하기도 전에 익사하고 말았습니다."

게다가 커터 탑승객에 관해서도 '커터가 먼바다로 노를 저어 나아가 어느 범선을 따라잡고 있다'는 소식밖에 들은 것이 없다고 전했다. 군의관 컬혜인은 탈출한 구명정 3척에 실려 목숨을 구한 생존자들의 명단을 제출하면서, 그들이 유일한 생존자들이라고 믿고 있다고 진술했다. 와이빌 준장은 침몰 사고에 대한 이런 상세 내용을 동봉하면서, 총독에게 카스토르호의 번스(Bunce) 중령을 장병 25명과 함께 항구에 정박 중인 유일한 증기선 라다만토스 호에 승선시켜 최선의 구조 활동과 실종된 구명정을 찾기 위한 정찰 활동을 벌일 수 있도록 '그 끔찍한 재난' 현장으로 이미 급파했다고 보고했다.

그날 저녁, 번스 중령은 램스든(Ramsden)이 선장으로 있던 알고아만의 스쿠너선 라이어네스호와 조우했다. 라이어네스호에는 버큰헤드호 침몰 당시 물 위에 떠 있던 유일한 구조물인 메인 톱세일 야드를 타고 탈출에 성공한 40명과 커터 탑승 인원들을 포함해 총 생존자 116명이 타고 있었다. 파도는 잠잠했고, 라이어네스호가 사이먼즈만에서 멀지 않은 곳에서 항해하고 있었으므로, 라다만토스호는 라이어네스호를 예선으로 끌고 포인트 데인저(Point Danger, 해상의 암초 지대로 버큰헤드호가 침몰한 지점—옮긴이)를 향해 계속 나아갔다. 침몰한 선박의 잔해나 목재를 타고 바다 위에 떠 있거나 육지에 상륙했을지도 모르는 생존자들을 수색하기 위해서였다.

포인트 데인저에서 육지와 해안을 따라 반경 32km까지 탐색을 했으나 침몰 사고 당일 낮과 밤에 해안에 상륙한 생존자들밖에는 발견하지 못했다. 라다만토스호는 결국 그 생존자들을 태우고 3월 1일 아침 정박지로 귀환했다. 그렇게 목숨을 구한 생존자는 총 68명이었는데, 그중 6명이 장교(육군 장교 4명, 해군 장교 2명)였다. 이들은 난파선의 잔해를 부여잡고 헤엄을 쳐서 상륙에 성공했다. 따라서 기그로 탈출한 9명과 스쿠너 탑승 인원, 라다만토스호의 생존자를 합치면 생존자는 총 193명이었다.

와이빌 준장은 총독에게 추가로 보고서를 작성해 그와 같은 생존자 명단을 제출했다. 그리고 추가 생존자는 없었다는 라이트 대위의 증언을 덧붙였다. 데인저 포인트 해안은 32km 상류까지 이미 육지 사람들이 이끄는 포경선 한 척과 라다만토스호에 실린 여러 척의 보트로 수색을 마친 뒤였다. 다이어(Dyer) 섬 역시 빼놓지 않고 수색을 마쳤다.

총독의 지시로 이 정보는 케이프타운 주민들의 동요를 '조금 더 가라앉히기 위해' 지체 없이 대중에게 공개되었는데, 당시 상황에서 주민들은 큰 불안을 느낄 수밖에 없었다. 침몰 사고로 집안의 가장을 잃은 불행한 부인과 자녀들의 정신적 고통을 덜어주려고 기부금이 모금되었으며, 부녀자와 어린이들은 케이프타운의 아늑한 병영에서 생활했다.

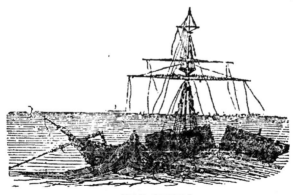

침몰한 버큰헤드호

바닷물 속에서
38시간을 보내다

이제 침몰 사고 이후에 운 좋게 목
숨을 구하고 간신히 뭍에 오른 이들을 살펴보자. 그들은 대부분 알
몸인 채로 신발도 거의 신지 못한 채로 상륙했다. 아무것도 걸치지
못하고 바닷물에 오랜 시간 잠겨 있던 생존자들은 작열하는 불볕에
장시간 노출되었고, 육지에 올라와서는 뻐근하고 따갑고 실신할 것
같은 몸을 이끌고 터벅터벅 걸어야만 했다. 그때 발과 팔다리에는
가시로 찌르는 듯한 극심한 통증이 느껴졌다.

난파선 잔해에 올라 여타 병사들과 함께 육지에 상륙한 제91연대
소속 라이트 대위는 고통스러워하는 전우들을 위해 있는 힘껏 그
들을 독려했다(제12연대 소속 윌리엄 스미스(William Smith) 상등병의 증언에 따
르면, 라이트 대위는 동료 전우들에게 '오, 비스케이 만이여!(The Bay of Biscay, O)'라
는 노래를 들려주며 독려했다고 한다). 극한의 상황에서 그런 리더십은 절
대적으로 필요했다. 천우신조로 뭍에 오른 장병들은 한고비를 넘겼
지만, 아직까지 완전히 '위험에서 빠져나온 것'은 아니었다. 아직도
육지에는 갖가지 위험과 고난들이 도사리고 있었고, 기아에 대한

공포는 얼마 동안 생존에 대한 위협 그 자체였다. 그들은 거칠고 황량한 지역에 남겨진 조난자 신세였고, 알다시피 그들은 이미 많은 시련을 겪었지만, 다시 원점부터 앞에 놓인 수많은 시련과 맞서 싸워야만 했다.

하지만 라이트 대위는 예전의 경험 덕분에 그 해안과 지역에 대한 약간의 지식이 있었고, 그 지식을 십분 활용했다. 희소한 자원에도 불굴의 정신으로 무장한 라이트 대위는 스스로 책임을 지고 전우들을 어려움에서 구해냈다. 이들 대다수가 상륙에 성공한 시각은 2월 26일 정오 무렵이었다. 라이트 대위는 표류목을 잡고 생사를 넘나든 전우들과 함께 뭍에 올라오자마자 데인저 포인트에서 약 10~11km 떨어진 곳에 있는 작은 어구(漁區) 쪽으로 나아갔다. 당시 그 지역은 가시덤불로 빽빽했기 때문에 전진하는 속도는 더뎠다. 하지만 오후 3시 무렵, 하염없이 행군한 끝에 일행은 안장을 벗긴 마차 하나를 발견했다. 마차꾼은 한 어부의 오두막이 자리 잡고 있는 작은 만(灣) 한 곳을 손으로 가리켰다.

그곳의 지명은 스탠퍼드(Stanford)만이었다. 일행은 해 질 녘에 이곳에 도착했으나 한 끼도 먹지 못한 탓에 라이트 대위는 스탠퍼드만에서 약 13~14km 떨어져 있는 농가까지 계속 걸어갔다. 농가에서 식량을 구한 라이트 대위는 그날 치 식량을 부하들에게 보냈다. 다음 날 아침 라이트 대위는 또다시 하루 치 식량을 보내고 나서 병사들을 만에서 약 19~22km 떨어져 있는 한 농장으로 보냈다. 이 농장은 퇴역한 용기병 장교 스메일스(Smales) 대위의 소유였다. 제43연대 지라르도 중위와 제73연대 루카스 소위, 제12창기병연대 본드 소위도 라이트 대위 부하들과 합류했으므로, 선원 18명을 포함해 총 68명이 스메일스 대위의 농장으로 행군했다. 라이트 대위는 부하들을 농장으로 보내고 나서 다시 해안가로 내려가 오두막에서 하룻밤을 묵었다. 그런 뒤 금요일, 토요일, 일요일 내내 혹시라도 표류해 왔을지도 모르는 생존자가 있기를 기원하면서 적어도 32km에 달하는 암석 지대를 배를 타고 전력을 다해 샅샅이 훑어보았다.

그러다가 다행히 다이어 섬으로 향하던 포경선과 조우하여, 그들에게 해안가 약 400m 지점에서 해초에 걸려 있던 보트 한 척을 꺼내도록 했다. 그 와중에 라이트 대위는 자신과 동행한 버큰헤드호의 사무장 보조 제임스 제프리(James Jeffery)와 함께 암석 지대를 면밀하게 탐색했다. 해안에는 해초들이 무성했는데, 아마 표류목이라고 할지라도 거기에 걸리리라 예상될 정도로 그 길이가 어마어마하게 길었다(침몰 사고가 있은 후 몇 년 후에 사고 지점 근처 해안을 운항한 포함(砲艦) 와스프(Wasp)에서 근무한 적이 있는 노회한 선원의 말에 따르면, 이 해안의 해초는 너무나 무성하게 자라나서 그 별명이 '병(bottle) 해초'였다고 한다. 해초가 물 위에 떠다니는 병들의 모습과 판박이였기 때문이다. 이 지역의 해초는 초대형 종(種)이다). 다행히 그 보트에는 두 사람이 타고 있었고, 육지에서도 탐색 와중에 추가로 두 명을 발견했다. 생존자들 가운데 2명은 바닷물 속에서 무려 38시간을 보냈을 정도로 생존자 전부가 많이 지친 상태였으나, 오두막에서 하룻밤을 자면서 휴식을 취하고 나자 그 다음 날 몸에 멍이 조금 든 것 이외에는 모두 몸 상태가 양호해졌다.

토요일 날 라이트 대위는 운 좋게 성서에 나오는 착한 사마리아인 같은 구세주를 만났다. 우연히 케이프타운 칼레돈(Caledon)의 판무관 매카이(Mackay)와 민병대장 빌리어스(Villiers)를 만났던 것이다. 매카이는 자기가 이미 스메일스 대위의 농장에 있는 병사들에게 칼레돈의 자신이 소유한 가게에서 피복을 지급 받을 수 있도록 지시해 두었다고 말했다. 나중에 확인된 바에 따르면, 군인 40명이 이런 식으로 의복을 지급받았다. 매카이와 민병대장, 라이트 대위는 빌리어스가 이끌고 온 일행과 동행했다. 해안을 따라 이동하던 이들은 다이어 섬과 최대한 가까운 지점으로 가서 해안으로 떠내려온 시체를 수습하고, 유류품을 수집했다. 시체는 발견하는 즉시 매장했다. 라이트 대위의 추후 보고에 의하면 '그러나 시체는 그렇게 많지 않았다'. 그리고 암울하게 '그리고 유감스럽게도 사망자들의 소재는 쉽게 확인할 수 있었다'라고 덧붙였다.

침몰 사고 당시 배 밖으로 던져져 해안에 도착한 군마 5마리는 그곳에서 잡혀 라이트 대위에게 보내졌다. 첫 번째 말은 라이트 대위의 말이었고, 두 번째 말은 본드 소위, 세 번째 말은 세튼 대령, 나머지 말 두 필은 군의관 랭(Laing)과 제37연대 소속 부스 중위가 그 주인이었다. 해안의 다른 지점에 상륙한 말들이 있을 것으로 추정되었지만, 사람들의 눈에 목격되어 잡은 말은 그 다섯 필이 전부였다. 라이트 대위는 말들을 매카이에게 넘겨주면서 나중에 그 말들을 시장에 팔거나 돈을 받고 처분할 수 있도록 케이프타운에서 자신에게 되돌려 달라고 부탁했다.

2월 28일, 라다만토스호는 전송을 받으며 스탠퍼드만을 떠났다. 라이트 대위가 다시 스탠퍼드만으로 복귀하고 보니, 초계함 카스토르호의 번스 함장은 이미 육지에 상륙해서 스메일스 대위가 있는 농장으로 떠난 뒤였다. 그곳에 머물던 병사들을 스탠퍼드만으로 집결시켜 증기선에 태워 사이먼즈만으로 수송하기 위함이었다. 라이트 대위가 일요일에 다시 해안으로 내려와 보니, 민병대장이 자신과 부하들이 정찰했던 곳에서 시신 몇 구를 발견하여 이를 매장했다고 전해주었다. 또한, 상자 몇 개도 해안으로 밀려왔으나 산산조각 나는 바람에 그 내용물이 바위 주변으로 흩어져 버렸다고 했다. 이제 생존자를 기대하기는 어렵다고 판단한 라이트 대위는 다른 장병들과 합류하기 위해 스탠퍼드만으로 계속 나아갔다. 출발하자마자 병사 46명과 장교 2명을 책임지게 된 라이트 대위는 사이먼즈만으로 향했다. 난파선에서 탈출해 해안에 상륙할 때 암초 때문에 몸에 온갖 상처와 멍이 생긴 루카스 소위는 이동할 만큼 몸 상태가 좋지 않아 스메일스 대위의 환대 속에 농장에 남았다.

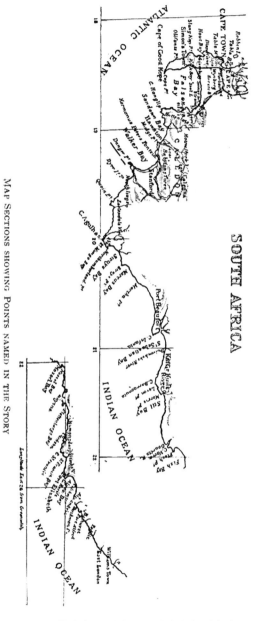

본문에 언급된 지명들을 표시한 남아프리카 지도

장병들의 일관되고
기품 있는 태도

구명정에서 라다만토스호로 옮겨 탄 생존자들은 3월 1일 월요일 새벽 3시 사이먼즈만에 무사히 도착했다. 몸에 멍이 들고 햇볕에 화상을 입은 병사 18명은 와이빌 준장의 지시대로 해군병원에서 치료를 받았다. 나머지 병사들은 전부 몸 상태가 양호했지만, 70명은 그동안 걸치고 있던 것들을 전부 잃어버려 입을 옷이 필요했다.

군의관 컬헤인은 침몰 사고 후에 자신이 맡은 역할에 대한 세간의 악평을 절대 피하지 않았다. 물론 비판자들도 나름 그런 비난을 할 만한 이유가 있었겠지만, 추후에 드러났듯이 그런 비난은 부당했다. 버큰헤드호 함장은 '육지에 너무 바짝 붙어 항해했다'는 좀 더 확실한 이유로 비판을 받았다. 살몬드 대령은 상부의 지시대로 급박하게 전장에 투입이 필요했던 지원군을 최대한 신속하게 상륙시키기 위해 해안에 인접해 택할 수 있는 빠른 침로를 찾느라 분투하고 있었다. 그러나 항해를 최대한 짧게 해서 선박의 안전을 위협할 의도가 있었거나 그렇게 할 의무가 있었던 것은 아니었다. 그의 상관인 와이빌 준장도 그런 명령을 내렸을 리가 만무하다. 준장은 오히려 살몬드 대령이 택한 침로를 비난했다.

와이빌 준장은 자신이 쓴 보고서의 같은 구절에서 함장과 항해장이 10시 이후에는 갑판에 나와 있어야 하는 본분을 저버렸다고 비판했다. 그러나 이 불행한 장교들에게도 그럴만한 충분한 사연이 있었다. 사실 두 사람 모두 사이먼즈만에 머무는 그 짧은 시간에도 임무를 수행하느라 눈코 뜰 새가 없었다. *"나는 지금 성경에 나오는 악마(Old Nick)처럼 바쁘게 일하고 있소. 석탄과 물, 식량을 싣는 일을 비롯해서 오늘 밤까지 모든 채비를 마쳐야만 하기 때문이오."* 살몬드 대령은 케이프타운에서 출발하고 나서 죽음을 맞이하기 불과 몇 시간 전에 집으로 보내는 마지막 편지에서 이렇게 적었다. 그 고되고 불안한 심정을 브로디도 공감했을 테고, 틀림없이 두 사람 모두 그날 밤 완전히 녹초가 되어 휴식이 필요했을 것이다. 그래서 두 장교는 부항해장인 스피어와 데이비스에게 항해를 맡기고 갑판을 내려왔다.

두 사람이 이렇게 심사숙고해서 위험 요소를 처리했다는 사실은 그런 조치를 통해서 선박의 안전을 확신했음을 보여준다. 평소와 다름없이 조금도 방심하지 않는 자질을 갖춘 출중한 장교였던 두 사람 중 어느 누구도 앞으로 어떤 위험이 닥쳐올 것이라고 의심하지 못했을 것이다. 그랬다면 두 장교는 갑판에 그대로 남았을 터였다. 치명적인 위험이 도사리고 있었지만, 그런 위험은 철저히 그 모습을 감추고 있었다. 위험은 살금살금 먹잇감을 향해 다가와 와락 덮칠 채비를 마친 뱀의 모습과 같았다. 뱀은 먹잇감의 평소 경계심이 오히려 독이 되는 그런 길목에 버티고 있다가 먹잇감에게 불행한 최후를 선사한다. 재난이 꽈리를 틀고 기다리고 있었지만, 승조원들은 너무 늦게까지 위험을 깨닫지 못했기에 피부로 느낄 수 없었다.

버큰헤드호 침몰의 직접적인 원인은 육지에서 새어 나오는 불빛을 아굴라스(Agulhas) 곶의 등대로 오인한 불침번 장교의 실수였는지도 모른다. 육지의 불빛 때문에 그런 오판을 할 개연성은 충분하다. 라이트 대위도 와이빌 준장에게 보내는 보고서에서 이런 결론과 비슷한 언급을 하고 있고, 루카스 소위 또한 똑같은 의견을 피력했다. 그러나 그 모든 실수와 비난은 사람들이 불운한 그 선박 위에서 벌어진 영웅적 행위를 깊이 되뇌면서 서서히 옅어지다가 이제는 잊혔다. 버큰헤드호 장병들의 영웅적 행위는 그들의 강한 책임감과 엄한 규율이 만들어 낸 승리였다. 장병들은 아비규환의 상황에 굴하지 않고 제 임무를 다했고, 조금만 흐트러지고 결단력이 부족했어도 난장판이 되었을 상황에서 끊임없이 지시를 내리고 또 묵묵히 그 지시를 따랐다. 실로 전무후무한 일이었다. 당시 이런 규율이 실제로 존재했다는 사실을 두고 아직까지 그 누구도 의심하지 못했다.

여기에 관한 잘못된 견해들이 만연해 있지만, 신뢰할 만하고 충분한 증거 조사만 이루어진다면 여기저기에 등장하는 그런 오류들을 바로잡을 수 있을지도 모른다. 그리고 이런 조사 결과가 버큰헤드호 갑판 위에서 벌어진 생생한 실제 모습을 훼손하지 않는 것으로 보인다고 지체 없이 공언할 수 있다. 버큰헤드호에 관한 모든 수집 가능한 정보는 우리 앞에 놓여 있기에, 앞으로 그 자료들을 편견

없이 면밀하게 조사해서 버큰헤드호의 진실을 독자들 스스로 판단할 수 있도록 할 것이다.

군인들이 버큰헤드호 갑판 위에서 '정렬'한 적이 전혀 없다고 지나칠 정도로 주장을 펴는 사람들이 있다. 그렇다면 한 번 살펴보자. 갑판에 나와 있던 세튼 대령의 모습을 목격했던 영국 해병대 소속 드레이크 중사의 증언에 따르면, 세튼 대령은 자기 주변에 둥그렇게 모인 장교들에게 분명하게 병사들을 정렬시키라고 명령을 내렸고, 장병들을 그 즉시 선미 갑판 양쪽으로 도열했다. 이와 비슷한 진술은 길리(Gilly)가 책임감 있게 쓴 『영국 해군 난파선 이야기 : 1793~1857』에서 버큰헤드호를 설명한 장에서도 찾을 수 있을지 모른다. 이 책에서 저자는 갑판에 살몬드 함장의 모습이 나타났다는 사실을 언급하면서, 세튼 대령이 장교들을 전부 소집해놓고 병사들이 명령을 따르고 침묵을 유지하도록 명령을 내렸다는 라이트 대위의 진술을 인용했다.

장소에 따라서 그 내용이 조금씩 다르기는 하지만, 사람들은 라이트 대위와 비슷한 진술을 그동안 반복해왔다. 실제 일어난 사건에 대해 일반적으로 용인되는 시각을 바탕으로 그런 진술을 한 것이다. '군인들이 갑판 위에 정렬한 적은 결코 없었다'라는 지라르도 대령의 상반된 주장도 일반적인 진술을 뒤엎지는 못했다. 비록 정확하게 서열에 맞춰 정렬하지 못했다손 치더라도 장병들이 그 당시에 정렬했던 사실만큼은 분명했다. 당시 장병들은 어느 정도 대열을 갖추고 있었고, 선미루에 있던 장교들은 아마도 부사관들을 지휘하고 있었을 것이다. 그렇지 않았다면 스스로 임무를 수행하고 있었을 테다. '집합'을 알리는 북소리 같은 것은 전혀 없었고(사실, 그럴 시간도 없었다), 굳이 필요하지도 않았다. 버큰헤드호 군인들은 그어떤 극적인 행동도 하지 않았다. 그렇게 할 이유가 없지 않은가? 장병들은 침몰 사고가 벌어지는 내내 일관되고 기품 있는 태도를 유지했다.

'버큰헤드호의 침몰(The Wreck of the Birkenhead)'
_왕실 수채화가 협회(R.I.) 회원 찰스 딕슨(Charles Dixon) 作

최후의
작별 악수

장병들이 갑판 위에 도열하지 않
았다는 진술은 지라르도 대령이 버큰헤드호 침몰 50주년 추도식에
서 제기한 여러 가지 주장 중 하나였다. 그는 이 추도식에서 선체에
붙은 따개비처럼 버큰헤드호 침몰 사고와 떼려야 뗄 수 없는 우화
와 소설 같은 이야기들을 떠받들었다. 이를테면 '장병들은 무장을
한 채 갑판 위에 도열했다'거나 '공중에 마지막으로 일제 사격을 했
다'라는 주장이나 과장된 면에서는 그와 하등 다를 바 없는 프랜시
스 도일 경의 시에서 비롯한 생각들을 찬양했다.

지금까지 진짜 같은 거짓말로 여겨지고 있지만, 그 속에 일말의
진실을 담고 있는 진술이 있다. 그 진술은 어쨌든 선의에서 나왔다
는 사실만큼은 틀림없어 보인다. 버큰헤드호 침몰 사고 직후에 에
든버러에 있는 한 신사(존 쿡(John Cook), 법정 외 변호사)에게 쓴 편지에
서, 당시 케이프주(州)의 윌리엄 호프(William Hope) 감사관은 *"사고에*
서 목숨을 건진 제60연대 소속 어느 하사의 증언에 따르면, 당시 세
튼 대령은 현문에 서서 손에 검 하나를 뽑아들고 여성들이 구명정

에 오를 수 있도록 길을 터주고, 질서를 유지시켰습니다. 이 임무가 끝나자 세튼 대령은 그 하사에게 검을 건네주고는 또다시 선미루로 올라가서 몇 가지 지시를 더 내렸고, 배가 두 동강이 나자 선미루 위에 있던 모든 병사와 함께 물속으로 가라앉았습니다'라고 침몰 사고에 대해 묘사했다.

여기에서 넌지시 언급된 부사관은 바로 데이비드 앤드루스(David Andrews) 하사였다(나중에는 주임상사였다). 데이비드 하사 또한 그 당시 상황에 대해서 언급을 했다. 그의 진술에는 검과 관련한 일화가 조금도 들어 있지 않았지만(비록 그런 누락이 사실을 입증하는 데 전혀 도움은 안 되지만), 길리(Gilly)의『영국 해군 난파선 이야기: 1793~1857』에서는 자주 반복된다. 이와 같은 이야기는 물론 세부 내용이 약간씩 다르고, 짐작하건대 다른 자료에 있는 진술들을 참고한 것이겠지만,『유명 스코틀랜드인 인명사전』에 포함된 세튼 대령 전기에서도 대체로 반복된다. 전기에 실린 내용은 침몰 당시 꺼낼 수 있던 구명정이 1대뿐이었다는 사실을 밝히고 있다.

이 일화에 나온 소위가 만약 필요했다면 여자와 어린이로 가득한 그 구명정의 밧줄을 잘랐을 것이다. 하지만 그럴 필요는 없었다. 이토록 흥미롭고 구체적인 이야기에 대해서 아직까지 어느 누구도 확실하게 인정하거나 부인하지 않고 있다(이 글을 쓰고 나서 우리는 침몰 사고 4년 후에 세튼 대령의 동생인 데이비드 세튼(David Seton)이 제12왕실창기병연대의 본드 소위와 나눈 대화를 글로 쓴 비망록을 발견했는데, 그 비망록에서 식탁용 칼에 대한 진술이 사실이었음이 입증되었다). 이 이야기는 엄밀한 사실일지도 모른다. 꼭 그러지 말라는 법도 없기 때문이다. 이 일화는 단호하고 용감한 세튼 대령의 강인한 성격을 그대로 드러내면서도 장병들의 용기 또한 전혀 손상시키지 않고 있다.

버큰헤드호 장교들이 최후를 맞이하기 전에 갑판 위에서 고별인사로 조용히 악수를 나누었다는 진술에 대해서도 의문이 제기되었다. 길리의 『영국 해군 난파선 이야기 : 1793~1857』에서는 '이제 장교들은 서로 작별을 고하며 악수를 나누었다. 그러다 갑자기 메인 마스트 뒤쪽의 배의 후미 부분이 다시 한 번 비스듬히 갈라지면서 난파되었고, '쿵'하고 한쪽으로 쓰러진 선미루는 바닷속으로 그대로 풀썩 내려앉았다'고 묘사하고 있다.

선미루에서 장교들이 악수를 나누는 그 유명한 장면은 이 책에도 사본으로 실려 있다. 장교들이 악수를 나누었다는 생각은 아마도 길리의 작품을 근거로 나왔거나, 본드-셸턴 대위의 증언에 전적으로 의존해서 그림을 그린 화가에게서 나왔을 테다. 우리는 후자가 더 개연성이 크다고 본다. 침몰 현장에서의 이런 악수는 아주 자연스럽고 적절한 행위였다. 장교들이 우리가 버큰헤드호 관련 그림에서와 똑같이 악수를 나누진 않았겠지만, 장교들은 분명히 부산스럽지 않고 차분히 악수를 했다. 이런 사실은 선미루가 가라앉기 전에 해안에서 볼 수 있기를 바라며 세튼 대령과 서로 악수를 나누었다는 루카스 대위의 증언에서도 알 수 있고, 세튼 대령 자신과 '여타 장교들 모두가 부동자세로 그곳에 서서 서로 작별을 고하며 악수를 나누었다'는 렌윅의 증언을 통해서도 알 수 있다.

우리는 길리의 『영국 해군 난파선 이야기 : 1793~1857』에서 지금까지 그 어떤 보고서나 증언에서도 공식적으로 언급되지 않았던 일화를 발견했다. 이 일화에서는 살몬드 함장이 포술장에게 명령을 내리는 모습을 그리고 있다. 여기에서 사실일 것 같지 않은 내용은 하나도 없다. 아치볼드는 이 사건의 전말에 대해서 전혀 언급하지 않고 있다. 다만 '함장에게 로켓을 쏘아 올리고 파란색 신호탄에 불을 붙이라는 명령을 받았고, 그대로 이행했다'라고 증언할 뿐이다. 사전준비 단계에서 무슨 일이 일어났든, 그 정도면 진실한 정보를 충분히 전달한 셈이다. 추측하건대, 포술장은 자기가 실제로 한 행위에 대해서만 언급을 하고 일어나지 않은 일에 대해서는 기록하지 않았던 것 같다. 따라서 아치볼드의 이 발언(제12연대 소속 윌리엄 스미스 상등병의 증언에 따르면, 콩그리브 로켓(Congreve rocket) 몇 발을 꺼내오기는 했지만 '무기고가 순식간에 물에 잠겼기 때문에 포는 한 발도 쏠 수가 없었다')과 여타 진술을 우리가 수용하지 않을 이유가 전혀 없다. 세부적인 내용까지 일일이 다 맞지는 않겠지만, 적어도 큰 맥락만은 틀리지 않기 때문이다.

버큰헤드호 사고와 관련해서 이렇게 주장이 엇갈리는 핵심 내용에 관해서는 곧 그 증거가 드러날 것이라고 믿는다. 그렇게 되면 선박이 침몰할 때 장병들이 정렬했다는 주장, 임무에 투입되지 않은 인원들이 선미루 갑판 위로 나아가 끝까지 정렬을 유지했다는 주장, 여성과 어린아이들의 안전을 먼저 염려하고 그것을 지키기 위해 모든 위험을 감수한 세튼 대령이 검을 뽑아들고 현문을 지켰다는 주장, 최후를 맞이하면서 장교들이 악수를 나누었다는 주장 등의 진위가 밝혀질 것이다.

세튼 대령이 검을 꺼냈다는 주장에 관해서는 그것이 꾸며낸 이야기까지는 아니더라도 아마도 사실일 가능성이 아주 희박한, 그렇다고 뚜렷한 증거도 없는 사안으로 여겨지고 있다. 하지만 오닐 하사의 증언에 따르면, 자기 부대의 라이트 대위는 침몰 현장에서 누구든 구명정에 타려고 시도하는 병사가 있으면 총으로 사살하겠다고 엄포를 놓았다고 한다. 사실 그런 위급한 상황에서 총이나 칼을 빼드는 것 이외에는 별다른 제지 수단이 없다. 둘 중 하나가 위협 수단이 될 수 있다면, 왜 다른 하나는 위협 수단이 될 수 없다는 말인가? 다행히 그 두 가지 무기 모두(장병들의 드높은 '의기(意氣)'가 분명히 보여주듯이) 쓸모가 없었다.

이 책에 실은 그 불운한 선박에 대한 삽화는 제91연대 소속 라이트 대위가 사고 이후에 그린 것이다. 이 삽화는 버큰헤드호의 침몰 과정을 단계별로 보여준다. 먼저 첫 번째 삽화에서 보듯 그 불운한 선박은 암초 근처로 접근한다. 그다음으로는 선박이 좌초하는 장면이다. 나머지 두 장면은 배가 어떻게 난파되었는지를 보여준다. 배 앞부분이 암초의 모서리와 부딪치면서 무거운 기계가 실려 있던 이물은 계속해서 물속으로 가라앉고, 그 때문에 고물은 부력을 받아 해수면 위로 떴다. 하지만 선체가 좌우로 심하게 요동치면서 순식간에 두 번째 방수 격실 부근에서 두 동강이 났고, 그러자 눈 깜짝할 사이에 해수가 선내로 유입되어 고물이 통째로 수면 아래로 가라앉았다. 선미에 있던 인원들도 전부 고물과 함께 침몰했다. 오직 메인 마스트와 톱 세일 야드만이 수면 위로 드러나 있어, 거기에 수많은 생존자가 달라붙었다.

제3장

버큰헤드호는
왜, 어떻게 침몰했는가?

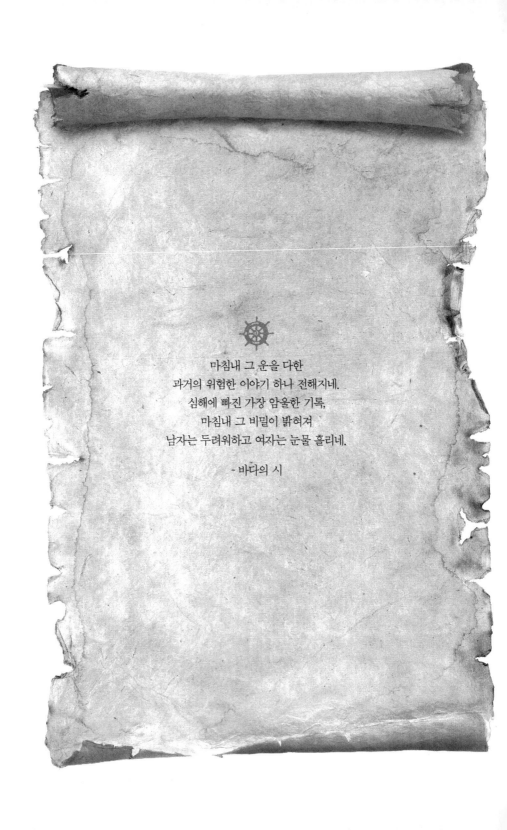

마침내 그 운을 다한
과거의 위험한 이야기 하나 전해지네.
심해에 빠진 가장 암울한 기록,
마침내 그 비밀이 밝혀져
남자는 두려워하고 여자는 눈물 흘리네.

- 바다의 시

라이트 대위의
정식 보고서

이제부터 버큰헤드호 침몰 이후에 어떤 일이 벌어졌는지 아주 상세하게 살펴보도록 하자. 지금까지 뭍에 오른 버큰헤드호 생존자들이 겪은 고난에 대해 살펴보았는데, 이제 수많은 생존자가 육지에 상륙하기 전까지 어떤 구사일생의 위험들을 겪었는지 설명할 것이다. 그에 관해서는 다양한 자료가 남아 있다. 육군 선임 장교인 라이트 대위가 쓴 보고서, 그의 보고서를 보충한 와이빌 준장의 긴급 공문, 구명정에서 생존한 장교들의 진술, 라이트 대위의 증언, 그 밖에 포술장 아치볼드의 증언, 스쿠너선 라이어네스호 선장 램스든의 증언, 사건 당시 인명 구조를 위해 급파된 라다만토스호의 번스 중령의 증언 등이 그것이다.

주둔 기지의 함대장이었던 와이빌 준장은 침몰 사고에 대한 긴급 공문과 여러 증언을 모아 본국 해군성으로 전송했다. 앞으로 우리는 본드 소위의 이야기부터 살펴본 뒤에, 그와 마찬가지로 자력으로 뭍에 올라와 자기 목숨도 촌각을 다투는 상황에서 다른 이들을 상륙하도록 도운 루카스 소위의 실감 나는 이야기를 들어볼 것이다. 이런 자료들에 더해 버큰헤드호 침몰 50주기를 기념해서 장교와 사병, 육군과 해군을 아우르는 생존자들이 발언한 다양한 증언들도 함께 살펴볼 것이다. 이들의 증언은 하나하나가 감동적이어서 영국의 언어와 역사, 전통을 연구하고 아끼는 곳이라면 어디에서든지 그 내용을 알고 기억해야 할 충분한 가치가 있다.

먼저 버큰헤드호에 승선한 선임 장교로 생존한 라이트 대위가 버큰헤드호 참사에 관해서 군 당국에 보고한 정식 보고서를 살펴보도록 하자. 이 보고서는 당시 케이프타운 방위사령관이었던 영국 포병대 소속 잉글비(Ingleby) 중령 앞으로 보내졌으며, 기입된 날짜와 장소는 1852년 3월 1일, 사이먼즈만으로 되어 있다. 라이트 대위는 '깊은 유감'의 뜻을 표하며 보고서를 시작했다. 그는 참사 당시 정황을 설명하고, 수송선이 좌초했을 때 세튼 대령의 행동을 '세튼 대령은 자기 주변으로 모든 장교를 불러 모은 후 그들에게 병사들이 침묵을 유지하고 질서를 지키도록 할 것을 유념케 했습니다. 그리고 함장님이 제게 무슨 명령을 내리든 그대로 따라서 이행하라고 지시했습니다'라고 묘사했다.

배가 좌초한 지 약 12~15분 만에 뱃머리가 부서져 나갔습니다. 그러자 병사들은 전부 갑판 위로 올라갔고, 약 5분 후에는 기관실 바로 뒷부분이 충격을 받아 대각선으로 갈라지면서 선체가 두 동강 났으며, 그 즉시 해수가 쏟아져 들어와 고물이 가라앉았습니다. 선체가 침몰하기 전에 물로 뛰어든 병사가 몇 명 있었지만, 대다수는 마지막까지 자리를 지켰고 승선한 장교들도 전부 배와 운명을 같이했습니다. 저의 지시로 구명정 도르래 작업을 하고 있던 병사들은 굴뚝이 무너져 내리자 끔찍하게도 전부 그 굴뚝에 맞아 몸이 으스러졌습니다. 갑판 아래 펌프실에서 물을 퍼내던 장병들은 아마도 배가 좌초되어 완전히 침몰하기 전까지 갑판 위로 올라올 수 없었을 것입니다. 생존자들은 물 위에 그 일부가 떠 있던 메인 마스트의 삭구에 매달리거나 떠다니는 목재 잔해에 매달렸습니다. 유목 위에 200여 명은 족히 매달려 있었던 것으로 기억합니다. 저는 생존자 5명과 함께 대형 목재를 타고 수면 위에 떠 있었는데, 저희 일행은 9명에서 10명 이상을 물에서 건져 올렸습니다. 너울로 인해 우리가 타고 있던 목재는 데인저 포인트 방향으로 흘러갔습니다. 해안에 이르러 집채만 한 백파와 빽빽한 수초 지대를 만나자마자, 목재 위에 전부 탈 수 없음을 깨달은 저는 목재에서 뛰어내려 헤엄쳐서 뭍으로 다가갔습니다. 그리고 다른 부유목에 타고 있던 다른 병사들까지 합세해 뭍에 닿은 저희 일행은 내륙으로 들어가서 눈에 불을 켜고 잠시라도 몸을 의탁할 수 있는 거주지를 찾았습니다.

라이트 대위는 이어서 차분한 어조로 해변으로 밀려온 병사들을 위해서 무슨 일을 했으며, 해수에 의해 떠밀려온 난파선의 유실물과 시체들을 어떻게 처리했는지를 소상히 밝히고 있다. 그런 뒤에 그 군인 수송선에 탑승한 장병들의 행동에 관해서 다음과 같이 귀중한 증언을 하고 있다.

배가 좌초되어 완전히 침몰할 때까지 장병들이 보여준 질서정연한 모습은 제가 미처 상상하지 못했을 정도로 규율이 바로 선 모습이었습니다. 더욱 놀라운 것은 그들 대부분이 군에 갓 입대한 장병들이었다는 사실입니다. 모든 장병이 제 임무를 다했고, 선체가 마지막으로 바닷속으로 풀썩 가라앉을 때까지 군인들 사이에서는 그 어떤 수군거림이나 외침도 없었습니다. 그 상황에서는 누가 더 훌륭하게 행동했다고 말하기도 힘이 듭니다. 모두가 명령을 받아 그대로 수행했고, 군인들은 바다에 빠지는 것이 아니라 배에 승선하는 것처럼 행동했기 때문입니다. 다만 차이가 있다면, 승선할 때 생기기 마련인 작은 소음이나 야단법석마저도 전혀 없었다는 사실뿐이었습니다.

제가 이름을 찾을 수 없는 제91연대 병사 한 명(아마도 존 오닐 상등병이었을 것이다)을 제외하고 탑승자 명단은 정확하다고 생각합니다. 서로 부대가 다른 장병들의 이름을 확인하는 길은 생존한 전우들에게 일일이 물어보는 방법밖에 없었습니다. 동봉한 명단에서와 같이, 승조원을 제외한 사망자는 장교 9명, 병사 349명이며, 탑승자는 장교 15명과 병사 476명(장교 1명과 병사 18명은 사이먼즈만에서 하선)입니다.

다행스럽게도 여성과 어린이들은 증기선이 침몰한 지점에서 약 11km 떨어진 곳에 떠 있던 스쿠너에 모두 안전하게 올라탔습니다. 이 스쿠너는 오후 3시 무렵 다시 침몰 해역으로 가서 삭구에 바짝 매달려 있던 병사 40~50여 명을 구해낸 다음, 그대로 사이먼즈만으로 향했습니다. 군의관 후보생 한 명과 병사 8명이 탄 구명정 한 척은 사고 현장을 빠져나와 침몰 지점에서 약 24km 떨어진 곳에 상륙했습니다. 그 구명정이 사고 지점 근처에 그대로 머물렀거나 데인저 포인트에 그 군의관 후보생을 상륙시키고(전혀 어려운 일이 아니었으므로) 다시 사고 해역으로 돌아왔더라면, 유목 위에서 표류하던 병사 200명 전원을 대부분 구출할 수 있었을 것이라고 확신합니다. 수초 지대 안에서 꼼짝 못 하고 있던 병사들을 이곳저곳에서 건져 올려 8~9명씩 구명정에 태우자마자 상륙시켰더라면 불가능한 일도 아니었습니다. 대부분의 떠다니던 목재가 수초에 걸려 있던 지점은 해변에서 불과 650미터도 떨어져 있지 않았습니다. 약간 구불구불한 경로를 택하기는 했지만, 저 역시 암초를 만나 갈피를 잡지 못하거나 쇄파에 뒤집히지 않고도 가까스로 헤엄쳐 나올 수 있었으므로, 그 구명정도 충분히 그렇게 할 수 있었다고 판단됩니다.

제가 언급하지 않을 수 없는 사실 한 가지가 있습니다. 배가 막 침몰하려는 순간, 함장님은 "헤엄칠 수 있는 사람은 배 밖으로 뛰어내려 구명정 쪽으로 가라"고 외쳤습니다. 그때 지라르도 중위와 저는 배 뒷부분의 선미루에 서 있었습니다. 우리 두 사람은 병사들에게 그렇게 하면 여성이 탄 구명정이 전복될 것이 자명하니 병사들에게 제발 함장님의 지시를 따르지 말라고 간곡하게 부탁을 했습니다. 덕분에 그런 시도를 한 병사는 고작 채 3명도 되지 않았습니다.

이처럼 고결한 요청은 세튼 대령의 입에서 먼저 나왔다. 그와 더불어 치하받아야 마땅한 라이트 대위와 지라르도 중위는 이 중대한 시점에서 그런 요청을 반복해서 외쳤다. 이런 사실을 되뇌어볼 때 우리는 어쩔 수 없이 그런 요청을 한 장교들과 또 그것을 듣고 그대로 따른 군인들의 길이 빛날 명예를 곰곰이 생각하게 된다. 라이트 대위는 틀림없이 그런 사실에 대단히 흡족해하는 마음이 있었으므로 그 일화를 기록할 수 있었다. 그는 추신에서 스메일스 대위가 자기 집에 머물던 병사들을 극진한 관심과 친절함으로 보살폈으며, 스쿠너 라이어네스호 선장 램스든과 그의 아내도 조난자들에게 그에 못지않은 친절을 베풀었다고 적고 있다.

라이트 대위의 초상

와이빌 준장의
긴급 공문

이제 와이빌 준장이 해상 호위함 카스토르호에 탑승해 작성한, 중요한 12단락짜리 급보를 살펴보도록 하자. 1852년 3월 3일에 작성한 이 급보에서 와이빌 준장은 '비탄한 마음으로' 침몰 사고 내용을 기술하면서, 앞으로 수집되는 증거를 바탕으로 신중하게 결론을 내리겠다고 언급한다. 여러 첨부 서류를 동봉한 이 급보는 4월 7일 런던 해군성에 전달되었다. 와이빌 준장은 확인된 사실을 바탕으로, 침몰 전 선상에서 벌어진 상황을 설명하고 살몬드 함장이 대기 중인 육군 장교들에게 병사들을 사슬 펌프 쪽에 투입하라고 지시한 정황을 묘사하면서 '장병들은 명령에 절대 복종했고, 완벽한 규율을 유지했다'고 적었다. 이어서 기관실이 물에 잠기고 기관사와 화부들이 위층 갑판으로 피신한 다음에 일어난 상황을 두고는 다음과 같이 설명한다.

순식간에 배는 메인 마스트 바로 뒷부분이 두 동강이 나서 메인 톱 마스트와 톱 세일 야드만 남겨 놓고 수면 아래로 가라앉았습니다. 이렇게 끔찍한 상황에

이를 때까지 모든 장병이 보여준 굳건한 태도와 차분함은 실로 놀라웠습니다. 살몬드는 최후의 순간까지 놀라운 침착성을 보이며 명령을 내렸습니다. 선박 주변에 떠 있던 구명정 3척은 각자 상륙을 시도하거나 목숨을 부지하기 위해 사고 지점을 떠났기 때문에 새벽에는 사고 지점 주변에서 그 모습이 보이지 않았습니다.

이제 영광스럽게도 생존자 명단과 함께 친애하는 장교들의 진술을 입수했지만, 유감스럽게도 점호 명부가 유실된 탓에 이 암울한 사고에서 익사한 사망자의 명단은 제시할 수가 없습니다. 당시 버큰헤드호가 육지와 너무 가깝게 항해했고, 살몬드와 항해장이 첫 불침번 시간인 밤 10시부터 사고가 일어날 때까지 갑판 위에 나와 있지 않았다는 것은 의심의 여지가 없으므로, 두 사람은 제 임무를 완전히 망각하고 주의를 제대로 기울이지 않았다고 볼 수 있습니다. 그리고 첫 번째 측심을 했을 때, 배의 키를 좌현으로 돌렸더라면 이 불행한 선박은 위험을 피해갔을지도 모릅니다. 이런 부분에 대해서 충분히 설명해 줄 장교가 단 한 명도 생존하지 못했다는 사실이 너무나 애통합니다. 그리고 구명정들을 지휘한 선임 장교가 아직 앳된 장교에 불과한 항해사 리처즈뿐이었다는 사실 또한 통탄스럽습니다.

구명정들은 날이 밝기도 전에 사고 해역을 떠나버리고 말았습니다. 뗏목을 타고 해안에 가까스로 상륙한 인원들이 있었으므로 포인트 데인저 부근에서 상륙할 만한 지점이 저절로 드러났을 텐데도 말입니다. 구명정들이 침몰 해역에 머물렀다면 돛대와 선박 잔해에 매달려 있던 불행한 인원들을 구조해 해안으로 옮겼을지도 모릅니다. 따라서 많은 인명을 살릴 수 있었을 것입니다. 또한, 사고 해역에 스쿠너가 도착했을 때, 커터 구명정들이 인근 해안을 샅샅이 뒤졌더라면 조난자 몇 명을 더 발견했을 수도 있었습니다. 이런 치명적인 실수는 오직 구명정 지휘관의 판단력 부족과 그토록 끔찍한 상황에서의 구명정 탑승자들의 흥분된 감정 상태 탓으로 돌릴 수밖에 없습니다.

제91연대 소속 라이트 대위는 난파선 잔해를 타고 뭍에 닿았는데, 상륙하자마자 동병상련의 어려움을 겪고 있는 전우들을 돕고 지원을 아끼지 않았습니다. 대위는 해안을 따라 수 킬로미터를 걷다가 포경선 한 척을 구해서 다시 돌아와 있는 힘껏 구조 활동을 벌였고, 상륙한 인원들을 모두 통솔했습니다. 스탠퍼드만 주변에 거주하고 있던 판무관 매카이와 스메일스 대위는 조난자들이 그곳에 도착하자 가련한 그들을 먹이고 입히는 데 극진한 호의를 베풀었습니다. 소관(小官)은 스쿠너의 선장인 램스든에게 그의 인간적인 친절과 노력에 감사의 뜻을 전했습니다. 램스든 선장은 사고 해역으로 스쿠너를 몰고 가서 톱 세일 야드에 매달려 있던 병사들을 구조했습니다.

한편 구명정들을 이끌고 사고 해역에 도착한 번스 함장은 비록 생존자들을 구하기에는 너무 늦기는 했지만, 생존자들이 고통스럽고 오랜 여정을 겪지 않도록 라다만토스호에 그들을 승선시켜 성공적으로 귀항했습니다. 사고 해역의 깊은 수심과 위험성 때문에 가치 있는 물건을 회수할 수 있을 것이라는 기대는 전혀 하지 않고 있습니다. 하지만 번스 함장을 인근 육로로 보내 가장 가치 있다고 판단되는 물품들을 회수하고 처리하라고 지시를 내렸습니다. 이에 관해서는 추후 서신을 보내 각하께 설명드리겠습니다. 생존 병사들은 곧 자기 부대로 복귀할 것입니다. 그리고 침몰한 버큰헤드호의 생존 승조원과 장교들은, 각하께서 합당하다고 판단하시면, 기회가 닿는 대로 본국으로 송환할 계획입니다.

이 긴급 공문을 프레시필드에게 맡기는 것이 바람직하다고 생각합니다. 그는 최근까지 여황 폐하의 증기선 버큰헤드호의 함장 보좌관으로 복무하면서 침몰 현장에 있지는 않았지만 사고 정황에 대한 지식을 갖춘 인물입니다. 프레시필드는 몸이 아픈 관계로 소관의 거주지에 머물고 있는데, 각하께 모든 정보를, 특히 익사한 장교들의 명단과 같은 정보를 제공할 수 있을 것입니다. 또한, 이 불운한 선박의 침몰 과정도 설명할 수 있을 것입니다.

와이빌 준장의 초상

H.M.S. 카스토르호의 선수상 사진

토마스 램스든 선장의 전보

와이빌 준장이 급보와 함께 동봉한 자료를 순서대로 알아보기 위해 먼저 스쿠너선 라이어네스호의 선주이자 선장인 토마스 램스든의 전보(사이먼즈만, 2월 27일 자)부터 살펴보도록 하자.

금월 26일 아침 10시경, 라이어네스호가 워커(Walker)만을 출항하려는 찰나 가까운 해안에서 보트 한 척이 다가오는 것을 목격했습니다. 보트에 다가가 보니 그 안에는 버큰헤드호 생존자 37명이 타고 있었습니다. 그들에게서 구명정 2척이 더 있다는 소식을 듣자마자 바로 수색에 나섰고, 45분 후에 여성과 어린이를 태운 커터 1척을 구조했습니다. 하지만 3번째 보트를 아직 찾지 못해 항해를 계속했고, 같은 날 오후 2시 무렵 침몰 해역에 도착했습니다. 그리고 커터를 띄워 돛대에 매달려 있는 병사들을 구조하도록 했고, 그 과정에서 거의 알몸 상태나 다름없던 군인과 승조원 35명을 구해냈습니다. 난파선의 선체는 전부 가라앉고 수면 위로는 메인 톱 마스트와 톱 세일 야드만 드러나 있었으므로, 거기에 병사들이 매달려 있었던 것입니다.

그밖에 구조할 수 있는 인원은 전혀 찾지 못했습니다. 관찰해 보니 데인저 포인트 상륙에 이미 성공한 인원도 일부 있었지만, 10명 정도에 불과했습니다. 침몰 해역에서 더는 할 일이 없다고 판단하고 다시 투묘지로 향했고, 투묘지에서 약 14킬로미터 떨어진 해역에서 여왕 폐하의 증기선 라다만토스호에 의해 예인 되었습니다. 이 불운한 선박의 조난자들을 구출해서 약 36시간 동안 선상에서 함께 했다는 사실에 기쁨을 느낍니다. 제 아내는 여성과 어린이들에게 필요한 옷을 제공해 주었고, 저를 비롯한 이 배의 승조원들은 최대한 물자를 아껴 병사들과 나누어 썼습니다.

지체 없이 아프리카 서해안으로 출항을 준비하고 있으므로 식량을 추가로 배급해 주고 선박에 파손을 정비할 수 있도록 지원을 해주기를 간청합니다. 커터를 실으면서 제 보트와 뱃전이 파손되었기 때문입니다. 불행을 겪은 조난자들은 9시 정각에 이미 카스토르호에 승선했습니다.

이처럼 정중한 램스던 선장의 요청은 기꺼이 받아들여질 터였다. 첫 번째 커터가 구조한 이등 선임 군의관 로버트 보웬은 3월 1일 자 보고서에서 침몰 당시 장교와 병사들의 행동에 대한 찬사로 보고를 시작한다.

얼핏 보기에 외륜 덮개 바로 앞부분에서 배가 두 동강 날 때까지 저는 선내에 남아 있었습니다. 선체가 더는 떠 있을 가망이 없다고 판단한 살몬드 함장이 수영할 수 있는 병사는 헤엄을 쳐서 살아남으라고 외쳤으므로, 저는 선미루에서 뛰어내려 헤엄을 쳤습니다. 저의 판단으로는 제가 선미루에서 뛰어내리고 나서 3~4분 후에 배는 물속으로 가라앉았습니다. 나중에 첫 번째 커터가 저를 구조했습니다. 제가 갑판 위에 서 있었을 때, 장교와 병사들은 육군과 해군을 막론하고 대단한 침착함과 완벽한 규율을 보여주었습니다. 살몬드 함장의 명령이 내려지자 장병들은 평상시와 다름없이 아주 침착하게 지휘관의 명령에 따라 임무를 수행했습니다. 저는 선체가 두 동강 나기 전에 아주 잠깐 살몬드 함장과 대화를 나누었는데, 그는 극도의 차분함과 냉정함을 유지했습니다.

선임 군의관 로버트 보웬은 구명정 탑승자 중에 비난받을 만한 한 명을 제외하고 그 밖의 모든 이들은 찬사를 받을만하다고 느꼈다.

제가 커터에 탄 이후 저희 일행은 안전이 보장되는 한 최대한 많은 인원을 커터에 태웠고, 해병 1명을 제외하고 모든 승조원은 엄청난 용기와 깍듯한 예의를 보여주었습니다. 그 해병은 렌윅에게 불손하게 대했는데, 도움을 주기보다는 툴툴거리는 것 같았습니다. 첫 번째와 두 번째 커터, 그리고 기그는 리처즈의 지휘 아래 무리지어 행글리프(Hanglip) 곳으로 향했는데, 해안 근처에 접근하자 해안으로 엄청난 크기의 파도가 밀려왔습니다. 날이 밝자 저희 일행은 전방의 시야에 들어오는 돛 하나를 발견하고는 바다 쪽으로 노를 저었지만, 노를 아무리 오래 저어도 그 배를 따라잡을 기미가 보이지 않아 다시 행글리프 방향으로 노를 저었습니다. 북서쪽에서 불어오는 산들바람이 갑자기 일어 상쾌해졌지만, 병사들로 빽빽한 작은 보트에 비해 바다는 감당하기 벅찬 대상이었습니다. 앞서 가던 기그가 저희가 외치는 소리를 듣지 못했으므로 저희는 얼마 동안 모자를 흔들었습니다. 그런 후에는 순풍을 받도록 보트 방향을 바꾼 다음, 가만히 서 있는 것처럼 보이는 스쿠너 한 척을 향해 노를 저어갔습니다. 알고 보니 그 스쿠너는 라이어네스호였고, 스쿠너는 저희 일행을 오전 11시 30분쯤에 구조했습니다. 스쿠너 선장은 그런 뒤에 리처즈와 여성과 어린이, 몇몇 병사를 태운 두 번째 커터를 찾기 위해 해안 가까이에 배를 정박시켰습니다. 결국, 우리는 그들을 구조했습니다. 그들 역시 저희 일행처럼 스쿠너를 향해 노를 젓고 있었습니다. 그들이 처음 시야에 들어왔을 때 보트에는 돛이 달려 있는 것처럼 보였으나, 나중에 자세히 알고 보니 그것은 갈고리 장대 위에 여성의 숄을 걸쳐 만든 급조한 돛이었습니다. 기그는 전혀 시야에 들어오지 않았지만, 그날 아침 스쿠너를 쫓아갈 목적으로 첫 번째 커터에서 한 명을 차출해 갔으므로, 기그에 대해서는 크게 우려하지 않았습니다. 스쿠너는 이제 침몰 현장으로 가서 많은 병사를 구해냈습니다. 구조 작업은 렌윅과 리처즈, 커터의 승조원들이 맡았습니다. 이 두 신사는 침몰 해역에서 병사들을 구조해내는 데 최고의 용기와 결단력과 지혜를 보여주었고, 사고 전 과정을 통해서도 마찬가지였습니다. 실로 용감한 사람만이 할 수 있는 행동이었습니다. 최악의 상황에서 여성과 어린이가 탄 보트를 이끈 리처즈의 임무는 몹시 고된 것이었지만, 그는 자신의 임무를 훌륭하게 완수했습니다. 침몰 지점에서 무려 약 13시간을 버틴 하이어(Hire)도 불굴의 용기와 침착함을 보여주었습니다. 부담 없이 스쿠너를 쫓기 위해 렌윅을 기그에서 저희가 탄 첫 번째 커터로 옮겨 태울 때, 렌윅은 거의 탈진 상태에 몸이 멍투성이였습니다. 하지만 동이 트자 그는 곧 원기를 되찾아 의젓하게 처신했습니다. 라이어네스호의 램스든과 그 부인이 선상에서 보여준 관심과 친절은 그 무엇과도 비교할 수 없을 것입니다. 두 사람은 저희에게 감지덕지할 정도로 친절을 베풀었고, 램스든은 최대한 많은 인명을 구하는 데 혼신의 힘을 기울였습니다. 램스든은 최고의 찬사를 받아야 마땅합니다.

구명정들의 활동과 그 지휘를 맡았던 선임 장교를 비판했던 와이빌 준장은 확실히 군의관 보웬의 흥미로운 진술을 그 근거로 활용하지 않았다. 그러나 당시 항해사이자 앳된 장교로 구명정을 지휘했던 리처즈는 자기 자신을 변호한다. 사이먼즈만의 라다만토스호에서 작성한 3월 1일 자 보고서에서, 리처즈는 먼저 사고 당시 버큰헤드호 선상에서 벌어진 장면과 커터와 기그를 끌어내린 일에 대해서 다음과 같이 설명한다.

선박이 좌초했을 때, 저는 선수 선실 해먹에서 잠을 자고 있었습니다. 셔츠 차림으로 그 즉시 갑판 위로 올라가면서 선수 승강구 쪽을 내려다보니, 벌써 선실 절반까지 해수가 가득 들어찼습니다. 바닷물은 순식간에 차올랐고, 선미로 달려가는 와중에 함장님이 장병들에게 사슬 펌프로 가서 물을 퍼내라고 외치는 목소리를 들었습니다. 선미 선실로 내려간 저는 사무장 보조, 목수와 함께 사슬 펌프에 펌프 핸들을 끼웠습니다. 그런 뒤에 갑판 위로 다시 올라와서 첫 번째 커터와 우현 외륜 구명정을 하선시키는 임무를 도왔습니다. 곧 선체는 심하게 흔들렸고 뱃머리는 빠르게 가라앉고 있었습니다. 함장님은 장병들을 선미루로 집합하라고 명령했고, 부하들은 차분하게 그 명령을 따랐습니다. 그러고는 저를 불러 여성과 어린이들을 두 번째 커터에 태우고 필요한 경우에는 그들을 구조하라고 지시했습니다. 그 구명정은 물이 어느 정도 찬 상태로 내려졌기 때문에 거의 옆으로 전복될 뻔했습니다. 그다음으로 구명정에 여성과 어린이들을 태웠고, 군인들 일부가 현문에서 구명정 쪽으로 뛰어내렸는데 도합 35명이었습니다. 제가 배에서 탈출하자마자 선체는 외륜 구명정 앞에서 두 동강이 났습니다. 그때 함장님이 보트로 항해장 브로디를 구하라는 외침이 들렸습니다. 그 소리를 듣고 사고 지점으로 노를 저어갔지만, 브로디는 보이지 않았습니다. 사고 해역에서 구명정이 거의 뒤집히다시피 했고, 구명정 쪽으로 수많은 병사가 달려들었기 때문에 저는 어쩔 수 없이 다시 사고 해역을 급히 빠져나와야만 했습니다. 조금 있다가 첫 번째 커터와 두 번째 기그를 침몰 지점 후미에서 목격했습니다. 저는 그들에게 구명정이 만원인지 소리쳐 물어본 후에 안전이 담보되는 한 최대한 많은 인원을 배에 태우라고 말했습니다. 그러자 그들이 우리 쪽으로 노를 저어 다가왔습니다. 렌윅이 자기를 구해달라고 소리쳤으나, 우리 보트는 만원으로 거의 전복될 처지이니 조금 더 헤엄쳐서 기그에 타라고 제가 말해주었고, 잠시 후에 렌윅은 기그에 의해 구조되었습니다. 우리는 침몰 해역 근처에 1시간 정도 머물렀습니다.

약 1시간이라니! 리처즈에게는 그 정도 시간이 흐른 것처럼 느껴졌을지 몰라도 이야기가 계속되면서 그것이 큰 착오였음이 드러난다. 그러나 앳된 장교임에도 막중한 책임을 졌던 리처즈는 당시 아주 훌륭하게 처신한 것으로 보인다. 자신이 그런 상황에 있었다면 더 성숙한 판단력을 발휘했을 것이라고 비판하는 사람도 있겠지만, 리처즈는 그 상황에서 더할 나위 없이 훌륭하게 행동했다.

선체가 두 동강 난 후, 구명정에 최대한 많은 인원을 태우고 나서 저는 일어서서 해안 쪽을 바라보며 구명정에 탄 인원들을 상륙시킬 수 있을 것인지를 판단했습니다. 우리는 해안으로 몰아치는 백파에 무방비로 노출되어 있었고, 산더미처럼 높은 파도 때문에 여기서 상륙을 시도했다가는 구명정이 난파되는 것은 물론이고 이미 목숨을 건진 생존자들, 특히 여성과 어린이들의 목숨이 위태롭게 될 게 뻔했습니다. 따라서 저는 구명정 탑승자들에게 바다 쪽으로 더 나아가자고 신호를 보냈는데, 그 무렵 우리 보트는 백파에 거의 전복될 뻔했습니다. 그러나 우리는 무사히 그 고비를 넘겼고, 해안을 따라 북서쪽으로 9~11km 정도를 계속해서 더 나아갔습니다. 그런데도 상륙할 만한 지점은 전혀 보이지 않았습니다. 그러다 동이 트자 8~9km 떨어진 해상에서 스쿠너 1척이 지나가는 것이 목격되었습니다. 여타 장교들과 협의를 해보니 그 스쿠너를 추격하는 것이 최선이라는 결론이 나왔습니다. 그리고 2~3시간 정도 스쿠너를 추격했는데, 그 와중에 서쪽에서 갑자기 산들바람이 불어와 스쿠너는 육지와 멀어졌습니다. 그러자 첫 번째 커터와 기그는 우리를 앞서 거의 시야에서 사라졌고, 배에 노가 겨우 6개밖에 없었던 탓에 두 구명정을 쫓아갈 수가 없었습니다. 더는 그들을 뒤쫓는 것이 무의미하다고 판단한 저는 일어서서 육지 쪽을 바라보았습니다. 거기서 사고 해역이 보이기는 했으나 사람의 형체는 분간할 수가 없었습니다. 우리는 육지 쪽으로 거의 접근하지 못했는데, 산들바람이 더 강하게 불어서 보트를 전복시키지 않으려면 바람이 불어오는 쪽으로 배를 맞길 수밖에 없었기 때문입니다. 보트가 육지에서 3~4km 정도 떨어져 있을 때, 다시 한 번 스쿠너가 우리 쪽으로 다가오는 것을 목격했습니다. 여성의 숄로 만든 돛으로 항해 중이던 우리는 뱃머리를 돌려 스쿠너 방향으로 조금 더 가까이 접근하는 데 성공했습니다. 스쿠너는 배를 멈추고 오후 2시경에 우리를 배에 태웠는데, 그곳에는 이미 첫 번째 커터와 함께 렌윅과 군의관 보웬, 병사 34명이 승선해 있었습니다. 아직까지 기그가 보이지 않았으므로 전 인원은 침몰 해역으로 항해했고, 3시 30분쯤 사고 해역 근처에 도착했습니다. 렌윅과 저는 커터를 몰고 계속 나아가 톱 마스트와 톱 세일 야드에 매달려 있던 병사 45명을 무사히 구출했습니다. 침몰 지점과 해안 사이에서는 아무도 발견할 수가 없어서 생존자들은 모두 목숨을 건져 뭍에 올랐다고 판단했습니다. 우리는 다시 사이먼즈만으로 향하는 스쿠너에 올랐습니다. 스쿠너 총 탑승 인원은 116명이었습니다.

G. W. S. 하이어의
보고서

G. W. S. 하이어는 버큰헤드호에 승선한 함장 보좌관이었는데, 몸이 아파 어쩔 수 없이 케이프타운에 머물고 있던 프레시필드의 임무를 대신했다. 하이어는 난파선의 메인 톱 세일 야드에 매달려 목숨을 건진 생존자 중 1명으로, 자신에게 닥친 일을 와이빌 준장을 대신해서 보고하기 위해 라다만토스호에서 3월 1일 자로 다음과 같이 보고서를 작성했다.

2월 26일 새벽 2~3시 무렵 선수 선실에서 잠을 자고 있다가, 뭔가 '쿵'하는 소리를 듣고 잠에서 벌떡 일어났습니다. 갑판 위로 올라가서 선미 쪽의 함장님에게 다가가자, 함장님은 곧 큰 위험이 닥칠지 전혀 예상을 못 한 듯 제게 각종 장부를 구명정에 실을 준비를 하라고 지시했습니다. 저는 지시대로 하고 나서 다시 선미루로 올라갔습니다. 그때 선체 중앙이 두 동강 나는 바람에 미처 선미루에 다 올라가지도 못했습니다. 선미루가 무너져 내리는 와중에 조타실에 있던 함장님과 스피어 부항해장을 잠깐 만나기는 했지만, 우리는 곧 선미루와 함께 침몰했습니다. 다시 수면 위로 올라와 처음에는 메인 야드 근처로 접근했다가 나중에는 난파선에 움직임이 없자 톱 세일 야드까지 올라갔고, 거기에 계속 매달려 있었습니다. 근처에 장교나 구명정은 전혀 보이지 않았습니다. 아마도 대략 병사 50명가량이 톱 세일 야드에 저와 함께 매달려 있었던 것 같습니다. 그들 중에는 날이 새기 전에 물속으로 떨어진 병사들도 있었고, 동이 트자 난파선 잔해를 타고 해안으로 접근하는 병사들도 있었습니다. 그러다 약 8~9km 떨어진 해상에서 풍상 쪽으로 항해하고 있는 배 한 척을 목격했는데, 나중에 알고 보니 그 배는 스쿠너선 라이어네스호였습니다. 저는 물 위에 떠 있는 것으로 보이는 기그 한 척에 오르려고 시도해 보았으나 소용이 없었습니다. 사고 다음 날 오후 3시 30분 무렵에 스쿠너가 우리 쪽으로 가까이 접근했고, 항해사 리처즈와 기관사 렌윅이 탄 커터 2척이 다가와 우리를 구조해 스쿠너에 승선시켰습니다. 스쿠너 선장과 그 부인은 우리에게 더할 나위 없는 친절을 베풀었는데, 두 사람은 우리가 편히 쉴 수 있도록 있는 힘껏 편의를 제공해주었습니다.

함장 보좌관 하이어는 이때 특이한 경험을 했다. 그는 선미루와 함께 물속에 잠겼으나 곧 메인 야드 근처에 다시 떠올랐던 것이다. 게다가 당시 메인 야드의 위치는 라이트 대위가 스케치한 메인 야드의 위치보다 수면에 가깝게 떠 있었다. 하이어는 그처럼 운 좋게 탈출에 성공했다.

찰스 커 렌윅의
진술서

버큰헤드호의 수석 보조기관사 찰스 커 렌윅(Charles Kerr Renwick) 또한 라다만토스호에서 3월 1일에 진술서를 작성했는데, 이 진술서를 읽어보면 비운을 맞은 선박의 기관실에서 벌어진 충격적이고 생생한 장면을 떠올릴 수 있다.

해안에서 선박이 좌초해 해수가 주갑판에서 선수 선실로 쏟아져 들어올 즈음 저는 잠에서 깼습니다. 셔츠 차림으로 기관실로 달려가자 그곳에서 와이엄(Whyham), 키칭엄(Kitchingham), 바버(Barber)를 발견했습니다. 엔진은 멈춘 상태였고, 주갑판에서 들이닥친 해수가 출입구를 막고 우현 실린더 위를 덮치고 있었습니다. 그 출입문을 닫고 약 1분이 지나자 선미로 집합하라는 명령이 떨어졌습니다. 엔진은 16~20회 정도 회전하다가 멈춰 섰고, 그때 해수가 높이 차올라 타고 있던 석탄을 꺼 버렸습니다. 그리고 우현의 연료 주입 꼭지를 열려는 찰나, 우현 배 밑바닥 대부분이 안쪽으로 툭 튀어오나 싶더니 외판과 늑재가 부서지면서 순식간에 해수가 쏟아져 들어왔습니다. 와이엄이 이미 함장님에게 해수가 공기 펌프 덮개를 넘을 정도로 차올랐다고 보고한 뒤였으므로, 함장님은 기관실에서 전원 철수하라고 명령했습니다. 선미로 황급히 달려온 저는 선체가 두 동강 날 때까지 선미루에 남아 있었습니다.

렌윅은 그처럼 아슬아슬하게 죽음을 면했다. 그는 처음에 그와 마찬가지로 운 좋게 목숨을 건진 군의관 컬헤인과 그 일행이 승선한 기그에 올라탔다가 나중에는 첫 번째 커터로 갈아타 그 구명정의 지휘를 맡았다.

물속에서 올라오자마자 15분가량 헤엄을 쳐 뭍에 닿으려 했으나, 좌측으로 약 90미터 지점에 보트 2척이 보이는 것 같아 그쪽으로 방향을 틀었습니다. 첫 번째 보트가 다가오자 저는 소리를 쳤고, 리처즈가 그에 응답했습니다. 그는 자기 보트는 정원이 다 찼으니 다른 보트 쪽으로 가보라고 했습니다. 이때 한 소년이 물속에서 저를 와락 끌어당겼습니다. 사투를 벌이다가 다시 물에 떠오른 저는 의식불명 상태로 두 번째 보트에 태워졌습니다. 나중에 정신을 차려보니 보트에는 군의관 컬헤인 외에 6~7명이 더 타고 있었습니다. 만원이 된 구명정 3척은 해안에 바짝 붙어 상륙할 지점을 찾았으나 해안으로 큰 파도가 아주 세차게 몰아치고 있는 것 같았습니다. 동이 트자 약 8km 전방에 떠 있는 배 한 척이 보였는데, 당시 우리는 사고 지점에서 약 6~8km, 해안에서는 약 4~6km 떨어져 있었습니다. 구명정이 난파되지 않고 상륙할 만한 지점을 찾지 못했으므로, 우리는 함께 상의한 끝에 노를 저어 그 배를 추격하기로 결정했습니다. 우리는 그 배를 쫓아 2시간가량 노를 저었지만, 진척이 별로 없었습니다. 그때 두 번째 커터는 1.6km 정도 뒤처져 있었으므로, 군의관 컬헤인은 첫 번째 커터에서 힘 좋은 병사 8명을 뽑아 추격을 계속하자고 제안을 했습니다. 우리는 그의 의견을 그대로 따랐는데, 첫 번째 커터에는 장교가 한 명도 없어서 제가 첫 번째 커터에 올라 지휘를 맡고 계속해서 기그를 뒤따라갔습니다. 그런데 갑자기 산들바람이 불어 추격하던 배가 전보다 빨리 멀어져 갔습니다. 기그와 첫 번째 커터는 모두 육지 방향으로 노를 젓고 있었는데, 36명이나 타고 있던 보트를 전복시키지 않으려면 어쩔 수 없이 육지를 등지고 바다 쪽으로 노를 저을 수밖에 없었습니다. 오전 11시경, 추격하던 배가 바람을 좌현으로 받으면서 우리 쪽으로 접근하는 것을 목격했습니다. 그리고 12시에 우리는 그 배에 의해 예인되었는데, 알고 보니 그 배는 램스든 선장이 이끄는 케이프타운의 스쿠너선 라이어네스호였습니다. 저는 그에게 다른 구명정들이 있는 대략적인 위치를 알려주었습니다. 램스던 선장은 그 방향으로 즉시 배를 몰았고, 오후 2시에 리처즈가 지휘를 맡고 있던 병사와 여성, 어린이를 태운 2번째 커터를 예인하는 데 성공했습니다. 돛대 꼭대기에서도 기그가 보이지 않자, 우리는 모두 사고 해역으로 항해해 암초 지대 근처에 오후 3시 30분경에 도착했습니다. 리처즈와 저는 커터 2척으로 수색에 나서 함장 보좌관 하이어와 메인 톱 마스트와 톱 세일 야드에 매달려 있던 생존자 36명을 무사히 구출했습니다. 해안에서 표류하는 인원이 더 없는지 꼼꼼히 살핀 후에 우리는 사이먼즈만으로 귀항했습니다. 총 탑승 인원은 116명이었습니다.

이 인원들은 나중에 카스토르호에 승선했다. 그 사이 스쿠너를 예인한 라다만토스호는 다시 침몰 해역으로 나아갔다.

윌리엄 컬헤인의
보고서

버큰헤드호 이야기는 군의관 후
보생 윌리엄 컬헤인(William Culhane)에 의해 계속 이어진다. 그가 내
륙을 가로질러 말을 타고 사고 소식을 전한 덕분에 증기선 라다만
토스호가 구조 활동에 나서게 된다. 작성 날짜가 3월 1일이라고 적
힌 이 보고서는 그가 입원해 있던 사이먼즈만의 해군 병원에서 작
성된 것이다.

여왕 폐하의 증기선 버큰헤드호가 데인저 포인트 암초 지대에서 좌초되었을
때, 사고 현장을 떠난 마지막 인원("배가 침몰했을 때 모든 장교들은 선내에 있었
다. 오로지 리처즈와 컬헤인만 구명정에 올랐다")이 저라는 사실을 알려드리게 되
어 영광스럽게 생각합니다. 제가 사고 지점에서 헤엄쳐 빠져나올 때 선미루는
수면과 거의 일직선으로 가라앉아 있었고, 구명정은 1척도 보이지 않았습니다.
하지만 1.6km 남짓 헤엄을 쳐 두 번째 기그에 무사히 올라탈 수 있었습니다. 기
그에 탑승한 인원은 총 10명이었습니다. 저는 기그에 잠시 머물렀습니다. 사방
이 어두웠으므로 침몰선을 볼 수가 없었고, 주변에도 생존자가 눈에 띄지 않았

습니다. 근처에 커터 2척이 사고 해역을 떠나자 저희 일행도 뭍에 오를 심산으로 그들을 따라 움직였습니다. 하지만 동이 트자 리처즈가 해상에서 배 1척을 발견했고, 우리는 모두 필사적으로 노를 저어 그 배를 쫓아갔습니다. 커터에서 자원한 병사 8명으로 기그를 몰고 적어도 32km나 쫓아갔지만, 스쿠너는 이미 우리를 앞질러 가버렸습니다. 하지만 스쿠너가 시야에서 사라질 때까지 결코 포기하지 않았습니다. 그러다가 생각을 바꿔 버큰헤드호에 승선했던 장병들이 주 돛대에 매달린 인원을 제외하고는 전부 사망했다는 슬픈 소식을 빨리 보고하는 것이 최선이겠다는 생각이 들었습니다. 그렇게 침몰 해역에서 10시간 동안 노를 저은 끝에 결국 우리 일행은 상륙에 성공했고, 우리가 스쿠너를 추격하는 희망을 완전히 포기했을 때 커터는 10km 정도 뒤처져 있었습니다.

당시 컬헤인의 행위에 대해 여러 사람이 욕을 했으나, 그런 부당한 취급에 대해 컬헤인도 그들 못지않게 불만이 있었다.

커터에 타고 있던 인원들은 그들이 우리에게 신호를 보냈다고 말하지만, 병사 8명과 저 자신은 장담컨대 그 어떤 신호도 목격하지 못했습니다. 저희는 대략 오후 3시 정각에 더반 항에 도착했습니다. 사고 다음 날 저는 더반 항에서 말을 타고 케이프타운을 향해 달렸는데, 출발한 지 약 20시간 만에 사이먼즈만에 도착했습니다. 그런데 망망대해에서 약 80km나 노를 젓고, 육로를 따라 116km를 횡단하다 보니 유감스럽게도 제가 구명정들을 저버렸다는 소문을 듣게 되었습니다. 하지만 스쿠너가 우리가 마지막으로 구명정들을 목격한 방향으로 침로를 바꾸어 다가갔고, 그들을 승선시키는 듯 구명정 근처에서 멈춰 섰다가 다시 사고 해역 방향으로 움직이는 것을 저희는 목격했습니다. 저희도 상륙지점을 못

찾을 것 같아 두려움에 떨고 있었으므로, 그 당시 사고 해역에 같이 합류했으면 하는 바람이 간절했습니다. 장담컨대 저는 장군께서 사고 지점에 증기선을 급파할 수 있도록 최대한 빨리 사고 소식을 전하려고 최선을 다했습니다. 저와 같이 보트에 승선했던 병사 8명의 바람도 그와 다르지 않았습니다.

이 보고서는 분명 사람들의 동정을 받아야 마땅하다. 군의관 컬헤인은 얼마나 안타까운 인물인가! 한편으로 그는 지금 사고 현장을 떠났다는 비난을 받고 있다. 이제 그는 구명정에서 기그에 보낸 신호를 무시했다는 혐의를 방어해야만 하는 입장이고, 또한 지금까지 누군가에 의해 구명정을 버리고 떠나왔다는 비난을 계속 받아온 것처럼 보인다. 하지만 그런 터무니없는 비난이 어디 있겠는가! 그가 분개했던 것도 무리는 아니다. 절체절명의 위기에 빠져 있는 생존자들을 구하려고 악전고투를 벌였으나, 눈곱만큼도 그런 노력을 치하하는 당국자가 없었으니 말이다.

B. H. 번스 함장의
보고서

                                       B. H. 번스 함장은 자신이 지휘를 맡은 프리깃 카스토르호에서 2월 29일 자로 보고서를 작성했다. 번스 함장의 진술에 따르면, 와이빌 준장의 명령에 따라 라다만토스호를 타고 데인저 포인트의 사고 해역에 2월 28일 새벽에 도착한 다음, 침몰선의 메인 톱 마스트만 수면 위에 떠 있는 것을 확인하고, 구명정을 타고 스탠퍼드만까지 상륙해서 이미 뭍에 올라온 병사 4명을 발견했으며, 그들의 증언을 통해 그곳에서 약 24km 떨어진 내륙에 있는 농장인 '클린 리버(Klyne River)'에 더 많은 병사가 모여 있다는 정보를 입수했다.

   번스 함장은 말을 타고 그 농장까지 가서 병사 60명을 더 발견했는데, '모든 군인들은 스메일스 대위의 극진한 배려로 의식주를 제공받고 있었다'. 번스 함장은 스메일스 대위와 함께 생존 병사들을 스탠퍼드만으로 보낼 채비를 해서 그들을 오전 중으로 라다만토스호에 승선시켰다. 그리고 환자는 마차로 이동시켰다. 다음 날 아침, 번스 함장은 라이트 대위와 매카이 두 사람과 함께 침몰 해역 주변으로 가서 해안가를 얼마간 수색했다. 그리고 침몰 사고에 관한 그때까지의 자료를 종합한 번스 함장은 이렇게 말한다.

그 일대에는 작은 돛대 원목들과 갑판 파편 따위들, 외륜 구명정들이 여기저기 떠다니고 있었는데, 외륜 구명정 2척은 선체가 두 동강 날 때 갈기갈기 찢어져 무용지물이 된 상태였습니다. 저희는 해안에서 시체 여러 구를 찾아 매장했습니다. 사망자 대다수가 데인저 포인트 해안 주변을 에워싸고 있는 대형 해초에 몸이 칭칭 감겨 사망한 것이 틀림없습니다.

침몰 당시, 명령을 하달받은 장병들은 커터 2척과 기그 1척을 바다에 띄웠습니다. 여성과 어린이들은 전부 커터 1척에 태웠는데, 그 커터는 생존한 해군 선임 장교 항해사 리처즈가 책임을 맡았습니다. 생존한 병사 30~40명은 메인 톱 마스트와 삭구에 매달려 있었는데, 일부 생존자들은 헤엄쳐서 운 좋게 참사에서 빠져나온 구명정에 탑승했고, 만원인 구명정들은 노를 저어 침몰 해역을 빠져나왔습니다. 승선자 대다수는 선박이 좌초할 때 배와 함께 물속으로 가라앉았고, 나머지 생존자들은 짚더미, 돛대 잔해, 의자, 문짝, 탁자, 뒤집힌 외륜 구명정 따위에 매달려 사고 지점과 해안가 사이에서 표류하고 있었습니다. 제가 라다만토스호에 승선시킨 장병 68명은 바로 그렇게 뗏목이나 외륜 구명정 따위에 매달려 있던 사람들 중에서 살아남은 유일한 생존자들입니다. 많은 병사가 기진맥진해서 익사하거나 집채만한 파도가 부서지는 날카로운 해안 바위에 부딪혀 몸이 으스러졌던 게 틀림없습니다.

이 참사를 보고드리면서, 구명정들이 날이 훤하게 밝을 때까지 사고 현장에 머물렀다면 하는 아쉬움을 감출 수가 없습니다. 그 구명정들이 생존 승조원들을 근처의 작은 만 중에서 아무 곳에나 상륙시키고, 해상에서 사투를 벌이던 가련한 전우들에게 관심과 지원을 아끼지 않았더라면 훨씬 더 많은 인원이 목숨을 건졌을 것입니다. 구조 현장의 날씨는 쾌청했고, 바람 한 점 없을 정도로 파도도 잠잠했기 때문입니다.

번스 함장은 스쿠너선이 침몰한 군인 수송선의 돛대와 활대에 매달려 있던 인원들을 구조했다고 설명한다. 그리고 보고서와 더불어 장교와 사병, 승조원, 여성과 어린이 등 생존자 명단을 함께 동봉했다.

스쿠너가 구조해서 승선시킨 인원은 전부 117명으로, 기그로 상륙한 인원 9명과 라다만토스호에 승선한 인원 68명을 합치면, 사이먼즈만을 떠날 때의 버큰헤드호 탑승자 630명 중에서 총 194명이 생존했습니다.

라이트 대위의
두 번째 진술서

이제 제91연대 소속 라이트 대위의 두 번째 진술을 살펴보도록 하자. 이 서신은 3월 1일 사이먼즈만에서 와이빌 준장 앞으로 작성한 것이다. 어떤 면에서 이 문서는 라이트 대위가 군 당국에 써서 보낸 보고서보다 중요하고 흥미로운 내용을 담고 있다. 라이트 대위는 서두에서 면밀하게 살펴봐야 할 사안인, 침몰의 계기가 될 수도 있는 사건들을 회상한다.

10시 30분경, 갑판 위에 있던 중에 불침번 장교 스피어가 조금 전에 등대를 지나쳤다고 말하면서 좌현 쪽으로 보이는 불빛 하나를 손으로 가리켰습니다. 그래서 저는 "저것은 분명히 아굴라스 곶의 등대가 아니오. 그렇다면 아굴라스 곶이 내가 5년 전에 이곳에 왔을 때보다 케이프(케이프 포인트를 뜻함) 쪽으로 더 가까워졌다는 의미일 테니 말이오"라고 말했습니다. 새어 나오는 불빛의 모양새를 보니 그 불빛은 이곳저곳에서 타고 있는 산에서 나는 불길이 아니라 등대에서 나온 것이어서 안심이 되었습니다. 그래서 1847년에 제가 이곳을 들른 이후로 새로 등대가 하나 더 생긴 것 같다고 결론을 내렸습니다. 그런 뒤에 저는 잠이 들었습니다. 목요일 새벽 2시경, 엄청난 충격 때문에 잠이 깨서 일어나 보니 선박이 이미 좌초한 상태였습니다. 갑판 위로 올라가 보니 선미루에 살몬드 함장과 부항해장 데이비스가 눈에 들어왔는데, 저는 그때 두 사람과 나란히 서 있었습니다. 함장님은 부항해장인 데이비스에게 마지막으로 불빛을 보았을 때의 모습이 어떠했는지를 물었습니다. 데이비스는 나침반의 어떤 지점을 가리키며 방위각을 대답했습니다. 함장님이 돌아서자, 데이비스는 제게 불빛의 위치가 이상하다고 말했는데, 제가 듣기에 그는 분명히 산에서 피어오르는 불빛이 아니라 등대 불빛을 넌지시 언급하는 것으로 보였습니다. 지금 돌이켜보니 그때 목격한 불빛은 머지(Cape) 곶에서 마른 장작을 태워서 나온 불빛으로, 머지 곶에서 출항한 어선들에게 봉화 역할을 했을 것이라고 믿을 만한 충분한 근거가 있습니다. 하지만 앞서 언급한 것처럼, 그때 당시에는 그 불빛을 오랫동안 관찰한 끝에 확실히 등대 불빛이라고 판단했습니다.

다른 곳에서도 지적되는 것처럼, 봉화를 등대로 오인한 이런 실수가 선박이 침몰하는 데 결정적인 영향을 미쳤다. 라이트 대위는 첫 보고서에서처럼 선상에서 질서와 규율이 지켜졌음을 되풀이해서 말했고, 이어서 병사들에게 절체절명의 순간에도 배 밖으로 뛰어내리지 말고 구명정을 위태롭게 하지 말아 달라고 간곡하게 호소했던 일화를 다시 한 번 언급한다.

선체에 첫 번째 충격이 있고 나서 약 20분 후에 두 번째 충격이 일어났는데, 바로 그 직전에 함장님은 헤엄칠 수 있는 사람은 물속으로 뛰어들어 구명정 쪽으로 가라고 모든 장병에게 소리쳤습니다. 그때 지라르도 중위는 선미루 난간

위에, 그것도 바로 제 옆에 서 있었습니다. 우리 두 사람은 병사들에게 그렇게 하면 여성과 어린이(적어도 1명은 우리가 아는 아이였습니다)로 만원인 구명정이 전복되니, 제발 배 밖으로 뛰어내리지 말라고 목청껏 소리쳤습니다. 그에 따라 극소수의 병사만 물속으로 뛰어들었고, 나머지는 모두 선미루에서 선미루가 가라앉아 물속에 완전히 잠길 때까지 그 자리를 지켰습니다.

리처즈와 군의관 컬헤인을 제외한 모든 장교는 배가 침몰할 때 선상에 있었습니다. 리처즈는 커터에 올랐고, 컬헤인은 기그에 올라탄 뒤 같이 승선한 병사 8명과 함께 있는 힘껏 노를 저어 사고 지점에서 약 24~34km 떨어져 있는 보트(Bot) 강까지 최대한 서둘러 떠났습니다. 사고 현장에서 기그의 부재는 통탄할 만한 것이었습니다. 그 보트가 컬헤인을 뭍에 내려주고 다시 돌아왔더라면, 단언컨대 사고 지점과 해안 사이에서 유목에 의지한 채 표류하던 200여 명가량의 병사 대다수의 목숨을 구할 수 있었을 것입니다. 왜냐하면, 생존자들은 수초 때문에 해안으로 접근하지 못한 채 돛대 잔해와 목재 위에서 버티고 있었으므로 충분히 구조할 기회가 있었기 때문입니다. 동이 틀 때까지 해안을 40~50여 차례 오가면서 생존자들을 보트에 태워 날랐다면, 동쪽으로 보이는 데인저 포인트 코앞에 위치한 작은 만에 상륙시킬 수 있었을 것입니다.

라이트 대위는 비망록에서 자신과 민병대장 빌리어스, 판무관 매카이가 생존자들을 위해 해안에서 펼친 구조 활동과 그들을 라다만토스호에 승선시킨 과정을 간략하게 논평한다. 그처럼 라이트 대위는 타인이 베푼 은혜를 저버리는 인물이 아니었다.

이 비망록에 나와 함께 뗏목을 타고 한동안 표류했던 포술장 아치보드를 언급하지 않을 수 없다. 물론 그에게는 대단히 일상적인 일이었겠지만, 아치보드는 뗏목에 생존자 15명이 더 올라타도록 독려했다. 하지만 그런 모습은 선상에서 늘 하던 그의 일상에 불과했다. 선상에서 그는 늘 쉴 새 없이 일했고, 그것도 꽤 성공적으로 임무를 완수했다. 한편 배에서 사무장 보조로 일하던 제임스 제프리는 수중에 오랫동안 있었던지라 기진맥진한 상태였음에도 내가 해안의 암석 지대를 탐색할 때 동행했고, 있는 힘껏 나를 도왔다.

창기병연대
본드 소위의 진술서

그 밖에 침몰 당시와 그 이후의 정황에 대해서 흥미롭고 자세한 진술을 한 인물로는 제12창기병연대의 본드 소위가 있다. 본드 소위의 진술에 따르면, 선박이 암초에 부딪히자 잠에서 깨어 그 즉시 옷을 걸치고 갑판 위로 올라가 보니 대소동이 벌어지고 있었다고 한다.

함장님은 배를 후진시키라는 명령을 내렸지만, 좌초와 거의 동시에 연료가 꺼져버렸기 때문에 함장님의 명령이 수행되기란 거의 불가능해 보였다. 함장님은 그런 뒤에 세튼 대령에게 말들을 끌어올려 물 밖으로 던지라고 지시를 했으므로, 나는 제12창기병연대 소속하사 한 명과 병사 몇 명을 이끌고 그 임무를 성공적으로 완수했다. 그런 뒤에 선미루로 올라가 보니 거기에 함장님이 서 계셨다. 함장님이 가서 여성과 어린이들을 데리고 올라오라고 지시해서, 내가 어린이 2명을 안고 올라왔다. 나머지 여성과 어린이들도 올라오는 대로 그 즉시 구명정에 태웠다. 이때 모든 임무는 일사불란하고 질서정연하게 이루어졌다. 그런 뒤 장교 전원은 다수의 병사들과 함께 펌프실로 가서 배의 물을 퍼냈으며, 몇몇 병사는 브로디 항해장의 지휘 아래 외륜 구명정을 좌현 쪽으로 끌어내리느라 안간힘을 썼는데, 거의 다 내려오던 구명정은 도르래가 고장 나는 바람에 공중에 그대로 매달려 있었다. 전부 마스트 부근에서 선체의 전부가 떨어져 나가자 곧 선체 중앙도 갈라졌고 선체에는 순식간에 물이 가득 차서, 전투 갑판의 해먹에서 잠을 자던 수많은 병사가 탈출하지 못해 그대로 익사했다. 생존한 장병들은 앞다투어 선미루에 우르르 몰려왔고, 함장님은 수영할 줄 아는 사람은 배 밖으로 뛰어내려 구명정 쪽으로 가라고 외쳤다. 전방 137미터 부근에는 구명정 3척이 떠 있었기 때문이다. 하지만 구명정이 전복될까 염려한 장병들은 그 근처로 얼씬도 하지 않았다. 그때 우측의 기그 한 척을 내리라는 명령이 떨어졌고, 수영을 전혀 못 하는 제12창기병연대 소속 롤트(Rolt)와 여러 승조원이 거기에 타는 모습이 보였다. 하지만 기그를 내리는 도중에 로프 하나가 끊어지는 바람에 기그는 전복되고 말았다. 가엾은 롤트는 다시 수면 위로 떠올랐지만, 해안으로 다가갈 수가 없어서 그대로 익사했다. 그 뒤에 선미루가 맹렬하게 밀려드는 바닷물의 힘을 이기지 못하고 가라앉았고, 나를 비롯한 모든 인원은 선미루와 함께 물속으로 침몰했다.

이때부터 살아남기 위한 사투가 시작된다.

배가 침몰하자마자 물 밖으로 올라왔다. 물속에서 바람을 채울 요량으로 매킨토시(Mackintosh) 구명 부환 하나를 미리 챙겼던 덕분에 곧바로 거기에 바람을 채워 넣을 수 있었다. 이때 바다는 무시무시한 상어떼와 생존자들의 비명, 구명정을 찾는 외침이 난무하는 가운데 생존을 위한 몸부림으로 가득 찼다. 혹시 구명정에 의해 구출될까 싶어 선미 쪽으로 헤엄을 쳤다. 그리고 146미터 전방을 향해 크게 소리쳤지만, 소리는 구명정에 미치지 못했다. 추측건대 조난자들이 너도나도 구명정에 오를까 싶어 이미 멀찌감치 사고 지점을 떠났기 때문으로 보였다. 그런 뒤에는 약 3.2km 떨어져 있는 해안 쪽으로 방향을 돌렸고, 오직 헤엄만 쳐서 새벽 5시를 조금 지났을 무렵 가까스로 뭍에 닿았다. 같이 헤엄을 치던 2명은 외마디 비명과 함께 시야에서 사라졌는데, 십중팔구 상어떼의 공격을 받았을 것이다.

본드 소위는 악전고투 끝에 마침내 해안에 도착했고, 그곳에서 해상에서 표류하던 다른 장병들이 안전한 곳에 상륙하도록 도와주었다. 본드 소위가 천국 같은 '육지'에 도착해서 가장 먼저 목격한 것은 이미 뭍에 도착해서 해안에 서 있던 자기 군마였다.

운 좋게 상륙 지점 한 곳을 발견하기는 했지만, 엄청난 양의 수초 지대를 헤쳐 나가느라 거의 탈진 상태에 이르러 하마터면 뭍에 닿지 못 할 뻔했다. 천신만고 끝에 뭍에 오른 다음에는 혹시라도 사람 사는 곳이 있을까 싶어 사람의 발자국이 있는 다져진 길을 따라 걸었다. 그렇게 걸어가는 도중에 멀지 않은 곳에서 해안가 물속에 서 있는 내 군마를 발견했다. 말을 물가에서 건네내 다시 상륙 지점으로 돌아오는데, 병사 9명이 탄 뗏목이 눈에 들어왔다. 그들은 상륙하려고 애를 쓰고 있었지만 여의치가 않았으나, 마침내 상륙하기에 안성맞춤인 바위 위에 서 있던 내 모습을 발견했다. 그들은 내가 서 있는 곳을 향해서 똑바로 다가왔고 오전 7시에 드디어 상륙에 성공했다. 그들 중에는 제43경보병연대 소속 지라르도 중위도 포함되어 있었다. 같은 시각, 추가로 병사 2~3명이 돛대 잔해에서 떨어져 나와 해안의 바위에 처박혔고, 그 과정에서 알몸 상태이던 그들은 온몸이 심하게 베이고 온몸에 멍이 들었다. 우리 일행은 잘 다져진 길을 따라 계속 걸었는데, 2시간 정도 지나서 해안 부근을 지나던 마차 1대를 발견하고는 마차꾼에게 빵과 물을 조금 얻었다. 마차꾼은 해안을 따라서 더 올라가라고 일러주었고, 8km를 더 걸어간 끝에 우리는 천근만근의 몸으로 스메일스 대위 소유의 어로 작업용 오두막을 발견했다. 그곳에서 빵을 좀 더 얻어먹은 우리 일행은 스메일스 대위의 집까지 계속해서 행군했는데, 모래밭 길을 따라 약 19km를 더 걸어야만 했다. 그리로 향하는 길에 우마차 1대를 만났고, 거기에 완전히 녹초가 되어 도저히 걷기 힘든 인원들을 태워서 다시 처음 발견한 그 오두막으로 돌려보냈다. 오후 7시 정각에 장교 2명과 병사 4명으로 구성된 우리 일행은 마침내 스메일스 대위의 집에 도착했다. 그곳에서 우리는 극진한 대접을 받았고, 의류와 식량도 제공받았다.

다음 날 아침, 본드 소위 일행은 칼레돈의 민병대장 겸 치안 판사(매카이)와 함께 걸어서 다시 해안의 상륙 지점으로 향했다.

다시 해안으로 돌아가는 길에 우리는 이미 뭍에 오른 조난자들을 여럿 마주쳤다. 어떤 이들은 떠다니던 외륜 구명정을 타고 해안에 닿았는데, 구명정 하나는 물이 가득 차 있었고 또 하나는 전복된 상태였다. 버큰헤드호 조타수 한 명은 물이 가득 찬 구명정에 자기를 제외하고 7명이 더 타고 있다고 내게 말했다. 그러나 거의 알몸 상태로 장시간 구명정에서 추위에 떨었던 탓에 그들은 전부 죽고 말았다. 다행히 그 조타수만 옷을 걸치고 있었다. 우리는 또한 돌출 난간(sponson)을 타고 육지에 상륙한 제91연대 소속 라이트 대위도 만났다. 그때는 이미 라이트 대위가 해안을 따라 이동하면서 병사 여러 명을 구조한 뒤였다. 해안가에는 뗏목에 몸이 단단히 묶여 초주검이 된 사람도 있었고, 바닷물에 떠밀려 뭍으로 올라온 시체 중에는 상어의 공격을 받아 만신창이가 된 시체도 있었다.

본드 소위는 그 생존자들이 라다만토스호를 타고 출발했다고 언급하면서 결론적으로 나머지 인원들에 대해 다음과 같은 사실을 확인해 주었다.

배가 좌초했을 때부터 선미루가 가라앉고 그 위에 있던 인원들이 순식간에 물속으로 빠질 때까지 그 시간은 채 20분도 되지 않았다.

어느 부사관의
진술서

마지막으로, 침몰 사고에서 생존한 어느 부사관이 작성한 진술을 살펴보도록 하자. 여기에 묘사된 몇 가지 사건은 독자들이 처음 접하는 내용일 것이다. 작성자는 곧바로 배가 좌초하는 장면부터 묘사하고 있다.

배가 암초에 부딪히면서 수중에서 좌현 외륜 날개 바로 앞쪽에 구멍이 하나 뚫렸다. 그러자 선 내로 순식간에 해수가 밀려들어 왔다. 장병들이 동원되어 구명정을 꺼냈는데, 먼저 커터 두 척과 기그 한 척을 하선시킨 다음, 외륜 구명정들도 꺼내려고 했으나 구명정을 내리는 크레인의 핀이 녹이 슬어 꺼낼 수가 없었다. 이 무렵 좌초한 선체는 암초 위에서 심하게 흔들리고, 으스러지고, 갈렸다. 먼저 병사들은 후미 선실의 사슬 펌프 쪽으로 달려가서 물을 퍼 올리기 시작했다. 그다음으로 말들을 배 밖으로 던지고, 여성과 어린이들을 전부 두 번째 커터에 태웠다. 항해사 리처즈는 그 보트를 근처 가장 가까운 육지에 상륙시키라는 명령을 듣고 그 보트의 지휘를 맡았다. 하지만 커터는 집채 같은 백파 때문에 해안에 접근할 수가 없어 뱃머리를 바다 쪽을 돌렸다. 바로 이 시각, 버큰헤드호는 엔진 바로 앞부분이 두 동강이 나서 다수의 병사가 타고 있던 뱃머리 갑판이 수면 아래로 가라앉았다. 그러자 살몬드 함장님은 각자 있는 힘껏 자기가 살 방도를 찾으라는 지시를 내렸다. 그 시각 다른 커터 한 척과 기그가 수동으로 내려지고 있었다. 함장님이 선미루에 서서 분주하게 명령을 내리는 동안, 여럿이 선체 밖의 바다로 뛰어들었고 헤엄을 쳐서 구명정 쪽으로 향했다.

이 시점까지 완벽한 질서와 규율이 유지되었다. 모든 장병은 침착하고 차분하게 명령에 복종했다.

이때 함장님은 선미루에 여러 명의 장병과 함께 서 있었다. 곧 배 뒷부분이 앞으로 휘청거렸고 모든 인원은 물속으로 내던져졌다. 그 이후에는 구명정 쪽으로 헤엄을 치는 사람도 있었고, 난파선의 파편에 매달리는 사람도 있었다. 주 돛대의 중간돛대와 그 활죽만 물 위로 나와 있었기 때문에 능력이 되는 사람은 전부 중간활죽에 매달렸다. 그때 선수루 갑판 일부가 약 18미터 전방에 떠 있었다. 살몬드 함장은 그 잔해 쪽으로 헤엄쳐 갔으나, 도중에 선미루에서 휩쓸려 내려온 어느 물체에 머리를 부딪치고는 다시는 물 위로 떠오르지 못했다. 모든 사람이 선수루 갑판 잔해가 완전히 부서질 때까지 거기에 매달려 있었다. 잔해가 산산조각나자, 일부는 다시 잔해 조각을 붙잡았고 일부는 중간돛대 활죽을 붙잡았다. 약 45명이 그 활죽 위에서 계속 버티고 있었는데, 약 12시간 후에 스쿠너 라이어네스호가 도착해서 목요일 오후 2시경에 그들을 구출했다. 군인 100여 명은 그대로 물속에서 익사했다. 배가 눈 깜짝할 사이에 침몰했으므로 미처 잠에서 깰 틈도 없었던 것이다. 목요일 새벽 2시경 첫 충돌이 있었던 후 배가 산산조각날 때까지 걸린 시간은 30분 정도에 불과했다.

살몬드 함장님에게 자기 목숨을 부지하기란 식은 죽 먹기나 다름없었지만, 함장님은 선체 뒷부분이 갑자기 요동치면서 배 밖으로 나가떨어질 때까지 끝까지 선상에서 명령을 내리셨다. 이런 일이 벌어지지 않았다면 목숨을 건지셨을지 모른다.

창기병연대의 젊은 소위 롤트는 그 해병대 하사에게 살몬드 함장을 구하라고 요청을 했다. 하사는 그에 따라 살몬드 함장을 뗏목 위로 끌어 올렸으나 뗏목이 갑자기 치솟아 올라 암초에 부딪혀 갈라지면서 함장은 물속으로 가라앉고 말았다. 모두가 명령에 복종했던 그 승조원들의 행동은 실로 감복할 만했다.

병사들과 여성, 어린이를 통틀어 생존자 약 117명은 스쿠너에 승선해 사이먼즈만으로 향했고, 30~40여 명은 또 다른 뗏목을 타고 상륙해 성공했다. 정확한 숫자는 해변에서 계산할 수 있을 터였다. 난파선의 돛대 활죽에는 총 45명이 매달려 있었는데, 그중에는 함장 보좌관 하이어, 해병대의 존 드레이크 하사와 존 쿠퍼(John Cooper) 이등병, 화부 존 킹이 포함되어 있었다. 군인 42명은 모두(한 명을 제외하고) 존경스러울 정도로 훌륭하게 처신했다. 그들은 스쿠너에서 하선한 보트가 당도했을 때, 신속하게 보트에 탑승했다. 그 와중에 사고가 날 뻔했으나, 모두가 목숨을 건졌다.

살몬드 함장님이 생존했을 가능성은 없다. 항해장 브로디는 외륜 구명정을 하선하던 와중에 선체가 두 동강 나면서 그 자리에서 즉사했다.

하사의 진술은 램스든 선장에게 찬사를 보내면서 끝을 맺는다.

"램스든 선장은 성심성의껏 우리에게 옷과 음식을 제공해 주었다. 그분이 베푼 친절을 평생 잊지 못할 것이다." 램스든 선장은 충분히 그럴 칭찬을 받을 만했다. 램스든 선장 부부의 보살핌을 받은 생존 자들은 한결같이 그 노고에 감사를 표한 것으로 보인다.

군의관
컬헤인의 편지

군의관 컬헤인은 버큰헤드호 침몰 6주 후인 4월 7일, 영국의 워딩(Worthing) 스테인(Steyne) 7번지에 살던 사촌 형이자 의사인 모건 컬헤인(Morgan Culhane)에게 보낸 서신에서 탈출 정황을 상세하게 묘사하고 있다.

저는 침몰 현장을 떠난 마지막 생존자 중 한 명이었답니다. 해수면 높이까지 선미루가 가라앉자 함장님은 "헤엄칠 수 있는 사람은 전부 배에서 뛰어내려라"라고 외치셨죠. 그때 뒷돛대의 삭구 근처에서 함장님이 모습을 보이더군요. 그래서 저는 삭구 쪽으로 가려고 결심을 한 뒤, 플란넬 셔츠와 모자만 걸치고 탈의를 한 채 선미루의 고물 끄트머리에 서서 약 5분 동안 버티고 서 있었답니다. 그러다가 물에 뛰어들어 헤엄을 치다 보니 작은 보트 하나(두 번째 기그)가 시야에 들어오더군요. 제가 보트 쪽으로 목청껏 소리치자 보트에 타고 있던 사람들이 제 목소리를 듣고 저를 보트에 태웠답니다. 우리는 그 자리에서 잠시 머물면서 끌어올릴 만한 생존자가 없는지를 살폈지요. 잠시 후 커터 두 척이 자리를 떴고, 우리는 그들을 쫓아 노를 저었고 날이 밝자마자 상륙할 지점을 찾기로 했습니다. 먼저 먼 해상에서 스쿠너 한 척이 시야에 들어와서 그 배를 바로 쫓아갔지만, 스쿠너는 경쾌한 속도로 앞서가 버리더군요. 우리 보트에는 돛이 전혀 없었지요. 그래서 우리는 다시 방향을 돌려 해안에 접근을 시도했답니다. 우리는 침몰 지점에서 무려 80~96km 가량을 장장 10시간 동안이나 노를 저어 간 끝에 간신히 뭍에 닿았답니다. 제가 타고 있던 보트는 사고가 일어난 해안에서는 무용지물이었으므로, 조난자들을 구조하는 가장 신속한 방법은 가능한 한 빨리 이곳(사이먼즈만)에 도착해서 증기선을 급파하는 것이라고 판단을 했습니다. 그래서 멀리 케이프타운(152km)까지 말을 달렸지요. 그렇게 침몰 사고 당일 오후 4시에 더반 항에서 출발해서 그 다음 날 아침 9시에 케이프타운에 도착했답니다.

기쁘게도 이제 우리는 군의관 컬헤인의 행동을 합리적인 시각으로 바라볼 수 있게 되었다. 당시의 모든 정황을 감안할 때, 컬헤인이 침몰 당시나 그 이후에(혹 비난받을 행동이 있었다손 치더라도) 심각하게 비난받을 만한 행동은 하지 않았다고 해도 과언은 아닐 것이다. 오히려 컬헤인은 지난지사(至難之事)한 임무를 훌륭하게 수행했으며, 그 결과도 좋았다. 물론 당시 라이트 대위나 와이빌 준장, 번스 함장으로서는 구명정의 활동과 관련해서 컬헤인을 비판하는 것이 틀림없이 합당해 보였을 것이다. 하지만 이제 우리는 그가 사고 현장에서 최선을 다했음을 알 수 있다. 그가 침몰 사고 현장에서 더 오래 머물렀더라면, 안타까운 조난자들이 너도나도 구명정에 기어올라 구명정이 전복하는 사태가 벌어졌을 수도 있었다. 판단컨대 그 구명정들은 안전하게 실을 수 있는 최대 인원을 승선한 것으로 보인다.

구명정들은 곧바로 상륙을 시도했는데, 상황만 허락했다면 틀림없이 생존자들을 뭍에 피신시킨 후에 다시 사고 해역으로 돌아와 물속에서 사투를 벌이고 있던 조난자들을 구조했을 것이다. 하지만 당시 해안에는 거센 백파가 몰아쳐서 상륙은 아예 불가능했다. 게다가 구명정에 탄 인원들은 그런 시도가 얼마나 무모한 행동인지 이미 잘 알고 있었다.

지금에 와서야 가능한 일이지만, 당시의 모든 정황을 제대로 감안해서 차분하게 분석해보면 이 문제와 관련한 공개적인 비난에 대응하기가 한층 수월해진다. 당시 사고 정황을 두고 글을 쓴 사람들은 불필요하게 인명 손실을 낳은 책임(우리가 생각건대 오판일지도 모르는)이 군의관 켈헤인에게 있다고 분노하는 마음을 품었던 게 분명했다. 하지만 그들은 사건의 한쪽 측면만 보았을 뿐, 이제 우리에게 확실해 보이는 또 다른 측면을 보지는 못했다. 버큰헤드호 공식 보고서에서 힌트를 얻은 국내 비평가들의 비난은 한층 더 격렬했는데, 그 시절 기록을 살펴보면 조리에 맞지 않을 정도로 격렬한 맹비난을 퍼부은 글들을 찾아볼 수가 있다. 예컨대, 영국 주간지 〈이그재미너(The Examiner)〉(1852년 4월 10일 자)는 '자기 안위를 잘 챙겨서 높은 평판을 산' 인물을 심하게 조롱하면서, 그 가련한 군의관을 제물로 삼아 타인을 빈정대고 싶은 욕구를 채우고 있다(우리는 이 사례가 극단적인 사례이기를 바란다).

그가 와이빌 준장에게 보고한 바에 따르면, 케이프타운으로 말을 달린 목적은 침몰 지점에 증기선 한 대를 급파할 수 있을지도 모른다는 기대감 때문이었고,

군의관 컬헤인과 같은 보트를 탄 나머지 8명도 그에 동조했다고 한다. 다시 말해, 이 군의관은 소중한 전우들의 목숨을 살릴 기회를 놓쳐버렸다. 동료 병사들은 그 때 물속에서 사투를 벌이고, 유목 위에서 표류하고, 돛대 잔해에 머리를 부딪치고, 상어떼의 공격을 받거나 완전히 기진맥진해 물속으로 가라앉고 있었다. 그때 그 군의관의 기그가 있었더라면 한 번에 6명씩, 150명가량을 물속에서 건져 올려 구조할 수 있었을 것이다. 조난자들이 목숨을 건 사투를 벌이고 있을 때, 이 열성적인 군의관은 말을 타고 160km나 달려 내륙을 횡단하고 있었다. 와이빌 준장에게 수많은 영국인이 물에 빠져 있다는 사실을 알리고, 그가 증기선 한 척을 급파해주면 좋겠다는 의사를 전달하기 위함이었다. … (중략) … 컬헤인을 살린 대가로 영국은 자국의 용사 100명 이상을 잃었다. 영국의 체면으로 보아도 수많은 병사를 죽음으로 내몰고 결과적으로 많은 미망인과 고아를 생기게 한 책임이 있는 인물을 계속해서 군에 복무하도록 하는 것은 천부당만부당하다.

타인의 명예를 훼손하는 이처럼 영국인답지 않은 글을, 바로 그 다음 달에 있을 예정이던 군사법원의 재판 결과를 기다리지도 않고 썼다는 사실이 유감스러울 따름이다. 군사재판에서는 버큰헤드호 침몰 과정뿐만 아니라 침몰 이후 기소된 장교들의 행위에 관해서도 조사할 예정이었기 때문이다. 3일째 공판에서는 군의관 컬헤인에 대한 특별한 언급이 있을 것으로 예상되었다. 과연 그 결과는 어떠했을까? 재판관은 군의관 컬헤인 뿐만 아니라 여타 다른 생존자들에게도 아무런 책임도 물을 수 없다고 다음과 같이 밝혔다.

그러나 그와는 반대로 본 법정은 형언하기 힘든 역경 속에서 끈기를 보여준 모든 장병과 처음으로 구명정에 오른 인원들, 그리고 최상의 판단력으로 난파선에 남아 있던 승조원과 승객 일부를 구하려고 필사적인 노력을 기울인 장병들에게 찬사와 박수를 보낼 만한 근거가 있다고 판단한다.

이 판결을 계기로 그는 혐의에서 벗어났고, 군의관 켈헤인은 침몰 사고 이후 몇 년 동안 계속해서 해군에서 명예롭게 복무했다. 군의관 컬헤인이 범한 진짜 실수는 영국으로 귀환해서 저질렀는데, 그에 대한 맹비난이 쏟아진 시기였다. 그는 당시 자신에게 터무니없는 비난을 쏟아낸 이들에게 역공을 펼쳤던 것으로 보인다. 그러나 그런 논란은 '괜한 소동'으로 치부되었고, 순식간에 대중의 기억에서 사라져 갔다.

해리 스미스의
진술서

해리 스미스 경도 전 부대에 하달된 3월 11일 자 일반명령을 통해서 침몰 당시 버큰헤드호 장병들이 보여준 용기와 헌신을 제대로 인정했다.

일반명령에 따르면 장교 9명과 병사 349명의 목숨을 앗아간 끔찍하고 비극적인 버큰헤드호 침몰 사고에서 총사령관께서 다음과 같은 사실을 발견하신다면 적지 않게 흡족해하시리라 생각합니다. 라이트 대위의 보고서에 따르면, 선박이 좌초해서 침몰할 때까지 장병들은 질서와 규율을 엄중하게 지켰으며, 여성과 어린이들이 탄 구명정이 전복될 것을 염려한 군인들은 죽음을 불사하고 고결한 자기희생을 선택했다고 합니다. 라이트 대위 자신 또한 그런 찬사를 받을 만한 충분한 자격이 있으며, 이번 사고에서 장병들이 보여준 진정한 용기는 그와 비슷한 그 어떤 끔찍한 참사에서보다 도드라졌으며, 인간이 최후의 순간을 얼마나 장엄하게 맞이할 수 있는지를 입증하고 있습니다. 이들의 군인다운 용맹에 관해서는 여왕 폐하와 총사령관께 보고드릴 예정입니다.

이후 왕실 근위 기병대에서 빅토리아 여왕의 뜻을 전해 들은 해리 스미스 경은 같은 해 7월 작성한 보고서에서 만족스러운 어조로 다음과 같이 밝히고 있다.

여왕 폐하께서는 황공하게도 그 가혹한 시련 속에서 버큰헤드호 장병들이 보여준 규율과 불굴의 용기, 헌신을 크게 치하하셨다. 따라서 귀관이 이와 같은 소식을 기쁜 마음으로 라이트 대위와 여타 생존자들, 귀관 예하 장병들에게 전하기를 요청하는 바이다.

나중에 독자들은 이런 여왕의 치하가 얼마나 전폭적이며 진심에서 우러나온 것이었는지 알게 될 것이다.

이번 장에서는 침몰 사고 당시 케이프타운에서 작성한 흥미로운 항구관리대장의 멋진 사진을 사본으로 실었다. 이 사진들은 해군협회 케이프타운 지부장 허버트 페니(Herbert Penny)와 A. 월시(A. Walsh)의 도움으로 입수할 수 있었다. 첫 번째로 주목할 만한 기재 사항은 버큰헤드호 그 자체에 대한 기록이다.

살몬드 함장이 지휘하는 함포 4문을 탑재한 여왕 폐하의 증기선 버큰헤드호, 1852년 2월 23일 사이먼즈만에 입항, 2월 25일에 출항. 1월 7일 코크에서 출항. 1월 20일 마데이라에서 출항. 1월 30일 시에라리온에서 출항. 2월 11일 사이먼즈만을 목적지로 세인트헬레나 섬에서 출항. 탑승자: 세튼 소령, 러셀 소위(이상 제74하이랜더연대), 라이트 대위(제91연대), 보일란 소위(제2연대)와 멧포드 소위

(제6연대), 페어클로 중위(제12연대), 지라르도 중위(제43연대), 로빈슨 중위, 부스 중위, 루카스 소위(이상 제73연대), 본드 소위, 롤트 소위(이상 제12창기병연대), 멧 포드 부인, 군의관 보웬 및 로버트슨 부인, 그 외 병사 491명, 여성 25명, 어린이 31명(이상 상기 파견 연대 소속). 편지 몇 통을 실어옴

다음으로 침몰 사고의 생존자를 태운 라다만토스호에 예인된 스쿠너 라이어네스호와 관련된 기재사항을 살펴보자. 또한, 이 대장에는 버큰헤드호 생존자들의 진술을 첨부한 와이빌 준장의 급보를 본국에 전하는 임무를 맡았던 버큰헤드호의 함장 보좌관 프레시필드가 영국으로 귀환할 때 탔던 우편선 프로폰티스호(Propontis)에 대한 자세한 기록도 실려 있다.

용적 톤수 132톤의 스쿠너선 라이어네스호, 여황 폐하의 증기선 라다만토스호에 의해 예인되어 1852년 2월 27일 사이먼즈만에 입항, 3월 2일에 출항. T. 램스든 선장의 지휘 아래 테이블(Table) 만을 목적지로 2월 23일 알고아만에서 출항. 관리 회사는 톰슨사(Thomson and Co.). 바닥짐 항행. 여왕 폐하의 증기선 버큰헤드호에 실린 커터 두 척과 조우한 시각은 26일 오전 9시, 장소는 데인저 포인트 서쪽 약 24km 해상이었음. 라이어네스호는 그 후 사고 지점에 머물면서 생존자 116명을 구조하는 데 성공함. 구조된 인원은 장교 4명, 병사 63명, 수병과 해병대 보이를 포함한 인원 29명, 여성 7명, 어린이 13명임

마지막으로 언급할 기재사항은 라다만토스호와 나머지 버큰헤드호 생존자들에 관한 내용이다.

여왕 폐하의 증기선 라다만토스호 1852년 3월 1일 새벽 3시 사이먼즈만에 입항. 벨람(Belam) 함장 지휘 아래 사이먼즈만을 목적지로 2월 29일 화요일 오후 8시 데인저 포인트에서 출항. 여왕 폐하의 증기선 버큰헤드호 침몰로 유목에 매달리거나 수영으로 가까스로 해안에 상륙한 생존자 68명이 탑승함

이런 기재사항들은 항구관리대장에 말끔하게 기록되어 있지만, 이 기록은 성명을 번역할 때 시대적 특성을 약간 무시한 경향이 있었다. 예컨대 버큰헤드호 승선 명부에는 '미프레드(Mitfred)', '판도(Fanthough)', '겐도트(Guendot)', '부트(Boot)', '롤드(Rold)' 같은 이름들이 눈에 띈다. 따라서 앞에 제시한 명단에서는 이름을 현대에 맞게 수정했다. 항구관리명부는 여러 가지 수치를 쉽게 비교할 수가 있어 가치 있는 기록으로서 역할을 하고 있다.

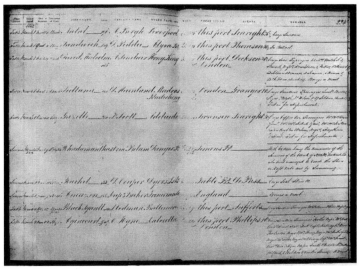

케이프타운의 항구관리대장 사진.
버큰헤드호 생존자들을 태운 라다만토스호가 항구에 도착했다는 설명이 실려 있다.

제4장

버큰헤드호 용사들을
추모하다

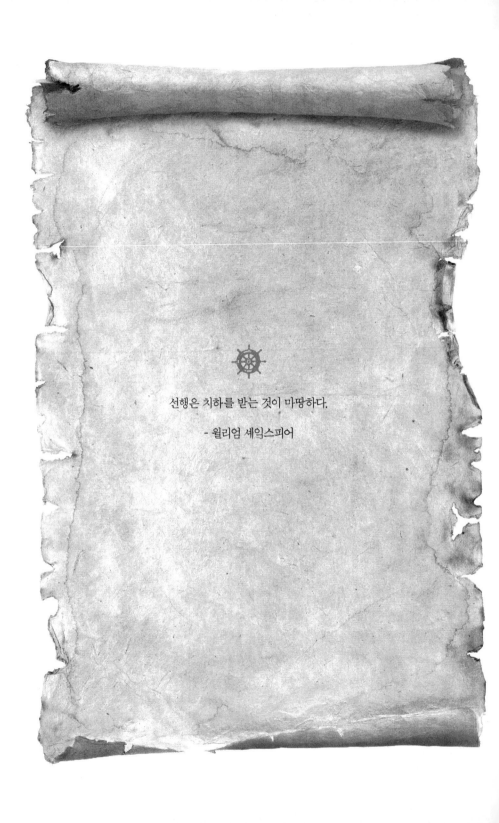

선행은 치하를 받는 것이 마땅하다.

- 윌리엄 셰익스피어

가련한
희생자들이여!

　　〈더 타임스〉는 4월 7일이 되어
서야 비로소 '여왕 폐하의 증기선 버큰헤드호가 완전히 침몰'했으
며, '그 끔찍한 참사가 케이프타운 전 주민을 우울하게 만들었다'고
상세하게 보도했다. 그 끔찍한 소식은 이미 그 전날 런던에 전해졌
는데, 국회 양원에서는 의원들이 침몰 사고와 관련해 다양한 의혹
을 제기했다. 하지만 영국 정부는 그 사건에 대한 공식적인 정보를
입수한 것이 없다는 입장을 밝힐 뿐이었다.

　　〈더 타임스〉의 보도가 사실임이 확인되고 침몰 사고의 실상이
세상에 알려지자, 그 불길한 소식에 먼저 국민들은 경악을 금치 못
하다가 곧 깊은 동정심을 일으켰다. 한편으로는 사건을 그 지경까
지 이르게 만든 이들에게 책임을 묻고 문책해야 한다는 요구가 일
기도 했다. 하지만 당대의 자료를 수집해보면 알 수 있듯이, 당시 대
중의 지배적 감정은 버큰헤드호 군인들의 영웅적인 헌신에 대한 깊
은 존경심이었다. 〈더 타임스〉에 실린 내용은 다음과 같다.

이번 참사에서 수수께끼 같은 면은 전혀 없다. 아마존(Amazon)호의 사례에 서처럼 굳이 참사의 원인을 추측할 필요가 없는 것이다. 스코틀랜드 해안에서 침몰한 오리온(Orion)호나 스페인 피니스테레(Finisterre)에서 침몰한 그레이트 리버풀(Great Liverpool)호에 닥쳤던 일이 이번에도 그대로 일어났다. 알고아만 을 향해 가능한 한 최단 거리로 항해하려고 안달하던 버큰헤드호의 살몬드 함 장은 신중하기는커녕 오히려 해안에 너무 바짝 붙어 운항했고, 그런 무모함 때 문에 결국 지금까지 454명이 목숨을 잃었다. 선박이 암초에 부딪히자마자 바닷 물이 선체로 급격하게 유입되어 아래쪽의 전투 갑판 해먹에서 잠을 자던 병사 들이 그대로 익사했다. 익사한 병사들은 적어도 남은 20분 동안 겪어야 했을 끔찍한 고통을 겪지 않았다는 면에서는 차라리 더 행복한 운명을 맞았다고 볼 수 있다. 남은 병사들이 죽음을 맞이한 방식은 훨씬 더 고통스러웠다. 그들은 쓰 러지는 돛대 잔해와 굴뚝에 몸이 짓이겨졌고, 파도에 휩쓸려 바닷물에 빠지고 나서는 침몰 해역을 어슬렁거리던 게걸스런 상어 떼의 공격을 받았다. 하지만 선박이 좌초한 그 순간부터 인간이 발휘할 수 있는 용기와 침착함이 전부 드러 났던 것으로 보인다. 군인들은 절체절명의 순간에도 후미 갑판 위에 도열했다. 생존에 대한 본능보다 규율을 지켜야 한다는 본능이 더 강했던 것이다. 장병들 은 연병장에 집합할 때처럼 차분하게 오와 열을 맞추었다.

기사는 이어서 라이트 대위의 보고서를 인용한 후에 다음과 같 은 논평을 달았다.

가련한 희생자들이여! 이 장병들이 국가를 위해 전쟁터에서 전사했더라면, 통한을 남기지 않고 고동치는 감정을 안고 세상을 떠나지 않았겠는가. 하지만 그렇게 많은 용사가 불가항력의 재난을 맞이하고도 최후까지 용감하게 사투를 벌이겠다는 차분하지만 결연한 다짐을 보여주었다는 사실에 형언할 수 없는 어떤 감동을 느낀다. 여성과 어린이들이 전원 목숨을 건졌다는 사실 또한 흐뭇한 일이다.

이 기사는 다른 사건들도 순서대로 인용하고 있다. 〈더 타임스〉는 '선박이 좌초한 이후에 제 임무를 다한 것으로 보이는 살몬드 함장'은 사고 후 생존하지 못했다고 밝히면서 다음과 같이 덧붙인다.

기술과 경험 면에서 탁월하다고 인정받던 한 해군 장교는 안타깝게도 순간적인 배짱으로 그토록 무모한 항해를 했을 텐데, 그런 책임을 해군성이나 정부 탓으로 돌리는 것은 전혀 온당하지 못하다.

같은 날, 〈모닝 헤럴드(The Morning Herald)〉는 버큰헤드호 참사에 대한 대중의 애절한 정서를 그대로 반영하는 기사를 내보냈다.

이 참담한 사고로 육군 장교 7명과 병사 350명, 해군 장교 8명과 수병 60명이 목숨을 잃었다. 지금까지 가혹하고 처참한 참사가 많았지만, 이번 참사만큼 희생자가 많았던 적은 없었다. 이제 버큰헤드호 참사는 사상 최대의 희생자를 낸, 끔찍한 재앙으로 기록되게 되었다. 상상할 수 없을 만큼 끔찍했을 사고 장면을 떠올리면 몸서리가 쳐진다. 이번 참사를 왜 피할 수 없었느냐고 묻는 것은 이제 무익하다. 그 불운한 선박의 함장은 세상을 떠났고, 장교와 승조원들 역시 대부분 그와 함께 비명횡사했다.

침몰 사고 소식에는 밝은 측면도 있어서 신문은 그런 민심을 즉각 대변했다.

그러나 마지막 순간까지 제 임무를 다하고 목숨을 잃은 용감한 병사들을 떠올려볼 때, 그들의 영웅적 행동과 헌신은 더 없는 찬사를 받아야 마땅하다. 감히 주장컨대, 비운을 맞은 세튼 소령과 그 휘하의 장병들이 이번 침몰 사고에서 보여준 냉정함과 진정한 용기, 엄중한 규율보다 숭고한 사례는 해군 재난 역사를 통틀어 보아도 찾아보기 힘들 것이다. 또한, 영국 역사를 통틀어 보아도 이처럼 놀라운 용기와 침착함을 보여준 사례가 또 있었다고 말하기 힘들다. 다만 조국 입장에서는 그처럼 영웅적인 헌신을 하고도 너나 할 것 없이 똑같이 귀중한 생명들을 제대로 지켜내지 못했다는 사실이 안타까울 뿐이다.

같은 날 〈런던 글로브(London Globe)〉도 이 기사와 대동소이한 시각을 드러냈다. 격앙된 어조로 신문은 다음과 같이 적었다.

대중들이 어떤 사안에 온 정신을 빼앗긴 나머지 다른 사안에는 전혀 집중하지 못하는 순간이 있다. 케이프타운에서 일어난 참사 소식이 꼭 그렇다. 참사 소식을 접한 대중들은 극심한 충격 때문에 그 어떤 정치적 사안에 대해서도 관심을 기울일 수가 없었다. 버큰헤드호 침몰 사고로 케이프타운에 파견되었던 최소 9개 연대 소속 장병들이 순식간에 대규모로 사망하고 그 익사자 명단이 발표되자, 국민들은 전쟁의 참화 소식에도 아랑곳하지 않고 관보를 통해서 다시금 케이프 반도에서 일어나고 있는 분쟁 소식에 귀 기울이고 있다.

하지만 이 신문은 한층 위안이 되는 소식도 전했다.

최근 포인트 데인저에서 발생한 끔찍한 비극의 현장에서 가장 특징적인 사건은 배에 승선한 여성과 어린이들 전원이 예외 없이 생존했다는 사실이다. 앞서 인용한 장교의 보고서에서 자세하게 언급되어 있듯이, 당시 병사들이 보여준 침착한 용맹은 더 설명이 필요 없을 정도였다. 외국에서 이처럼 비통한 소식을 읽더라도 영국인들은 국가적 체면이 구겨질까 봐 전혀 염려할 필요가 없다. 이 사건은 명예를 더럽히는 일과 무관하기 때문이다. 공식 보고서에서 세튼 소령이라고 지칭되고 있는, 그 육군 지휘관의 용감무쌍하고 침착한 행동은 아무리 치하해도 지나치지 않다.

〈모닝 헤럴드〉는 그다음 호에서 버큰헤드호에 관해서 다시 언급하면서, 다음과 같이 힘 있고 유창하게 웅변한다.

섬나라에 사는 우리 영국인들은 얼마나 민첩한 민족인가! 버큰헤드호 장병들은 그런 사실을 명명백백하게 보여주었다. 영국인들은 겉으로 드러난 그들의 일사불란한 규율뿐만 아니라 버큰헤드호 군인들의 고결한 정신과 의기 있는 자기희생에도 깊이 공감할 것이다. 그런 면에서 최근에 사이먼즈만의 버큰헤드호 참사 현장에서 벌어졌던 일화는 우리가 아무리 자주 언급해도 지나치지 않고, 아무리 여러 번 되뇌어봐도 지치지 않을 것이다.

그러면서 이 신문은 버큰헤드호 사건을 이렇게 회상한다.

죽음이 닥치기 전까지 불과 15분 동안 병사들은 여성과 어린이를 먼저 하선시키라는 상관의 명령에 복종했고, 침몰선에서 필사의 탈출(마지막 남은 탈출 기회)을 하라는 명령에도 여성과 어린이들이 탄 구명정이 전복될 것을 염려하려 끝까지 탈출을 시도하지 않았다. 이 용사들은 모두 전장에서 한 번도 적을 만나 본 일이 없는 젊은 군인들이었으며, 출신 지역도 천차만별이어서 영국인, 아일랜드인, 스코틀랜드인이 모두 섞여 있었다. 이 영웅 같은 병사들을 잃은 것은 가장 비통한 일이지만, 그들은 그렇게 죽음을 맞이함으로써 진정한 영웅으로 남게 되었다.

절체절명의 상황에서
완벽한 질서와 규율을 유지하다

버큰헤드호 병사들은 영국인, 아일랜드인, 스코틀랜드인 같은 다양한 지역 출신 장병들로 구성되어 있었으며, 각국 국민들은 너나 할 것 없이 그들을 자랑스러워했다. 4월 10일 〈스코치 프레스(The Scotch Press)〉는 버큰헤드호 사망자들을 두고 다음과 같이 언급한다.

사망자 명단은 버큰헤드호 병사들의 영웅적 행동이 얼마나 위대했는지를 그대로 보여준다. 그들은 그 불운한 선박에서 여성과 어린이를 전원 안전하게 탈출시켰지만, 자신들은 스스로 수장되는 용감한 선택을 했다. 그들이 비록 비극적인 운명을 맞기는 했지만, 이는 그와 비견할 바가 거의 없을 정도로 영국 군인들의 높은 용기와 기강을 보여준 사건이다. 병사들은 가장 끔찍한 방식의 죽음이 코앞에 닥쳤을 때도 열병식을 하는 군인들처럼 차분하면서도 서슴없이 주어진 명령을 수행했다. 버큰헤드호 참사는 1,600km나 떨어진 변방에서 일어난 사건이지만, 영국 해안에서 어제 일어난 사건처럼 국내에서 큰 관심을 불러일으키고 있다. 이번 참사로 선박에 타고 있던 많은 스코틀랜드인 병사들이 익사했다. 이런 비극을 다시 되돌릴 수는 없겠지만, 이런 사고가 재발하지 않도록 확실한 대비를 해야 할 것이다.

이 신문은 장병들의 헌신을 치하하면서도 사건을 일으킨 원인과 계기를 절대 망각하지 말자며 대중들의 경각심을 일깨우고 있다. 요컨대 오늘날의 관점으로는 흥미로워 보이지만, 그 당시에는 일반적으로 당연시 되었을 사고 원인들에 관해 강한 어조로 이렇게 애통해 한다.

승조원들은 엄중하게 처벌받지도, 인적·물적 책임을 지지도 않고 있으며, 여론도 지금까지 그들에게 아무런 영향을 미치지 못하고 있다. 배를 책임진 사람이 오리온호 선장처럼 감옥에 가지도 아마존호 선장처럼 배와 함께 최후의 순간을 맞이하지도 않는다면 어떻게 되겠는가? 다음 주가 되면 또다시 불과 몇 시간을 단축하려고 '해안에 바짝 붙어' 항해 거리를 줄이거나 시동을 걸자마자 출항하는 선장이 나타날 것이다. 위험에 길들여져 있고, 구사일생의 탈출에 익숙하며, 다른 병사들에게 큰 영향을 미치는 건강한 사고와 감정의 교류를 대부분의 생활에서 잃어버린 채 배를 책임진 장교들 대다수는 아연실색할 만큼 무모해서(그 결과 대개 뒤따르는 재앙 때문에) 국민들의 간담을 서늘케 한다. 마지막에 설명한 것과 같은 일이 바로 영국 정부의 증기선 버큰헤드호에서 일어났다.

지휘관에게 엄중한 책임을 묻도록 좀 더 강력한 규제를 하자는 요구도 있었다. '왜냐하면, 그런 규제가 있다면 지휘관이 아무리 경험이 많고 인정이 많은 사람이라고 할지라도 무모한 선택을 미연에

방지할 수 있기 때문이다.' 같은 날, ⟨스콧츠맨(The Scotsman)⟩은 버큰헤드호에 관한 기사에서, 어떤 면에서 버큰헤드호 참사는 '최근에 일어난 거의 모든 유사한 조난 사고와 뚜렷한 대조를 보인다. 다시 말해, 완벽한 질서와 규율이 유지되었다는 점에서 장교들은 경탄스러울 만큼 침착하고 기민했으며, 두려움이 밀려드는 절체절명의 상황 속에서도 상관의 명령에 순종하고 복종한 병사들의 행위 또한 그에 못지않게 찬사를 받을 만하다. 그토록 많은 인명을 구조한 것은 거의 전적으로 그들의 헌신 덕분이었다'라고 단언한다.

한편 더블린(Dublin)의 한 신문은 국민성의 문제에 관해 따뜻하고 너그러운 어조로 다음과 같이 적고 있다.

이제 충만한 애국심으로 영국인의 국민성이 제대로 드러난 사건이 바로 얼마 전에 일어났다. 바라건대, 극도의 선입견을 갖고 있는 언론인들조차도 자랑스러운 그 행위에 박수를 보냄으로써 언론인들도 정의와 고결함이 무엇인지 잘 알고 있음을 보여주어야 할 것이다. 우리는 지금 사이먼즈만 근처의 버큰헤드호 선상에서 일어난 사건을 빗대어 말하고 있다. 그토록 처절한 순간에 버큰헤드호 장병들이 보여준 일거수일투족이야만큼 용감하고 관대하며 진실한 국민 영국인의 모습을 극명하게 보여주는 사례가 과연 또 있을까? 한 민족의 '기상'을 제대로 알고 싶다면 그처럼 절체절명의 상황 속에서 판단해야 할 것이다. 버큰헤드호 사건에서 드러난 영국인들의 영웅적인 행위에 버금가는 사례를 가진 민족이 전 세계에 과연 존재하겠는가?

이 신문은 라이트 대위의 보고서를 인용하면서 다음과 같이 논평한다.

그의 증언 속에서 독자들은 이유를 알 수 없는 희열을 느낄 것이다. 그 이야기 속에서 영국인의 인내와 질서, 대담성과 용맹, 친절함이 저절로 드러나기 때문이다. 그런 덕목들은 진정한 영국인의 국민성으로 자리 잡기 시작했다.

독자들이 이 기사의 앞부분을 읽어보았다면, 가치 있고 진실한 이런 발언의 가치를 좀 더 인정하게 될 것이다. 같은 기사의 앞부분에 따르면 '그들은 우리 조국을, 즉 아일랜드를 '암살자 국가'로 낙인찍었다. 따라서 우리는 이에 응수해 영국을 거대한 요부 키르케(Kirke, 그리스 신화에 나오는 마녀. 태양의 신 헬리오스의 딸로 눈이 부실 정도로 아름다운 외모를 지녔으며 인간을 동물로 바꾸는 마법을 부리는 마녀로 유명하다—옮긴이)가 들끓는 악의 소굴이라고 선언하는 바이다.' 그러나 이처럼 양국 사이에 존재하는 비정상적인 여론은 지탄받고 있고, 국민성에 대한 시각 또한 적대적인 사적 감정과 국민 전체의 정서를 분명히 구분할 것을 요구받고 있다. 따라서 기사는 다음과 같은 주장으로 이어진다.

그 행위가 아무리 극악무도하든 아니면 고결하든 간에 우리는 국민성을 한 개인의 행동에서 도출할 수 없다. 다만 대중들이 어떤 사건에 대해 거의 즉각적이고 뚜렷하게 동정의 뜻을 나타내는 경우는 예외가 될 수 있다.

그리고 이런 주장은 버큰헤드호 희생자에 대한 찬사로 이어진다.

버큰헤드호는 침통한 사건으로, 고결한 장병들은 '혼신의 힘'을 기울여 남자로서 그리고 영국 군인으로서의 본분에 충실했다. 그들은 웰링턴 장군이 워털루 전투에서 병사들에게 던진 말인 "조국에서 사람들이 무엇이라 말하겠는가?"를 떠올렸던 것 같다. 알다시피 웰링턴 장군의 그 한 마디는 워털루 전투의 전환점이 되었다. 버큰헤드호 장병들은 그토록 불안한 상황에서 그 한 마디를 떠올렸던 것이다. 하지만 우리는 그들이 훨씬 더 고결하고 차분한 생각을 했을 수도 있다고 굳게 믿는다.

그런 뒤에는 버큰헤드호 사건을 기리며 이 참사에서 아일랜드인이 펼친 활약을 강조하고 있다. 그럼에도 이 더블린 신문은 영국인들에 대한 찬사도 빼놓지 않고 있다.

라이트 대위의 증언에 따르면 당시 많은 군인이 앳된 신병들이었으며, 버큰헤드호가 아일랜드의 어느 항구에서 출항할 때 적지 않은 수의 병사들이 분명히 아일랜드인이었다고 한다. 이를 근거로 우리 조국은 그날 (가장 실천하기 힘들고 어려운 종류의) '소극적인 영웅적 행위'(passive heroism, 어쩔 수 없는 상황에서 제 본분을 다했다는 의미—옮긴이)에 동참했다고 주장한다. 하지만 아일랜드인의 용맹을 압도하고 길잡이가 되어준 정신적 주체는 근본적으로 영국인이었다. 다른 국가의 병사들이었다면 과연 심해가 입을 떡 벌리고 자신들을 먹잇감으로 기다리고 있는 바로 앞에서 영국 장병들처럼 자기 절제를 유지할 수 있었겠는가.

다음은 영국인에 대한 관대함이 솔직히 묻어나는 대목이다.

영국에서 사람들이 걸핏하면 구구절절하게 글이나 말로 폄훼하는 주제 중 하나가 바로 영국인의 국민성이다. 그들은 영국인의 국민성이 극도로 이기적이라는 편견을 갖고 있다. 영국인들은 본래 준비성과 조심성이 철저한 탓에 영국 사람(앞으로 30분 후에 벌어질 사태에도 좀처럼 신경 쓰지 못하는 성격인)은 영국인을 이기적이라고 단언한다. 하지만 이 불운한 선박의 뱃머리에 타고 있던 전형적인 잉글랜드인(John Bull)의 모습을 한 번 떠올려보자. 그가 근방 150야드 이내에서 피신하고 있었다면, 틀림없이 많은 사람이 위험을 무릅쓰고 그를 구하려고 애정 어린 손길을 보냈을 것이다. 하지만 이때 그는 타인을 위해 팔짱을 낀 채 내민 손길을 스스로 포기한다. 이 얼마나 이타적인 자기 헌신인가.

이 기사를 쓴 필자는 병사들에게 여성과 어린이를 위해 구명정에 오르지 말라고 간청한 버큰헤드호 장교들의 일화를 언급한다. 그는 '그들을 기릴 수 있어 무한한 영광이다'라고 탄복하면서 말하기를, '여성들은 나이를 불문하고 너나 할 것 없이 이토록 짧은 글을 읽고도 눈물로 그들을 영원히 기억할 것이다.'

진정한 영웅으로서
죽음을 맞다

이제 다시 영국 신문의 기사를 살펴보기로 하자. 〈일러스트레이티드 런던뉴스(The Illustrated London News)〉는 '여왕 폐하의 증기선 버큰헤드호, 완전 난파. 인명 손실 막대해'라는 주말판 머리기사에서 버큰헤드호 장병들의 용감한 행위를 자랑스럽게 묘사하고 있다.

그토록 끔찍하고 괴로운 상황에서 버큰헤드호 군인들이 보여준 침착함과 명령에 대한 절대복종은 추상같은 규율이 만들어낸 숭고한 결실이다.

이는 우리가 기억해야 할 표현이다. 한편 4월 10일 자 〈이그재미너(The Examiner)〉는 '이번 참사는 육지에 사는 사람들로서는 쉽게 절감할 수 없는 일이다. 페가수스(Pegasus)호와 그레이트리버풀호, 오리온호의 비운에도 똑같은 재난이 끊임없이 반복되는 것은 경각심이 그만큼 부족하기 때문이다. 기나긴 해난 사고의 역사에서 죽음을 목전에 두고 이토록 많은 승조원이 차분하게 제 임무를 다한 인상적인 사례는 아직까지 없었다'라고 논평했다. 그러면서 버큰헤드호 장병들은 '진정한 영웅으로서 죽음을 맞았고', 여성과 어린이들을 먼저 안전하게 구출한 후에 '마침내 숭고한 평정심으로 스스로 죽음을 택한' 그들의 이야기는 진한 감동 없이는 읽기가 불가능하다고 전하고 있다. 〈이그재미너〉는 버큰헤드호 참사의 그 가혹한 상황에 전율한다.

장병들이 마지막으로 생존을 위한 필사적인 노력을 기울일 때 그들은 형언할 수 없는 공포를 느꼈을 것이다. 배 한 척 떠 있지 않은 망망대해에서 우글거리는 상어 떼와 빽빽한 수초를 피해 해안을 향해 헤엄쳐야만 했다.

또한, 몇몇 생존자의 증언에 따라 '전우들이 마지막으로 필사의 탈출을 감행하다가 외마디 비명과 함께 갑자기 물속으로 사라졌고', 결국 그들은 불행한 최후를 맞이했다고 전한다. 〈이그재미너〉는 극도의 분노를 품고 이 사건에서 눈을 부릅뜨고 희생양을 찾아내려고 애를 쓰고 있다. 신문은 군의관 컬헤인을 그 제물로 삼고 있는데, 그 당시의 사고 정황에 대해 불충분한 지식을 갖고 있으면서도 그 불운한 군의관을 주저 없이 책망한다.

아마존호의 사례에서처럼 버큰헤드호 장교들은 최후의 순간까지 선박과 운명을 같이했다. 선박이 침몰할 때 그 군의관을 제외한 모든 장교는 배에 끝까지 남았다. 장교들은 각자의 임무에 따라 도움이 필요한 사람들을 있는 힘껏 도우면서 차분하게 죽음을 대비했다.

군의관 컬헤인에 대한 부당한 평가를 내리지 않았더라면, 이 단락은 틀림없이 아무런 문제가 되지 않았을 것이다. '신중함의 태부족' 때문에 버큰헤드호가 침몰했다거나 버큰헤드호의 구명정들과 도르래는 무용지물이었다는 주장은 어느 정도 근거가 있다. 그 시대 군(軍) 기관지는 두말할 필요도 없이 이 사건에 관해 비상한 관심을 갖고 군을 대표해 큰 목소리를 냈다.

이번 주에는 독자들에게 영광스러운 승리를 거둔 전장에서의 사상자 숫자를 훨씬 더 초과하는 수많은 용사의 희생이 있었다는 소식을 전할 수밖에 없다. 이 소식이 비통한 것은 여왕 폐하의 증기선 버큰헤드호의 침몰 사고로 인한 인명 손실은 로열 조지호(Royal George) 침몰 사고에서처럼 아주 기본적인 주의만 기울였더라도 참사를 피할 수 있었다는 안타까움 때문이다. 전하는 바에 따르면 사망한 장병들에게 깊은 애도의 물결이 이는 가운데 생존자들에게는 어느 정도 위로의 손길이 전해지고 있다고 한다. 버큰헤드호 승선 군인들이 제 임무를 끝까지 다하고 용감하게 죽음을 맞이했으며, '첫째도 둘째도' 명령에 절대복종하는 것이 군인의 사명임을 잊지 않았다는 사실은 희생자 유가족과 친구, 전우들에게 위안이 될 것이며, 그런 사실에 틀림없이 위안을 얻을 수 있을 것이다.

〈해군·육군 신문〉은 '이토록 용맹한 군인과 승조원들이 경탄할 만한 침착함과 진정한 용기, 흔들림 없는 규율'을 보여주었다고 언급하면서 다음과 같이 설명한다.

그들의 영웅적이고 헌신적인 행위는 모두 찬사를 받을 만하다. 우리가 이미 알고 있듯이, 버큰헤드호에 승선한 장교와 병사, 승조원들이 목숨을 잃을 때도 여성과 어린이들은 '전원' 목숨을 건졌다는 사실이 그들의 영웅적인 행위를 방증한다.

이 '젊은' 군인들의 영웅적인 헌신을 누누이 곱씹어보기를 바란다. 그들은 거의 전부가 '꽃같이 젊은' 병사들이었기 때문이다. 군인들을 '사회의 쓰레기'라고 지칭하는 평화주의자와 코브던주의자(Cobdenite, 영국 정치가 리처드 코브던(1804~1865)의 주장에서 유래한 것으로, 그는 크림전쟁을 반대하고 대불(對佛) 통상 관계를 개선하는 등 국제 평화에 힘썼다—옮긴이)들이 있다면, '영국 사회의 명사들'은 과연 그 상황에서 이 앳된 군인들보다 용맹스럽고 용감하며 이타적으로 행동했을지 되묻고 싶다!

제91연대의 라이트 대위의 서신 전체를, 여왕 폐하에서부터 일반 국민들에 이르기까지 지위고하를 막론하고 모두 깊은 관심을 갖고 반드시 읽어보아야 한다. 그렇게 된다면 여왕 폐하께서는 틀림없이 그러한 군인들과 국민이 영국에 있다는 사실에 왕실의 자부심을 느끼실 것이고, 국민들도 틀림없이 자신들의 전우와 동포가 그토록 영웅적인 인물이었다는 사실에 자부심을 갖게 될 것이다. 장엄한 전쟁터에서 대담함이라고는 눈 씻고 찾아볼 수 없는 병사들은 정신이 혼미해져서 전장에서 용기가 한 번이라도 꺾이면 어쩌나 하는 종잡을 수 없는 의구심이 들기 마련이다. 그러나 위험과 죽음도 불사할 수 있는 도덕적 결연함과 단호하고 고귀한 용기, 타인의 안위를 위해 규율에 따라 목숨을 부지하려는 본능까지 사심 없이 버릴 수 있는 자제력은 그 어떤 경우보다도 난파 사고가 일어났을 때 가장 두드러진다. 이처럼 가혹한 시험대 위에서 버큰헤드호 군인과 승조원들은 지금까지 출중하게 그 용기를 보여주었다. 유럽에서 영국만큼 그러한 사례가 풍부한 국가가 어디 있겠는가? 지금까지 오랜 세월 동안 영국인들은 난파 사고에서 고귀하고 헌신적인 행위를 보여주었다. 이런 유구한 역사에 이제 버큰헤드호의 군인과 승무원들도 포함해야 할 것이다.

같은 날 또 다른 군사 신문인 〈유나이티드 서비스 카제트(United Service Gazette)〉도 버큰헤드호 장병들의 엄중한 규율을 크게 치하하면서, 위기 때마다 규율이 얼마나 지고한 가치를 발휘하는지를 강조했다.

영국에서 끔찍한 버큰헤드호 침몰 사고에 대한 깊은 애도와 연민의 물결이 이는 가운데, 읽는 이에게 깊은 슬픔을 자아내게 하는 라이트 대위의 서신에서 묘사된 것처럼, 우리의 용감한 장병들이 이번 사고에서 깊은 감명을 느끼게 할 정도로 규율의 엄중함을 보여주었다는 사실에 더할 나위 없는 위안을 느낀다.

이 얼마나 아름다운 광경인가? 영국군에서 그러한 군인들이 탄생했다는 사실에 깊은 감사의 마음과 함께 가슴 뛰는 흥분을 느끼지 않은 영국인이 어디에 있겠는가? 살아 있는 마지막 그 순간까지 복종의 힘으로 제 임무를 다했던 고귀한 영혼들에게 애도의 뜻으로 눈물 한 방울 흘리지 않은 영국인이 '단 한 사람'이라도 있었겠는가? 최근 버큰헤드호 장병들에게 보상을 해주자는 관대한 여론에 이의를 제기하는 이가 있다면, 그 어찌 부끄러운 처신이 아니겠는가! 우리 군인들에게는 이 사고로 군대의 엄중한 규율이 아주 훌륭하게 입증되었다고 감사하는 마음으로 자부할 수 있지만, 그 자세한 정황이 실로 놀라운 것만은 아니었다. 포르투갈 롤리아(Roleia) 전투(1808년 아서 웰즐리 경이 이끌던 영국·포르투갈 연합군이 수적 열세에도 프랑스 대군을 격파한 전투—옮긴이) 이래로 영국 군인들은 이미 개인의 명예와 조국의 이익은 절체절명의 순간에 자신의 지휘관을 굳건히 따르는 일에 전적으로 달려 있음을 배웠다. 그런 사실은 심지어 저지대 국가들(유럽 북해 연안의 벨기에, 네덜란드, 룩셈부르크로 구성된 지역—옮긴이)에서 벌어진 전투에서도 별반 다르지 않았다. 이처럼 용맹한 영국 군인들에게 자기 몸을 보전하려는 천박함은 눈 씻고 찾아도 찾을 수가 없다. 이들은 부대 전체의 안위가 각자가 가진 끈기와 주의집중, 불굴의 용기에 달려 있다는 사실을 누구보다 잘 알고 있고, 그와 같은 백절불굴의 정신 상태로 그 어떤 적의 공격도 죽음도 불사한다. 그 불운한 증기선에 탑승한 군인들이 보여준 용맹과 똑같은 용맹을 전 세계는 이미 약 37년 전에 목도한 바 있다. 당시 영국 보병대원들은 대열 속으로 포탄이 빗발치고 적의 중기병과 창기병들이 주변을 에워싸고 있음에도, 그 불멸의 지휘관이 그때까지 천하무적이던 압제자의 수비대를 향해 기습 공격하라는 지시를 내릴 때까지 단호한 백전불퇴의 태도로 전혀 흔들림 없이 적의 '맹공'을 견뎌냈다. 영국군의 번개 같은 돌격으로 지축이 흔들렸고, 갑작스러운 습격에 겁을 먹은 유럽 최고의 군인들도 어쩔 수 없이 도망치기 시작했다. 사반세기에 걸친 전쟁이 채 30분도 못 되어 영광스러운 승리로 끝이 났던 것이다. 그리고 이 사건은 영국 군인들의 엄중한 규율이 빛을 발할 때 행운이 따름을 입증해 주었다. 이런 군인들이 건재하는 한, 지휘관의 무능력과 무관심이 아무리 심해도, 각료들이 선동적인 정치가에게 휘둘리더라도 영국의 자유와 재산을 지키는 철통 같은 보호막이 뚫리는 일은 절대 없을 것이다!

이 신문은 버큰헤드호와 비슷한 사례로 군인들이 승선한 선박 한 척이 케이프타운 부근에서 좌초했을 때, 자기 휘하에 있는 병사들을 안전하게 지켜낸 제91연대 소속 버티 고든(Bertie Gordon) 대위의 사례를 상기시킨다(당시 영국 정부는 지체없이 버티 고든 대위에게 보상금을 지급했다). 그러면서 고든 대위의 사례는 너무나 훌륭한 선례이므로, 현재 상황에서 총사령관에게 분명히 길잡이 역할을 해줄 것이라고 말한다. 우리가 생각건대 그 선례는 그 이후에도 잊히지 않았다. 물론 이번 사례에서는 한층 더 고매한 희생정신이 드러났지만 말이다.

인간의 진심이
잠에서 깨어나 외부로 드러나다

〈해군·육군 신문〉은 4월 17일
기사에서 다시 한 번 버큰헤드호 침몰 사건을 다루면서, 진정한 영
웅적 행위가 어떻게 일어나는지에 관해서 뛰어난 통찰력을 보여주
었다.

그 추상적인 의미를 따졌을 때, 용맹(勇猛)과 의기(義氣) 사이에는 큰 차이가
있다. 용맹은 전장에서 가장 먼저 적진을 향해 사다리를 타고 오르게 하는 정신
이고, 의기는 난파하는 배에 최후까지 남게 만드는 정신이다. 전장에서 두려움
을 모르는 강력한 정복자라고 할지라도, 그 내면에는 의기가 티끌만큼도 없을
수 있다. 용맹이 단순한 용기보다 뛰어난 자질이기는 하지만, 그것은 적어도 자
기를 지키려는 동물적 본능에 더 가깝다. 반면 의기는 도덕적인 책임감 그 이상
의 정신으로, 인간의 가장 기본적인 본능조차 초월한다. 의기는 인간의 미덕 가
운데 가장 고결한 덕목으로, 그 가치는 단지 인간의 영역에만 머무르지 않는다.
의기는 신과 같다! 아, 신과 같다고 말할 때는 심사숙고할 것! 왜냐하면 한 인간
이 자아에 사로잡힌 생각을 완전히 버리고, 타인을 위해 자신의 귀한 생명을 기

꺼이 희생할 때 나오는 정신인 의기는 분명히 인간의 의지를 넘어서는 초인적인 힘에서 뿜어져 나오기 때문이다.

　바다에서 침몰하는 선박이 아마도 규율의 가치를 좀 더 뚜렷하게 보여주고, 인생에서 일어나는 그 어떤 사건들보다 인간의 드높은 의기를 이끌어낸다는 사실을 통찰한 이 기사의 필자는 '이처럼 마음속에서 잠자고 있던 신성함, 즉 내세에 완벽한 상태로 존재하는 '신성(神性)에 참가하려는' 인간의 진심이 잠에서 깨어나 외부로 드러난' 몇 가지 사례를 제시한다. 필자는 먼저 가디언호(Guardian)의 함장 리오(Rio)가 보여준 헌신적인 충성과 의기를 그 예로 든다. 그 필자는 라이트 대위에 대해서도 이렇게 묻는다. 당시 라이트 대위의 정신적 영향력이 얼마나 강력했기에 비단 자기 부대 소속 병사들뿐만 아니라 자신이 거의 잘 알지도 못하는, 게다가 대다수가 신병인 그 많은 각양각색의 타 부대원까지 아우를 수 있었을까?

　라이트 대위가 참사 현장에서 병사들에게 호소한 그 표현(제43연대의 앳된 지라르도가 너무나 고결하게 따라서 외친)의 매력에 주목해 보자. 버큰헤드호 함장이 수영할 수 있는 사람은 선체 밖으로 뛰어내리라고 명령했음에도 병사들은 라이트 대위의 외침에 따라 곧바로 그런 욕구를 억제했다. 라이트 대위는 여성과 어린이들이 타고 있던 구명정이 병사들 때문에 필시 전복될 것이라고 예측했다. 이 순간에 그 두 사람이 고결하고 성스러운 의기를 위해서 '자아'를 불태우지 않았더라면, 라이트와 지라르도는 제일 먼저 나서서 함장(샬몬드)의 명령을 따랐을 것이다. 라이트 대위는 배 안에서 거의 최고 수준의 수영 선수였고,

젊은 지라르도 역시 독일의 군사 학교에서 이미 수영을 배웠기 때문이다.

여기서 글쓴이는 자신이 보관하고 있는 기록의 불완전함 때문에, 이런 종류의 사건을 언급할 때 반드시 들어가야 할 인물인 세튼 대령의 존재를 빼먹는 실수를 무의식적으로 범하고 있다. 인용한 앞 단락에서 기억해야 할 사실은 버큰헤드호 기관사였던 렌윅과 세튼 대령의 동생 데이비드 세튼이 현재까지 적어도 한 가지 점에 관해서는 그 사실관계를 부인하고 있다는 점이다. 두 사람은 살몬드 함장이 병사들에게 구명정을 향해 헤엄쳐 가라는 명령을 내렸다는 주장을 줄곧 부인해왔다. 그러나 이런 문제들은 글쓴이의 주장에 아무런 영향도 주지 못한다. 그가 다음과 같이 꽤 타당한 논리를 펴고 있기 때문이다.

절체절명의 순간에 드러난 그런 침착함(제 목숨 보전하기에 급급했을지도 모르는 상황에서 다양한 연대 소속의 거리감 있던 병사들을 한꺼번에 통솔할 수 있었던 라이트 대위의 그 특별한 능력)은 이후에 헤어(Hare) 장군의 전속 부관으로서 보여준 뛰어난 지력과 함께 이 장교에게 한 연대를 지휘할 만한 탁월한 자질이 있었음을 보여준다. 연대 지휘관이란 무릇 단순히 재능만 뛰어나다고 해서 주어지는 것이 아니라 군에 크게 이바지할 수 있어야 하기 때문이다.

물론 세튼 대령도 군인으로서의 그와 같은 자질을 몸소 보여주었다. 라이트 대위는 자신의 가치를 인정받아 상관으로 진급함으로써 자신이 몸담은 군에 진정으로 크게 이바지했다. 보기 드문 선견지

명과 혜안을 갖추었던 작가 W. M. 새커리(Thackeray, 1811~1863)가 자신의 대담한 상상력에 자극을 받아 대담하고, 또 나중에 드러났듯이 진실한 예언을 한 것이 바로 1852년 5월 12일의 일이었다. 새커리의 예언은 단순히 아무렇게 건넨 인사말이 아니라 확고한 신념을 바탕으로 한 예견이었다. 그 예언은 뛰어난 작가인 새커리가 왕실문학기금협회 기념식 연설 중에 말한 것이었다(<모닝 헤럴드(The Morning Herald)>의 1852년 5월 13일 자 기사). 이 연설에서 새커리는 이 세상에 어리석음과 협잡, 친절, 사랑, 영웅적 행동이 계속되는 한 후대 작가들이 쓸 주제는 충분할 것이라고 강조했다. 버큰헤드호 사건은 이처럼 당대의 걸출한 작가가 찬사를 아끼지 않을 정도로 고결하고 영감을 주었던 주제였던 것이다!

제5장

버큰헤드호의 역사 :
요람에서 무덤까지

우리의 위풍당당하고 멋지고 용감한 배여.

- 셰익스피어

버큰헤드호와
웨스트민스터 후작 부인

　　버큰헤드호는 그 시대 어느 선박과 견주어도 손색이 없는 선박이었다. 그러나 그 화려함만큼이나 파란만장하고 짧은 역사를 남겼으니 얼마나 안타까운 일인가! 웅장했던 그 선박의 수명은 고작 6년에 불과했다. 버큰헤드호는 버큰헤드(Birkenhead, 영국 체셔(Cheshire)주의 서북부, 머시(Mersey) 강에 면한 항구 도시—옮긴이)의 레어드(Laird) 사가 처음 건조한 후 곧바로 채텀조선소의 G. D. 베인스(Banes)의 검수를 받았고, 1845년 12월 말에 처음으로 진수했다. 버큰헤드호 진수식에서는 웨스트민스터의 후작 부인(엘리자베스 리브슨-가워(Elizabeth Leveson-Gower), 그녀는 1대 서덜랜드(Sutherland) 공작의 둘째 딸로 1819년에 웨스트민스터 후작 2세와 결혼했다. 그녀의 남편은 1869년에 사망했지만, 후작 부인은 그보다 훨씬 오래 살았다)이 선박의 이름을 짓는 명명식을 거행했다.

　　버큰헤드호는 영국 정부가 보유했던 초대형 철재 증기선 중 하나로, 프로펠러가 돌아가는 외륜 안쪽의 폭은 11.4미터, 외륜 바깥쪽의 폭은 18.4미터, 창내 깊이(depth of hold, 최하 갑판에서 배 밑바닥까지의 높이—옮긴이) 7미터, 총 용적 톤수(CM) 1,400톤을 자랑했다. 그리고 조지 포레스터(George Forrester) 사가 만든 엔진을 장착했다. 선체 디자인은 레어드가 직접 맡아 해군성의 승인을 받아냈다. 당시 버큰헤드호는 조선 공학에서 가장 혹독한 평가를 하는 해군의 심사위원들도 혀를 내두를 만큼 그 면모가 출중했다. 선체의 양 끝이 아주 뾰족한 모양을 하고 있으면서도, '바람의 세기에 관계없이' 배가 순항할 수 있도록 도와주는 완벽한 구형의 바닥과 각종 베어링을 갖추고 있었다.

둥글지만 멋진 고물에는 수가 적기는 해도 소박한 장식이 달려 있었고, 이물 끝에는 대형 불카누스 상이 한 손에는 망치를 들고 또 한 손에는 대장간에서 금방 만든 '주피터의 번개'를 쥐고 서 있었다. 불카누스는 고대 신화에 나오는 불과 대장간의 신으로 조수인 외눈박이 거인들과 힘을 합쳐 대장간에서 주피터의 번개를 만들어냈다. 신형 철재 군함에 맞게 진화한 그 빼어난 선수 장식은 리버풀의 로버트슨(Robertson)이 설계하고 제작했다. 또한, 수면 아래쪽은 뱃전의 널을 덧붙여 댄 갑옷 판 붙임(clinker built) 기법으로, 위쪽은 뱃전의 널을 포개지 않고 판판하게 붙인 평활 판 붙임(carvel-built) 기법으로 만들었다. 원래 설계대로라면 버큰헤드호의 무장(武裝)은 이물과 고물에 96파운드 회전 포를 각각 한 문씩 총 2문을, 좌우로는 68파운드 현측포 4문을 배치할 계획이었다. 그리고 둥근 선미 모양은 '후미에 대형 함재포를 탑재하려고 특별히 채택한' 디자인이었다.

그러나 이 선박은 애초의 의도와는 전혀 다른 운명을 맞이했다. 애초에 프리깃(frigate, 초계함)으로 설계한 배였지만, 그런 목적으로는 한 번도 항해를 해보지 못하고 결국 군인 수송선으로 개조되었다. 버큰헤드호의 탄생과 수송선으로 전환 과정을 나중에 공개한 사람은 미지(Mersey) 강변의 대형 조선소 사장이자 버큰헤드호 최초 제작자였던 레어드였다. 그는 과달로프(Guadaloupe)호를 성공적으로 건조한 경력에 힘입어 해군성에서 최신예 프리깃 건조를 위한 계획서와 설계도를 제출해 달라는 부탁과 함께 선박이 버텨내야 하는 하중에 대한 언급도 들었다.

해군성의 최종 승인을 받은 내 설계안에 의하면, 선박의 길이는 64미터(동급 선박 최초로 전장을 약 6미터 더 늘렸다), 폭은 11미터, 배수 톤수 1,918톤, 만재 흘수선은 5미터였다. 이 설계 안에서 해군성 관료들이 바꾼 것이라고는 몇 피트 앞으로 이동시킨 외륜 축의 위치뿐이었으나 외륜 축의 위치 변경은 유감스러운 일이었다. 외륜 축 위치를 바꾸면 부두에서 화물을 실을 때 세심한 주의를 기울이지 않는 한 이물 쪽이 낮아지기 때문이다. 이런 예외를 제외하면 버큰헤드호의 디자인과 제원, 배수량, 선체의 일반 배치에 관해서 나는 자신 있게 설명할 수 있다. 버큰헤드호는 1845년에 진수했는데, 당시 선체는 15톤 정도의 일부 선실 비품을 제외하면 완벽했다. 진수할 때의 흘수는 3미터로, 이는 선체의 무게가 903톤이었음을 말해 준다. 선박에 실린 기계 장치와 저장품, 기타 물품까지 합치면 1,007.7톤으로 대략 1,000톤이 된다. 그때 선박이 이 무게를 초과하지 않았다면, 계산된 흘수 5미터 거의 그대로 진수했을 것이다. 버큰헤드호는 한 번도 프리깃으로 운용해본 적이 없다. 버큰헤드호가 취역하기 전에는 철재 프리깃은 적합하지 않다고 당연하게 보았으므로, 군인 수송선으로 배의 운명이 바뀌었다. 이에 따라 선체에 선미루가 추가로 증설되었고, 평상시에 석탄과 화물이 실리기 때문에 만재 홀수선은 애초에 의도한 것보다 0.6미터 이상 높아졌다. 이렇게 해서 개조를 모두 마쳤고, 이 선박을 운용해 본 사람들은 속력이 빠르고 운항하기가 정말 편하다는 평가를 내렸다고 들었다. 그래서 나는 주저 없이, 애초 해군 설계 하중만가지고는 버큰헤드호가 민간과 군대를 통틀어 비슷한 크기와 힘을 가진 여타 동급의 증기선만큼 뛰어난 속도와 항해 성능을 발휘하지 못할 것이라고 단언한다.

버큰헤드호의 지휘를 맡은 장교의 증언에 따르면 버큰헤드호가 1846년에 리버풀을 떠나 플리머스까지 운항했을 때는 시간당 12~13노트 속도를 냈다고 한다. 그때까지만 해도 버큰헤드호는 승선 인원을 늘리려고 군인 수송선으로 개조하기 이전의 '말끔한' 상태여서, 후미에 육중한 선미루나 선실은 전혀 없었다. 한동안 항구에 발이 묶여 있던 버큰헤드호는 마침내 잉그램 중령이 함장으로 부임하면서부터 영국과 아일랜드, 스코틀랜드 해안을 두루 항해했다. 또한 던럼(Dunrum)만에서 리버풀까지 그레이트 브리튼(Great Britain)호를 예인하기도 했다.

그다음으로 맡은 임무는 영국군을 채널 제도(Channel Islands, 프랑스 북서 해안 인근에 있는 영국령 제도—옮긴이)와 리스본, 그 밖의 지역으로 수송하는 일이었다. 버큰헤드호는 아주 빠른 항해 속도 덕분에 군인 수송 임무에서는 출중한 역량을 발휘했던 것으로 평가받았다. 1815년 초 살몬드 함장이 부임한 이후에는 핼리팩스와 희망봉을 비롯한 다양한 항구를 돌며 임무를 수행했다. 버큰헤드호는 대규모 병력을 태우고도 캐나다의 핼리팩스 항에서 런던의 울위치까지 13

일 반나절 만에 도착했다.

살몬드 함장은 신중한 판단으로 보일러 한 대만 가동하고도 엔진에서 증기를
팽창시키는 방식으로 연료를 극소량만 쓰고도 장거리를 운항하는 솜씨를 발휘
했다.

군인 수송선 버큰헤드호.
버큰헤드호의 실제 모습이 담긴 유일한 그림으로 알려져 있다. 버큰헤드호의 수석 기관사이
자 침몰 사고 생존자였던 영국 해군 소속 바버(Barber)가 소장하고 있던 그림으로, 동료 사관
이 그린 작품이다.

버큰헤드호의
마지막 항해

버큰헤드호는 1851년에 영국군 (제2여왕보병연대)을 싣고 케이프타운까지 수송 임무를 맡았는데, 해군의 지시로 비슷한 임무를 수행했던 기타 함선들과 그 항해 속도를 비교해보면 버큰헤드호의 특출함이 두드러진다(버큰헤드호 45일, 불카누스호 56일, 레트리뷰선호 65일, 시돈호 64일, 키클롭스호 59일). 같은 해 버큰헤드호는 정박하는 시간까지 포함해서 불과 37일 만에 본국으로 귀환했다. 버큰헤드호는 1852년 1월에 악천후 속에서 마지막 항해를 했는데, 코크항에서 케이프타운까지 47일이 걸렸다. 버큰헤드호가 뛰어난 항해능력을 뽐냈다는 증거는 1852년 4월 20일 자 〈타임스〉 기사에서도 드러난다.

전체적으로 버큰헤드호의 성능은 영국의 군인 수송선 중에서 속도와 편안함, 수송력 면에서 단연 최고로 판명되었다. 선체와 기계 장치 또한 온전히 신뢰할 만하다. 지금까지 해군성은 버큰헤드호가 최적의 상태를 유지하도록 모든 예방조치를 강구해서, 버큰헤드호가 1851년 10월에 케이프타운에서 귀환하자마자 선체를 점검하고 그 상태를 낱낱이 기록했다. 그뿐만 아니라 연료를 절약할 수 있도록 기계 장치의 성능도 개선했다. 이 수리가 끝나고 스핏헤드 정박지에서 시운전을 할 때는 석탄 40톤과 물 60톤, 네 달치 보급품을 싣고 시간당 최고 10노트로 운항했다.

버큰헤드호 사고의 생존자들은 비통하게도 8.5노트의 속력으로 운항하던 배가 날카로운 암초에 부딪혀 배가 침몰했다고 이구동성으로 증언한다. 그리고 군인 수송선으로 2,000톤이 넘는 버큰헤드호의 무게 혹은 만재 홀수 배수량을 감안할 때, 그런 충돌이 어떤 영향을 미쳤을지는 불 보듯 뻔했다. 버큰헤드호에는 선체를 가로질러 난 총 8개의 방수 격실을 갖추고 있었는데, 기관실에는 세로 칸막이벽이 2개가 더 설치되어 추가로 4개의 격실이 만들어져 저탄고 역할을 했다. 따라서 버큰헤드호 방수 격실은 총 12칸으로 이루어져 있었다. 라이트 대위와 그 밖의 생존자들의 증언에 따르면 첫 번째 충돌로 분명히 기관실과 선수 화물창 사이에 있는 격실이 심하게 찢어져 구멍이 생겼고, 기관사 렌윅의 진술대로 그 안으로 바닷물이 순식간에 유입되었다. 이어서 두 번째 충돌로 기관실 선체 밑바닥이 뚫리자 배가 좌초한지 불과 4~5분 만에 가장 큰 격실 2개가 물로 가득 찼던 것이다. 버큰헤드호가 목선이었거나 격실 구조로 건조되지 않았더라면 영국의 프리깃함 어벤저(Avenger)호의 사례에서와 같이 좌초한 지 5분 만에 틀림없이 침몰했을 것이다. 실제로 버큰헤드호도 급격하게 침몰했는데, 선미 격실만 간신히 부력을 유지하는 역할을 해서 장병들이 구명정을 꺼내고, 가까스로 목숨을 건진 생존자 대부분을 구조할 때까지 시간을 벌어주었다. 해안의 높은 파고와 각종 기계 장치와 석탄 등을 포함해 1,000톤에 가까운 무게를 지탱하고 있던 선체 중앙부는 틀림없이 선미의 부력과는 반대 방향으로 힘이 작용했을 것이고, 앞서 설명한 대로 선체의 균열이 생겨 결국 심해로 가라앉았다. 버큰헤드호 사고는 오리온호 사고와 그 유형이 비슷해 보인다. 두 선박 모두 배 앞부분과 기관실 격실의 선측과 배 밑바닥이 찢어지면서 침몰했다.

이어서 글쓴이는 '배가 좌초했을 때 철재선의 뛰어난 우수성을 입증해주는' 그 밖의 다른 많은 사례가 있다고 덧붙인다. 글쓴이는 버큰헤드호의 구조에 익숙했던 것으로 보인다. 그러나 방수 격실에 대한 그의 주장은 해군성 장관이 하원에서 한 발언과 일치하지 않는다. 이 기사가 나간 다음 날, 하원에서 스코벨(Scobell) 함장의 질의를 받은 스태퍼드(Stafford)는 "버큰헤드호에는 총 5개의 격실이 있었습니다"라고 대답했다. 또한 '영국 해군의 어느 함장'은 〈타임스〉에 언급한 필자의 의견과 상반되는 의견을 피력했다. 이 함장 또한 철선에 대한 반감을 갖고 있었다. 일전에 버큰헤드호가 방수 격실을 갖추고 있었냐는 '항해사'의 질문에 그 해군 함장은 다음과 같이 답했다.

그렇다고 대답할 수 있을 겁니다. 그 배는 원래 중무장(전함으로서)을 할 계획이었기 때문에 재능 있고 유명한 선박 제조사인 레어드사는 철재로 선박을 건조하는 데 자금과 노력을 아낌없이 투자했습니다. 배가 포인트 데인저 부근에서 좌초했을 때, 맨 앞에 있는 격실이 침수되자마자 선수 전체가 중앙부 격실에서 떨어져 나갔습니다. 또한, 선체 중앙부가 물에 잠기자 중앙부 또한 후미 격실과 분리되었습니다. 그리고 불과 20분 만에 이토록 거대한 선박은 판지로 만든 것처럼 세 동강이 나버렸고, 결국 438명이 끔찍하고 갑작스러운 죽음을 맞이했습니다. 물론 그 20분 사이에 쾌청한 저녁 날씨와 잠잠한 파도 덕분에 정원을 초과한 커터 두 척은 위험을 모면했습니다. 버큰헤드호 침몰과 중국해에서의 파샤(Pasha)호 침몰 사고를 떠올려 볼 때, 소위 방수 격실은 무용지물인 것으로 보입니다. 이 철재선들은 파손 속도가 너무 빨라서 생명을 구할 수 있는 평상시의 많은 수단을 사용하거나 구명정을 꺼낼 만한 충분한 시간이 없었습니다. 격실 하나가 물로 가득 차면 철판은 그 무게를 견디지 못하고, 곧 찢어져 버리고 맙니다. 버큰헤드호의 사례처럼 결국 선체가 세 동강 나고 마는 것입니다.

물론 이 주제에 관해서는 아직까지도 의견이 분분하다. 하지만 당시 버큰헤드호의 재질과 선체 구조를 비난했던 사람들이 중요한 사실을 간과했다는 점은 주목할 만하다. 즉, 대량의 인명 손실을 불러일으킨 침몰 사고의 직접적인 원인은 선박의 특징과는 무관한, 대다수 구명정을 물에 띄우지 못했던 상황 탓이다. 유독 버큰헤드호에 잘 갖춰져 있었던 구명정들을 제대로 꺼낼 수만 있었다면 사고 후 결과는 사뭇 달랐을 것이다.

나침반의
문제

　　나침반에 대한 문제 역시 주목을 받았다. 4월에 영국으로 귀환했던 '케이프 스크루선 선박회사(Cape Screw Steam Navigation Company)' 소속 프로폰티스(Propontis)호에 승선했던 한 장교(이 우편선에 탑승한 사람은 유명을 달리한 살몬드 함장의 보좌관 프레시필드였다)는 프로폰티스호에 탑재한 나침반에서 발생한 문제를 두고 이렇게 말한다.

　　버큰헤드호 사고를 설명하는 데 큰 도움이 될 것이다. 앞서 언급한 기이한 현상이 그 불행한 증기선이 침몰한 날 일어났기 때문이다. 케이프타운에 도착하기 며칠 전인 2월의 어느 날, 프로폰티스호에 승선하고 있던 우리는 표준 컴퍼스와 나침함(binnacle)의 각도 편차가 거의 6도나 된다는 사실을 발견했다. 표준 컴퍼스는 서쪽으로 3도가량, 나침함은 동쪽으로 3도가량 편차가 있었다. 2월 25일 밤, 육지에 접근하는 도중에 나침함은 심하게 떨리고 요동쳐서 때때로 1바퀴를 돌 정도여서 우리는 그것으로 조타할 수가 없었다. 그 대신 안정된 표준 컴퍼스로 조타를 했다.

그의 진술은 주목할 만하고 상기시키는 점도 많다. 그러나 버큰헤드호 참사는 사고 원인으로 지목된 원인들이 너무나 분명하므로 나침반 문제가 버큰헤드호 침몰의 원인으로 공표된 적은 없다. 목사이자 과학자였던 스코스비(Scoresby) 박사는 버큰헤드호 침몰 사고와 비슷한 시기에 출판되었던 『마그네틱 인베스티게이션스(Magnetic Investigations)』에서 나침반 문제를 면밀하게 검토했다. 스코스비 박사가 내린 결론에 따르면, 버큰헤드호의 컴퍼스는 0.5도 정도 오차가 있었을 개연성이 컸다. 그러나 그 정도의 오차 정도로 침몰 원인을 설명하기에는 역부족이었다. 전체적으로 보아 버큰헤드호는 안전에 위협이 될 정도로 육지에 과도하게 접근해서 운항했다.

5월에 열린 해군 군사재판에서 한 질의 내용에 따르면, 침몰 당시 나침반 상태에 문제가 있었다는 직접적인 증거는 없었다. 따라서 나침반의 사소한 오차 유무는 추측에 불과하다. 어쨌든 모든 항해 경험에 비춰 보았을 때, 사이먼즈만에 정박했던 버큰헤드호가 나침반의 지역적 오차를 확인하는 조치를 미리 취했어야 했다는 점은 인정해야 하는 것처럼 보인다. 그러나 살몬드 함장이 집으로 보낸 마지막 편지가 단적으로 보여주듯이, 사이먼즈만에서 살몬드 함장은 출항 준비를 하느라 그런 조사를 할 틈이 조금도 없었다.

버큰헤드호는 남아프리카로 돌이킬 수 없는 마지막 항해를 떠나기 전에 다량의 와인을 배에 실었다. 이 와인들은 희망봉까지는 정식으로 보험에 가입되어 있었다. 그러나 알려진 바에 따르면, 와인의 일부만 사이먼즈만에 당도하고 나머지는 선박과 함께 소실되었기 때문에 로이드(Lloyd)에 있는 보험사들은 보험료 지급을 거부했다. 보험사들은 원래 계약대로라면 선박이 테이블만 혹은 사이먼즈 만에서 항해가 종료되었어야 했고, 약관에 버큰헤드호가 위험 부담이 가중되는 추가 항해(와인을 실은 채)를 허용한다는 조항이 없었다는 이유를 들었다. 아마도 새로운 화기를 운송하는 것이 버큰헤드호가 추가 항해를 한 진짜 목적이었을 것이다. 새 화기는 제12창기병연대가 사용할 2연발식 라이플 소총 350정으로 구성되어 있었다. 소총의 총알은 당시에는 새로운 형태인 원추형이어서 장거리 사격에서 탁월한 성능을 보여 600 혹은 800야드에서 무서운 위력을 발휘했으며 1,000야드 거리에서도 명중하는 사례가 많았다.

하지만 바로 이 소총들은 운명적으로 버큰헤드호와 함께 수장되면서 결국 한 번도 사용되지 못했다. 그 신형 소총은 곧 다른 소총으로 대체되었는데, 총의 무게가 너무 많이 나가거나 그렇지 않은 경우에는 결함이 있는 것으로 판명되었기 때문이다. 우리가 어느 정도 배경 지식이 있다면, 신형 소총의 폐기는 그리 놀랄 일도 아니다. 그 신형 소총은 총열 양쪽에 점화 장치가 달려 있었는데, 화약에 불을 붙이는 점화선이 불필요할 정도로 너무 길었고, 왼쪽의 공이치기는 손이 아주 큰 사람만 닿을 수 있을 정도로 방아쇠에서 멀찌감치 떨어져 있었다. 이 특이했던 소총은 무게가 3파운드보다 더 가볍고 '점화 장치가 총열의 양 끝이 아니라 정중앙에 달려 있는' 소총으로 대체되었다. 확실히 구조 면에서 이전 소총보다 실용적이었다.

버큰헤드호에 얽힌 비밀이
바닷속에 수장되다

버큰헤드호가 운송했던 몇 가지 물품들을 살펴보면, '과연 침몰 사고에서 되찾은 물품이 하나라도 있는 것일까?'하는 흥미로운 의문이 든다. 이 질문에 대한 답은 긍정적일 수 있다. 선내에는 수색의 노고가 아깝지 않을 만큼 가치 있는 물품이 많았다. 하지만 버큰헤드호가 침몰한 지역은 수심이 깊고 접근하기 위험한 지역이어서 와이빌 준장은 귀중품을 찾을 것이라고는 전혀 기대하지 않았다. 그러나 와이빌 준장의 해군성 보고에서도 알 수 있듯이, 준장은 번스 중령을 사고 지역 인근으로 파견해서 최대한 되찾을 물품은 되찾고 처분할 것은 처분하라는 지시를 내렸다. 참사가 일어난 해안에는 유실된 잡동사니들이 말끔한 형태로 해안으로 밀려 올라왔고, 가련한 익사 장병들과 그들의 소지품도 같은 방식으로 뭍으로 밀려 올라왔다. 5월 초에 이렇게 발표되었다.

시체 49구가 불운한 버큰헤드호 침몰 지점에서 바닷물에 휩쓸려 내려왔다.

그중에는 선내 선임 군의관이었던 랭의 시체도 있었는데, 소지품으로 금시계 하나와 돈 18파운드가 나왔다. 옷가지를 비롯한 잡동사니 또한 물에 떠밀려 올라왔다.

라이트 대위가 이미 보고했듯이, 군의관 랭 소유의 말 다섯 필 중한 마리는 이미 해안에 도착해 있었다. 난파선 선체와 그 안의 모든물품은 케이프의 해군성 중개인인 세관 장교들이나 식민지 관료들과 협력해 공매에 부쳐졌다. 그리고 1854년 초의 발표에 따르면 H. 아담스(H. Adams)와 잠수부 여러 명이 데인저 포인트의 침몰 지점을수색해서 '아담스가 충분히 보상받을 만큼의 수많은 귀중품을 발견했다.' 세튼 대령 소유의 서류 몇 가지와 그의 상징과 신조를 새겨넣은 은장식 몇 점을 이런 식으로 건져냈고, 그 유품은 결국 그의가족의 품으로 돌아갔다. 하지만 틀림없이 수거해서 나누어 주었을귀중품 상당수의 행방은 그 이상으로 알려진 바가 없다. 이러한 인양 작업은 침몰 사고 후 수년이 지난 뒤인 1894년에 정부의 허가가난 뒤에야 비로소 재개되었다. 실수가 아니라면 너무나 때늦은 조치였다. 어찌 되었든 1894년에는 침몰 사고 지점에서 몇 번의 잠수시도가 있었다. 유물이나 보물을 찾을 요량으로 고결한 선박이 잠들어 있는 곳을 수색하는 일에는 낭만적인 매력이 따르기 마련이다. 리처드 왕이 꾼 꿈속의 금은보화처럼 말이다.

그러나 한껏 고조된 수색 작업에 대한 기대감에 부합하는 결과는 거의 나오지 않았다. 버큰헤드호처럼 침몰 후 시간이 많이 경과한 경우에는 특히 그랬다. 1894년 수중 수색 작업은 우리의 믿음대로 별 소득이 없었다. 그들은 정부에서 공식 허가를 받았는데, 거기에는 무엇인가 호기심을 자아내는 경고 조의 단시가 붙었다. 아마도 이 사업에 대한 정황은 이 문제에 관해 A. D. 세튼 소령과 우리가 주고받은 서신 속에서 가장 잘 나타날 것이다. 수색을 한다 하더라도 좌우간 그것은 무의미한 수색이었다. 버큰헤드호에 얽힌 비밀들은 그렇게 배와 함께 영원히 깊은 바닷속에 수장되었다.

1893년 말 케이프 주의 밴드먼(Bandmann)이라는 사람이 정부에서 버큰헤드호 침몰 지점에서 배 안에 있을 것으로 추정되는 보물을 수색할 수 있는 허가를 받았습니다. 침몰선에는 군사 자금 명분으로 약 24만 파운드의 금이 실려 있었던 것으로 추정되었습니다. 작고하신 데이비드 세튼 삼촌께서는 이 소식을 전해 듣고 침수되지 않은 은수저나 칼, 구두의 죔쇠 따위의 자신의 형님 유품이 발견된다면, 유품이 난파선의 유물로 팔리거나 전시되지 않을까 염려하셨습니다. 그래서 삼촌께서는 당시 케이프 총독이셨던 로크(Loch) 경에게 쪽지를 보내셨고, 로크 경은 밴드먼에게 버큰헤드호에 승선했던 장병들의 소지품을 되찾거나 발견하게 되면 그것을 친척에게 양도하라고 지시를 내렸습니다. 또한, 계속되는 그 쪽지 내용에 따르면, 선박에서 발견될지도 모르는 보물에 관해서는 그 1/3을 케이프 주에 귀속하고 밴드먼이 나머지 2/3를 가져갈 수 있다고 했습니다. 그와 더불어 '이런 합의에서 밴드먼이 분명히 알고 있어야 할 점은, 현재(1893년)까지 알려진 바로는 그 배에 보물이 실려 있는지 아닌지 전혀 알 수가 없다는 사실이다'라고 적혀 있습니다.

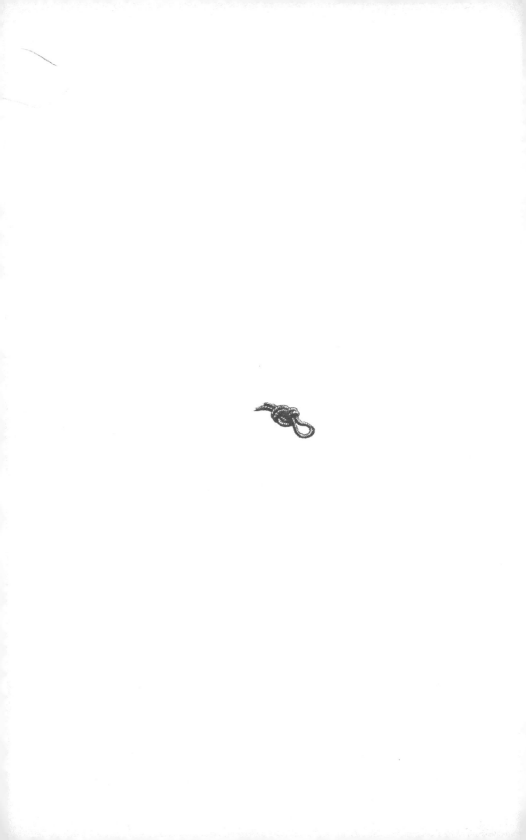

제6장

해군 생존자들의 군사 재판

법원이 부디 가장 양심적인 판결을 내려주기를.

- 셰익스피어

첫 번째
공판이 열리다

버큰헤드호의 해군 생존자들은
침몰 사고로 죽음의 고비를 넘기고, 또 본국으로 돌아오면서 다시
한 번 갑작스럽게 비극적이고 치명적인 사고를 당할 뻔했다. 생존한
해군 장교들은 학수고대하던 고국에 도착하자마자 군사 재판을 받
을 걱정을 해야만 했다. 해군이 정한 엄정한 군법에 따라 군사 재판
이 열렸다. 버큰헤드호의 해군 선임 장교들은 각자 임무를 다하다
가 안타깝게도 전원 목숨을 잃었으므로, 버큰헤드호 사고로 책임
을 물을 수 있는 사람이 없다는 충분한 추정적 증거(prima facie evi-
dence)가 있었다. 따라서 군법회의가 소집되어 침몰 당시 해군 생존
자들의 행동에 정말로 문제가 있었는지 조사하게 된 것이다. 하지
만 확실하게 정리되어야 할 1~2가지 문제들은 생존자들의 이익에도
부합했다. 생존자들 일부는 자신들이 부상당했다는 뜬소문에 반박
할 수 있는 기회인 군사재판을 반겼음이 틀림없다.

　군사재판은 포츠머스에 묘박 중이던 해군 기함 빅토리(Victory)호
선상에서 열렸고, 재판 과정은 대중의 큰 관심을 불러일으켰다. 시

련을 겪게 된 첫 번째 인물은 유일한 해군 생존 장교인 항해사 R. B. 리처즈와 승조원 4명(선임 수병 존 보웬, 선임 수병 토마스 딘, 2등 수병 아벨 스톤, 화부 존 애시볼트)이었다. 군사법정의 재판관은 재판장 H. 프레스콧 해군소장(배스 훈장)을 비롯해 엑설런트(Excellent)호 차즈 함장(배스 훈장), 빅토리(Victory)호 G. B. 마틴 함장(배스 훈장), 넵튠(Neptune)호 스콧 함장, 블레넘(Blenheim)호 헨더슨 함장(배스 훈장), 샘슨(Sampson)호 S. T. 이네스 함장, 애로건트(Arrogant)호 로빈슨 함장, 윈체스터(Winchester)호 로크 함장, 레트리뷰션(Retribution)호 워든 함장, 아레투사(Arethusa)호 시몬스 함장, 프린스 리전트(Prince Regent)호 해리스 함장, 하이플라이어(Highflyer)호 맷슨 함장, 함대 소속 법무감대리 G. L. 그리섬 경으로 구성되었다.

첫 공판은 1852년 5월 5일에 열렸다. 다양한 증인이 재판에 출석했는데, 그중에는 사고 당일 밤 첫 야간 당직(middle watch, 오전 0시부터 4시까지—옮긴이)을 섰던 토머스 코핀, 선수 선실에서 첫 저녁 당직(first watch, 오후 8시부터 12시까지—옮긴이)을 섰던 관측병 토머스 데일리, 배가 좌초할 때 선미루에 서 있었던 해병대 소속 드레이크 중사, 사고 당시 잠을 자고 있었던 포술장 존 T. 아치볼드, 같은 시각 사관 선실에 있었던 군의관 후보생 윌리엄 컬헤인도 참석했다. 이들은 모두 장시간 심문을 받으면서 참사와 관련한 몇 가지 사실을 증언했다. 하지만 그들의 증언은 우리가 이미 알고 있는 버큰헤드호 이야기의 골자와 실질적으로 크게 다르지 않았다.

재판장에서 한 증인은 구명정들이 스쿠너를 쫓아가지 않고 계속 사고 현장에 머물러 있었더라면 더 많은 목숨을 살릴 수 있었을 것이라고 주장했다. 하지만 장내에서는 그 불운한 선박의 선상에서든 아니면 선박이 침몰하고 나서든, 생명을 구하려는 실행 가능한 모든 수단이 동원되었다고 믿는 분위기였다. 구명정 탑승자들의 확언에 따르면, 위험을 무릅쓰지 않고는 정원을 초과하는 인원을 태울 수 없었고, 현장에서는 그 어떤 외침도 들리지 않아 나중에 죄책감에 시달리는 사람도 전혀 없었으며, 자신들이 판단했을 때 거센 파도 때문에 상륙은 아예 불가능했다고 한다. 간단히 말해서, 고통스러운 상황에서 어쨌든 최선을 다했다는 주장이었다.

재판관은 버큰헤드호가 택했던 항로에 관해서도 심문했다. 생존자들의 증언으로 밝혀진 바에 따르면, 배는 해안에서 약 4.8km로 근접해서 항해했는데, 짙은 어둠 때문에 해안의 모습이 보이지 않았다. 그에 따라 측심을 했고, 당시 항해 속도는 7½노트였으며, 참사가 일어나기 직전에 육지에서 불빛 하나가 포착되었으며, 백파 소리는 식별할 수 없었다. 계속되는 증언에 따르면, 구명정들은 시간만 있었다면 곧바로 해상에 띄울 수 있을 정도로 갑판 위에 잘 정리되어 있었고, 사고 현장에서 살몬드 함장은 그 누구보다 침착했으며, 장병들은 함장의 명령에 복종했다. 배가 좌초한 후 2분 동안 엔진을 후진시켰으나, 선체는 암초 지대를 벗어나지 못했다. 그리고 10분 후에 유입된 해수로 인해 연료를 태우던 불길이 완전히 꺼졌고, 채 30분도 못 되어 선체는 수면 아래로 가라앉았다. 재판관뿐만 아니라 피고인들까지 버큰헤드호 증인들에게 질문을 마치고 나자, 재판은 휴정에 들어갔다.

두 번째
심리가 시작되다

심리는 5월 6일에 재개되었다. 이 날 버큰헤드호의 부갑판장 에드워드 윌슨이 추가 증언을 했다. 윌슨은 자신이 사고 당시 외륜 덮개 부근에서 물에 휩쓸려 내려갔으나, 해상에서 돌출 난간을 타고 다른 생존자 14명과 함께 상륙에 성공했다고 증언했다. 한편 구명정의 키잡이이자 여성과 어린이들을 태운 커터에서 지휘를 맡았던 리처즈와 동승했던 조지 틸(George Till)은 첫 번째 커터는 노를 10개 갖춘 구명정이었으며(자신이 몰던 커터에는 노가 8개뿐이었다), 자신이 몰던 커터에 수용 가능한 최대 인원(여성과 어린이 18명, 병사 14명)을 태웠다고 진술했다. 첫 번째 커터의 키잡이 존 루이스 역시 당시 총 38명을 태워 자신의 보트가 만원이었다고 진술했다. 보조 기관사였던 C. K. 렌윅은 암초에 부딪히고 나서 선체에서 무슨 일이 벌어졌는지 상세하게 설명했다. 렌윅은 버큰헤드호 기관실에서 일어난 상황을 이렇게 묘사했다.

버큰헤드호가 좌초할 때 저는 제 침상에서 잠을 자고 있었습니다. 갑자기 엔진이 멈춰 섰습니다. 그때 기관실에는 수석 기관사 와이엄, 그의 조수 키칭엄, 바버가 함께 근무하고 있었습니다. 곧 엔진을 후진시키라는 명령이 떨어졌고, 기관실 승조원들은 기관실에 물이 차올라 연료가 꺼질 때까지 그 명령을 따랐습니다. 배가 좌초한 후 기관실에는 해수가 순식간에 차오르면서 연료를 태우던 불길이 완전히 꺼져버렸습니다. 우리는 빌지 펌프(배 밑에 괸 물을 퍼 올리는 펌프—옮긴이)로 물을 퍼 올렸으나 기관실의 수위를 낮추는 데는 무용지물이었습니다. 와이엄은 함장님께 연료가 꺼졌다고 보고했고, 함장님은 저를 불러 다른 방도가 없는지 물었습니다. 저는 해수가 3~4피트씩 급격하게 차오르고 있다고 대답했습니다. 그런 뒤에 다시 선미루로 올라가 보니 병사들이 좌현의 외륜 구명정을 꺼내려고 애를 쓰고 있었습니다. 제가 기관실에 들어가고 나서 약 1분 후에 안전밸브가 작동해 배에 가해진 충격을 완화했습니다.

재판장의 질문에는 또한 이렇게 대답했다.

제 의견으로는 '후진' 명령이 배의 침몰을 가속화 했습니다. 그로 인해 배 밑바닥이 찢어지고 그 틈으로 엄청난 양의 해수가 유입되었기 때문입니다. '후진'한 이후에 철판이 찢어지는 소리도 들었습니다. '후진' 명령이 떨어지지 않았더라면 선체의 골재는 얼마간 온전했을 거라고 믿습니다. 하다못해 외륜 구명정들을 하선시킬 시간은 충분히 벌었을 것입니다. '후진' 명령이 떨어지기 전에 기관실의 수류는 크게 거세지 않았지만, 뱃머리 부분의 수류는 엄청났습니다. '후진'이 배에 두 번째 파공을 낸 원인은 아니라고 생각하지만, 앞서 찢어진 부위를 더 확대시킨 것은 분명합니다. 배 밑부분은 칸막이벽이 있어 여러 격실로 분리되어 있었는데, 이물과 고물의 격실은 더 세분화된 방수 격실을 갖추고 있었습니다. 제 생각으로는 암초가 선수의 배 밑바닥 부분을 완전히 '찌그러트리면서', 선수 격실 전체가 침수된 것 같았습니다.

차즈 함장은 렌윅의 답변이 성에 차지 않았는지 증인에게 추가로 질문했다.

선수 밑바닥에 구멍이 생겼던 것 같습니다. 중앙 격실과 기타 격실이 온전했다면 해수의 유입을 막을 수 있었어야 했습니다. 선체의 중앙 격실은 선박이 좌초하고 나서 5분에서 6분 만에 침수되었는데, 이는 선수 밑부분의 균열이 심해졌기 때문입니다. 제 생각에는 엔진의 움직임에 더해 바다의 큰 놀이 선체를 크게 흔들어 놓는 바람에 배가 암초 위에서 지렛대처럼 되어버렸습니다. 암초 위에 걸려 있던 선체가 두 동강 난 것도 바로 그 때문이었습니다. 포로들이 어떤 비행을 저질렀는지에 대해서는 전혀 아는 바가 없습니다.

리처즈 또한 중요한 질문을 했다. 이에 대한 보조 기관사 렌윅의 답변은 구명정을 책임졌던 리처즈의 행동을 정당화시켜 주었다.

그 상황에서 항해사님의 구명정이 난파당하지 않고 상륙할 수 있었다고 절대 생각하지 않습니다. 제 눈에도 상륙지가 전혀 보이지 않았으니까요. 두 번째 커터는 안전하게 태울 수 있는 최대 인원을 태웠다고 생각합니다.

한편 빅토리호의 항해장 윌리엄 로버트 매지(William Robert Madge)는 과거에 자신이 조타하던 버큰헤드호가 신형 기준 컴퍼스(standard compass, 다른 컴퍼스와 비교하는 기준이 되는 컴퍼스. 자기(磁氣)의 영향을 가급적 받지 않도록 보통 맨 위쪽 선교(船橋)에 놓아둔다—옮긴이)를 도입한 1851년 2월 15일에 선체가 좌우로 흔들렸다고 증언했다. 1850년 10월 22일에도 그런 적이 있었다. 재판관이 그에 관해 묻자, 증인은 버큰헤드 호 함장이 선체의 요동에 대한 조사 결과를 통보받으면서 "전임 항해장 톰슨이 항해했을 때도 선체가 흔들렸었지. 예전에 존슨 함장이 그린하이드(Greenhithe, 영국 다트퍼드 근처 정박지—옮긴이)에서 항해를 할 때도 그랬던 것 같군"이라고 덧붙여 말했다고 대답했다. 또한, 매지는 준비된 지도를 보면서, 자신이라면 지도에 표시된 항로로 운항했을 것인지 답변을 요구받았다.

상황에 따라 편차가 있습니다. 그때 동풍이 불었다면 그 항로로 운항하지 않았겠지만, 서풍이 불었다면 3.2km 정도 더 안쪽으로 운항했을 것입니다. 항로는 그때그때의 상황에 따라 천지 차이가 납니다. 당시 바다에 너울이나 해류가 일었다면 저는 그 침로를 택하지 않았을 테지만, 바다가 잠잠했다면 그 침로를 택했을지도 모릅니다.

무죄를
선고하다

이것으로 공판이 끝이 났다. 재판관들은 이 사안의 검토를 위해 잠시 휴정에 들어갔고, 2시간 후에 재판이 재개되어 법무관 대리가 판결문을 낭독했다. 재판관들은 우선 다음과 같은 사실에 주목했다.

함장을 비롯한 주요 장교들이 목숨을 잃은 이 불운한 사고에 대해 본 법정은 당시 극도의 어려움 속에서, 해안에 너무 근접해 운항한 의도가 설명되지 않는다고 해서 고인들을 견책하는 것은 부당한 처사일 수 있다고 본다. 하지만 어쨌든 이 치명적인 침몰 사고의 원인은 육지에 지나치게 근접하도록 잘못 계산한 침로 때문이라고 기록할 수밖에 없다. 그러나 그것이 사실이라고 하더라도, 본 법정은 절체절명의 위기 상황에서 보여준 그들의 침착함과 모든 이기심을 버리고 여성과 어린이들을 먼저 배려한 고인들의 행동을 감안할 때, 그들을 치하하는 일이 터무니없는 일은 아니라고 판단한다.

본 법정은 모든 증거를 충분히 심사숙고한 끝에 이 사건을 두고 피고인들에게 책임을 지울 수 없으며, 앞서 상술한 롤랜드 베번 리처즈와 존 보웬, 토머스 던, 존 애시볼트, 아벨 스톤이 전혀 죄가 없다고 판단했다. 따라서 본 법정은 피고인들에게 무죄를 선고한다.

무죄 판결은 항해사 리처즈에게는 더욱 그 의미가 각별했다. 구명정을 잘못 운용했다고 비판한 사람들에게 군사법정이 확실한 대답을 해준 셈이었기 때문이다. 재판관들은 5월 7일 재소집되어 포술장 존 T. 아치볼드를 비롯해 첫 번째 공판에 참가하지 못한 버큰헤드호 생존자들을 심문했다. 이 공판에서는 특히 군의관 후보생이었던 컬헤인의 처신에 대해 법원이 판결하는 날로 받아들여졌다. 〈더 타임즈〉는 이렇게 보도했다.

그의 인격은 케이프타운 주민들에게 성급하게 중상모략을 당했던 것으로 보인다. 사실 현지 주민들은 버큰헤드호 침몰 사고와 관련해 그에게 씌워진 혐의에 대해 그 사실관계와 정황을 온전히 알지도 못한 상태였다.

해병대의 드레이크 중사는 선체가 가라앉기 불과 1분 전에 자기 선실에 있던 컬헤인를 목격했다고 증언했다. 리처즈의 증언에 따르면, 구명정을 향해 소리치는 컬헤인의 목소리가 들렸고, 그는 물속에 빠져 있던 상태에서 46미터 정도를 헤엄쳐 기그에 닿았다고 한다. 선임 수병 헨리 비와일의 증언에 의하면, 물에 빠진 다음 구명정을 향해 소리치는 컬헤인의 목소리가 들려 컬헤인과 그 옆에 있던 두 사람을 배에 태웠다고 한다. 증인은 스쿠너를 쫓아가던 중에 또 다른 구명정들이 증인이 탄 배를 따라온다고 생각했으며, 그 반대는 아니었다고 믿는다고 밝혔다. 컬헤인이 그 증인에게 물속에서 '구명 벨트'를 착용하고 있던 장교가 육군 장교는 아니었지 않느냐고 반문하고 싶다고 하자, 재판관은 법정에서 다른 수감자들보다 컬헤인에게 과중한 죄를 물은 적이 없음에도 그런 질문을 하는 의도를 전혀 모르겠다고 말했다. 수감자들 중에는 아무도 항변하는 이가 없었고, 공판은 잠시 휴정한 이후에 재개되었다. 법무관 대리는 다음과 같이 판시했다.

> 본 법정은 상기 선박에 탑승했던 존 T. 아치볼드와 그 밖의 생존 장교들과 승조원들에게 그 어떤 책임도 물을 수 없다고 판단한다. 상기에 언급된 영장에 따라 심리를 받게 된 피고인들은 상기 선박의 침몰과 그 이후의 행동에 대해서 책임이 있기보다는 오히려 그 반대로 모두가 최악의 위기 상황에서 침착함을 보여주었으므로 갈채와 치하를 받을 만하다. 가장 먼저 구명정에 올라 빠른 상황판단력으로 침몰 사고에서 살아남은 승조원이 탑승자 일부를 구하려고 필사의 노력을 기울인 점도 인정된다. 지난번과 이번 재판에서 무죄를 선고받은 피고인들에게 치하의 뜻을 전한다. 본 법정은 상기에 언급한 영장으로 심리를 받게 된 아치볼트를 비롯한 버큰헤드호의 여타 생존 장교와 승조원들의 행위에 하등의 죄가 없었다고 판단하며, 따라서 이들에게 무죄를 선고한다.

이처럼 온전히 흡족한 판결을 내놓은 법정이 과연 있었을까? 이번 판결을 계기로 조금이라도 자신의 혐의가 말끔하게 벗겨지기를 바라며 재판장에 나섰던 생존자들도 당연히 기뻐했다. 이 군사재판

과정은 하원의 지시로 1852년 6월 3일 자 문서로 기록되어 의회에 제출되었다(칙령서 제426호). 하지만 이 공문은 모범이 될 만큼 결코 세심하고 정확하지는 못했다. 지저분한 모양새와 철자 실수, 모양이 일그러진 이름과 표현들, 읽는 사람을 당혹스럽고 혼란하게 만드는 보고서의 일반적인 서술 행태 등이 원성을 샀다.

제7장

버큰헤드호의 지휘관
알렉산더 세튼의 재능과 용맹

서사에 등장하는 영웅의 빛나는 자질.

- 드라이든

수리 과학 분야에서
두각을 나타내다

　　영웅처럼 빛나는 버큰헤드호 승
선 부대의 지휘관 알렉산더 세튼 중령은 무니(Mounie)가(家) 알렉산
더 세튼의 차남이었으나, 생존한 아들들 중에서는 나이가 제일 많
았다. 그의 부친은 스코틀랜드 애버딘셔(Aberdeenshire) 주(州) 부지사
겸 치안 판사를 역임했고, 세튼 중령의 조부이자 핏메든(Pitmedden)
의 준남작인 알렉산더 세튼 경의 둘째 아들이었다. 세튼 경은 핏메
든 경(Lord Pitmedden)이라는 직함으로 스코틀랜드 고등법원 판사를
역임했다(제1대 준남작 알렉산더 세튼 경은 저명한 변호사이자 애버딘셔 주 하원 의
원으로, 핏메든 경이라는 직함으로 스코틀랜드 고등법원 판사와 대법관을 역임했다).
세튼 대령의 출생일은 1814년 10월 4일이다.

　　세튼 대령은 어린 시절부터 사교육을 통해 가족의 세심한 관심을 받으면서
뛰어난 재능을 뽐냈다. 하지만 군인을 하나의 학문으로 배울 정도로 군인을 직
업으로 삼고자 하는 의식이 강했고, 다른 모든 재능은 부차적인 것이 되었다. 불
과 15세도 안 되어 부모님과 함께 이탈리아로 간 세튼은 그곳에 홀로 남아 피사

(Pisa)의 페르디난도 퍼기(Ferdinando Foggi) 교수의 지도 아래 수학과 화학을 공부했다. 세튼은 또한 이미 라틴어와 그리스어, 프랑스어를 유창하게 구사했기 때문에 그곳에서 완벽한 이탈리아 지식인이 되었다.

젊은 세튼은 1832년 11월 23일 제21왕립스코틀랜드 보병연대의 소위로 매관(賣官)하여 임관했다(당시 영국군에서는 군대 경력이 없는 부잣집 자식들이 군대 내의 고위직을 돈을 주고 사들이는 폐해가 공식적으로 허용되었다—옮긴이). 그리고 곧 자기가 속한 연대의 파견대에 편성되어 배를 타고 호주 식민지로 향했고, 주로 판 디멘즈 랜드(Van Diemen's Land, 오스트레일리아 남동의 섬 태즈메이니아(Tasmania)의 옛 이름)에서 주둔했다. 몇 년 동안 파견 근무를 한 뒤에는 휴직하고 영국으로 돌아와 1838년 3월 2일에 중위로 매관하여 진급했다.

세튼은 예전에 공부한 적이 있는 독일어를 다시금 완벽하게 구사하려고 독일을 잠깐 여행했다. 그런 뒤에는 인도에 주둔하던 자기 부대에 부관으로 다시 부임했다. 인도의 디나포르(Dinapore)에서 나그푸르(Nagpore) 부근의 캄프티(Kamptee)까지 길고 험난한 행군을 하는 와중에, 세튼은 지휘관으로서 인정받기 위해 부관 임무를 너무나 훌륭히 수행해냈다. 인도에서 이 재능 있고 학구적인 젊은 장교는 어려운 힌두스타니 말(북부 인도의 상용어—옮긴이)을 정복했고, 산스크리트어와 페르시아어를 비롯한 여타 동양 언어도 익혀갔다. 매관(賣官) 없이 1842년 1월 14일에 대위로 진급한 세튼은 유럽으로 다시 돌아와 제21연대에서 제74하이랜더 연대로 소속이 바뀌었다. 당시 제74연대는 해외 임무를 마치고 본국으로 귀환할 예정이었다. 1844

년 제74연대가 귀환하자마자 세튼 대위는 채텀에 있는 연대의 후방 부대에 합류했다.

1846년 1월, 세튼 대위는 영국 샌드허스트 해군사관학교의 고급 장교 과정에 입학 허가를 받았다. 거기서 2년간 수학한 끝에 1847년 11월에 치러진 졸업 시험을 출중한 성적으로 통과했다. 〈유나이티드 서비스 매거진〉 1848년 1월호는 해군사관학교 졸업 시험에서 출중한 성적을 거둔 세튼 대위에 대해 '수리 과학 분야에서 재능과 풍부한 학식이 특히 두드러졌던 세튼 대위는 최우등 증서를 받았다. 증서에는 교수진이 흐뭇한 마음으로 그를 치하하는 소감이 적혀 있었다'라고 보도했다.

세튼 대위는 졸업 시험을 치른 후에 따로 캠브리지 공작과 조지 브라운 경, 부관감보(副官監補)를 비롯한 고위 인사들의 칭찬을 받았다. 세튼의 과학에 관한 지식의 폭과 깊이는 실로 대단한 것이어서 세튼은 물리학과 역학, 수학을 비롯하여 진지 구축·군사 측량 같은 군인 직무와 관련이 높은 과목들뿐만 아니라 식물학과 지질학에도 해박했다. 거기에다 음악과 미술에까지 조예가 깊었다. 또한, 뛰어난 언어 능력 덕분에 적어도 15개 언어를 구사할 줄 알았다니! 이처럼 세튼은 실로 다재다능한 인재였다.

젊은 시절 세튼 대령의 초상화.
왕립스코틀랜드보병연대 제복을 입고 있다.

버큰헤드호에
탑승하다

1847년 말, 세튼 대위는 당시 더블린에 주둔하고 있던 제74하이랜더 연대로 복귀했다. 그런 뒤 1849년에는 아일랜드의 육군의 병참 차장으로 임명되어 1850년 5월 제74연대의 소령으로 매관으로 진급할 때까지 계속 병참 차장 직무를 수행했다. 세튼이 병참 차장 직무를 그만두게 되자 병참감 윌러비 고든(Willoughby Gordon) 경은 "앞으로 근위 기병대에서 영관급 장교 자리가 난다면 틀림없이 그가 자리를 차지할 것이다"라고 호언장담했다. 1851년 3월, 포다이스 중령 휘하의 제74하이랜더 연대는 희망봉에서 해외 파병 임무를 부여받고 케이프행 수송선에 승선했다. 그 사이 본국으로 돌아온 세튼 소령은 군 복무 관례에 따라 후방 부대 4곳의 지휘를 맡고 있었다. 그러나 세튼에게 갑작스러운 변화가 찾아왔다. 케이프에서 흑인들과의 교전을 벌이던 포다이스 대령이 전투 중에 전사하고 말았던 것이다(제74연대는 마코모(Macomo)족과 호텐토트(Hottentot)족의 근거지인 워터크루프(Waterkloof, 케이프 주 펄스만 부근—옮긴이) 고갯길로 향해 있는 요새를 공격하고 있었는데, 이 전투에서 포다이스 중령뿐만 아니라 케리(Carey) 중위와 고든(Gordon) 중위도 전사했다).

이에 따라 세튼 소령은 제74연대의 중령으로 진급했고, 포다이스 대령 대신 직무를 수행하려고 1852년 1월에 케이프로 떠났다. 세튼 대령은 남아프리카에 주둔한 영국군 증강을 위해 징발된 소속이 각각 다른 10개 연대를 이끌고 버큰헤드호에 탑승해 1월 7일에 영국 코크만에서 출항했지만, 그 항해에서 예상보다 빨리 비극적인 최후를 맞이해 영예롭게 목숨을 거두었다. 누구나 믿을 수 있을 정도로, 세튼 대령은 앞으로 일어난 불행을 어느 정도 예감했던 것으로 보인다.

그의 많은 사랑스러운 자질 중에서, 부모님 댁에서 집안 살림을 도맡았던 그의 미덕은 유독 도드라졌다. 이런 면모는 항해 중에 틈이 날 때마다 홀어머니에게 썼던 편지들에서도 잘 드러난다. 그 편지들은 나중에 아들의 죽음에 통탄하던 홀어머니에 애절한 위로가 되어주었다. 세튼 대령은 어느 편지에서 '될 수 있으면 마지막으로 다시 편지를 쓰겠습니다. 어머니를 떠나왔다는 느낌이 이처럼 강하게 든 적이 없었답니다'라고 적었다. 이런 식으로 이 항해의 모든 단계마다, 마지막에는 끔찍한 최후를 당하기 불과 하루 전날에도 세튼은 케이프에서 편지를 썼다. 그는 자식의 안위를 걱정하는 어머니의 근심을 덜어주려고 애를 썼고, 그러면서도 마데이라, 시에라리온, 세인트헬레나, 사이먼즈 베이 등지에서 보고 들은 광경은 그 무엇이든 적어 어머니를 즐겁게 해 드리려고 했다(세튼은 1852년 2월 22일 자로 케이프 부근에서 마지막 편지를 썼는데, 3일 후에 사이먼즈만에서 편지를 '급하게' 마무리했다. 편지에는 이런 내용이 들어 있다. '오늘 밤 출항을 합니다… 외풍 때문에 알고아만에서 하선했습니다… 말 두 필이 있는데 저한테 딱 맞는 것 같습니다… 몸 상태는 완벽하고 모든 일이 순조롭게 흘러가고 있습니다.' 이 편지는 나중에 A. D. 세튼 소령에게 건네진 것이다).

영국과 인도, 오스트레일리아와 아일랜드에서 그는 항상 엄격한 규율을 지키는 군인이었다. 따라서 일말의 직무 태만도 용납하지 않았다. 그러나 그는 엄격한 기준을 부하들뿐만 아니라 자기 자신에게도 철두철미하게 적용했고, 병사들이 힘들 만한 일이면 손수 나서서 일손을 거들었다. 이와 같이 엄격함과 자기 헌신이라는 두 가지 상반된 자질을 겸비한 육군 장교는 아주 보기 드물었다. 따라서 세튼은 부하들의 존경을 받았고, 병사들은 흔히 '부하들에게 예외가 없으면 스스로에게도 예외가 없으시다'라고 말했다. 이는 진정한 리더로 타고난 사람들만 갖출 수 있는 자질로, 세튼 대령 같은 리더는 자신의 병사들을 영웅으로 탈바꿈시킨다. 최고의 지성과 그 정도의 통솔력을 갖춘 리더는 정복자나 왕에 버금간다. 하지만 그런 자리에 어울리는 모든 자질을 갖추었다고 할지라도 그런 자질을 펼칠 만한 적절한 무대가 있어야 하는 법. 그런 무대가 늘 펼쳐지는 것은 아니다. 세튼 대령의 직업적 자질들은 이 항해에서 완전히 발휘되었다. 버큰헤드호에서 그의 휘하에 있던 병사들은 10개 연대에서 차출된 인원들이어서 끈끈한 결속력이 전혀 없었다. 연대원들이 소속감이 없는 것도 당연했다. 그뿐만 아니라 장병들의 구성 역시 서로 한 번도 함께 포화를 받아본 적이 없는 아일랜드인과 영국인, 스코틀랜드인이 뒤죽박죽 섞여 있었다. 게다가 장교들 대부분은 경험이 일천한 젊은 군인들이었다. 그렇다면 도대체 어떻게 그런 장병들이 그토록 끔찍하고 절박한 위험 속에서 베테랑 군인들조차 엄두도 못 낼 그러한 용기와 결의, 헌신을 보여줄 수 있었을까? 그것은 오로지 그들의 지휘관이 세워놓았던 감탄할 만한 규율 덕분이었다. 그 덕분에 세튼 대령은 죽음의 그림자가 어른거리는 계곡 속에 있던 장병들에게도 경탄할 만한 통솔력을 발휘할 수 있었다. 전장에 그런 리더가 있다면 그 어떤 위험이 닥친다고 해도 부대원들이 움츠려 들 리 있겠는가?

이 멋진 구절은 인용할 만한 충분한 가치가 있다. 이 대목은 군인으로서 세튼 대령의 진면목을 통찰력 있게 보여주고 있으며, 그의 고귀한 자질과 매력적인 인간성의 일면을 밝혀주기 때문이다. 또한, 이 구절은 버큰헤드호 장병들에게 발휘한 세튼 대령의 놀랄 만한 지도력을 이해하는 데에도 도움을 준다. 세튼 대령은 먼저 장병들이 군인답게 복종하도록 훈련시켰고, 솔선수범하는 지휘관의 모습에 감명을 받은 장병들은 배가 침몰할 때 그토록 고결한 행위를 보여주었다. 이런 사실을 감안할 때 버큰헤드호 영웅들에게 바쳐진 다음과 같은 마지막 헌사를 우리는 충분히 이해할 수 있다.

버큰헤드호 침몰과 침몰 당시의 정황이 신문 보도를 통해 본국에 알려지자, 영국뿐만 아니라 전 유럽이 버큰헤드호 이야기에 깜짝 놀랐다. 테르모필레(Thermopylae) 전투나 발라클라바(Balaclava) 전투에 참전한 각각 300명과 600명의 군인들이 보여준 영웅적 행위는 쉽게 수긍이 가지만, 이 소수의 용맹한 병사들은 동이 틀 때 경탄할 만한 세상이 펼쳐져 있는 가운데 죽음을 맞이했다. 그러나 전장에서 격앙된 감정이나 죽음을 알리는 전조도 전혀 없는 상황에서 그에 뒤지지 않는 용기와 헌신을 보여준다는 것이 보통 위대한 일인가! 모든 이들은 그토록 끔찍한 시련 속에서 신병들이 보여준 침착함과 신속함, 피할 수 없는 죽음 앞에서 명령에 대한 절대복종, 자신의 운명에 대한 체념에 경탄을 금치 못했다. 절체절명의 상황에서도 죽음을 두려워하지 않고 자신의 통제를 따르도록 병사들을 이끈 지휘관은 얼마나 탁월한가! 버큰헤드호 이야기는 영원불멸할 것이고, 그 이야기 속에서 알렉산더 세튼 대령의 이름은 영원히 간직될 것이다.

이는 진실로 불멸의 이야기가 아니던가! 어떤 면에서 이 구절은 세튼 대령의 전모를 밝혀주지 못하고 있는데, 간과한 부분은 바로 그의 겸손한 성품이다. 갖가지 뛰어난 재능과 군인다운 자질을 갖추고 있었음에도 세튼 대령은 그 누구보다 소탈하고 겸손한 사람이었다.

세인트 자일스(St. Giles) 대성당에 세워진 제74하이랜더연대 추모비.
세튼 대령과 버큰헤드호 영웅들을 기리며.

월계관보다도 빛나는
진정한 영예를 얻다

『영국의 여왕들(The Queens of England)』을 비롯한 다수의 역사책을 쓴 여성 작가 애그니스 스트릭랜드(Agnes Strickland)는 세튼 대령 유가족에게 보낸 연민 어린 편지에서 산화한 그 장교에게 이렇게 경의를 표했다.

그처럼 영광스러운 아드님을 두셔서 자랑스러우시겠습니다. 어머니의 심정은 아들인 오소리(Ossory) 백작의 싸늘한 시신 곁에서 "내 죽은 아들을 기독교 국가의 어느 군주와도 안 바꾸겠다"고 외치던 올먼드(Ormond) 공작의 심정과 같으실 겁니다. 세튼 대령의 고귀한 자기희생을 떠올리신다면 분명히 마음의 위안을 얻을 거라 믿습니다. 세튼 대령의 죽음이 역사상 유례없이 고귀한 죽음임을 떠올려 보셨으면 하는 바람입니다. 영예로운 죽음으로 세튼 대령은 전쟁터의 정복자에게 씌어졌던 월계관보다도 빛나는 진정한 영예를 얻었습니다.

『언덕과 계곡(Hill and Valley)』을 비롯한 수많은 작품을 쓴 여성 작가 캐서린 싱클레어(Catharine Sinclair)의 글 역시 그에 못지않게 아름답다.

역사상 사려 깊은 헌신을 보여준 가장 두드러진 사례가 바로 그 고결한 장교 세튼 대령의 죽음이었다고 늘 생각해 왔어. 그에 관한 글을 읽고 그에 대한 생각을 되뇔수록, 그의 조국이 얼마나 큰 손실을 입었을지, 그의 유가족이 얼마나 비통해했을지 자꾸 떠올리게 돼. 그토록 뛰어난 재능과 엄청난 열정을 지니고 있던, 한창 젊음을 누리던 바로 그 시기에 그는 너무나 끔찍한 방식으로 불굴의 용기를 시험당하고는 신의 뜻에 굴복하고 말았던 거지.

예전에 세튼 대령의 자질을 제대로 평가할 기회가 많았던 스코틀랜드 어느 자치주의 전(前) 의장은 다음과 같이 단언했다.

세튼 대령은 일류 사관이었을 뿐만 아니라 그 누구와도 비견할 수 없을 만큼 뛰어난 학식과 다재다능함을 갖춘 인재였다. 가히 '다재다능함의 귀재(the Admirable Crichton)'에 비견할 만했다. 게다가 더할 나위 없이 겸손했다. 또한, 그 누구보다 상냥해서 모친에게는 헌신적인 최고의 아들이었다.

세튼 대령을 평소에 잘 알고 있던 사람들의 단편적이지만 진심에서 우러나온 이런 진술은 작고한 이 장교의 진가를 유감없이 드러내고 있다. 침몰하던 선박 위에서 버큰헤드호 군인들의 행동에 세튼 대령이 어떤 영향을 미쳤는지 특별히 언급하고 있는 몇 가지 흥미로운 서신이 있다. 이 서신은 고인의 친동생 데이비드 세튼이 친형의 소식을 간절히 알고 싶어 사방팔방으로 수소문한 결과로 입수한 것이었다. D. 세튼은 사고가 일어난 후 때를 놓치지 않고 생존자들과 직접 교신하면서 친형의 마지막 순간을 구체적으로 질문했다. 물론 그 결과에 동생 세튼은 흐뭇해 했다.

　그 서신은 한 용감한 군인에 대한 기억을 공정하게 보여주는 데 일조하고, 그와 동시에 침몰 현장에 있던 장교들의 공을 제대로 평가함으로써 공적이고 역사적인 사료 역할을 하기 때문이다. 서신은 선상에서 일어난 버큰헤드호 장병들의 영웅적 행위와 약자를 돕는 기사도 정신이 (분명히 누구나 예측 가능한 일이겠지만) 애초에 세튼 대령에서 비롯되었다는 것을 의심할 여지 없이 밝혀준다. 세튼 대령은 여성과 어린이들을 먼저 탈출시키라고 지시하고 나서, 뒷돛대 삭구 근처의 자기 위치로 되돌아와서 배가 끝내 완파하여 침몰할 때까지 아주 차분하고 침착하게 끝까지 지시를 내렸다. 그뿐만 아니라 그 와중에도 세튼 대령은 주변에 있는 병사들에게 구명정의 안전을 위태롭게 하지 말아 달라고 한 번 이상 고귀한 간청을 했다. 이미 그가 표현했듯이, 데이비드 세튼은 조국을 위해 군에 복무하다가 그토록 용감하게 산화한 부대 지휘관이자 끝까지 임무 수행을 마친 한 사람의 군인이자 사나이가 있었다면, 그 이름이 적어도 침몰 사고의 기억과 관련이 있어야 한다고 생각했다. 세튼 대령의 이름은 단지 버큰헤드호 사건의 기억과 관련이 있는 정도가 아니다. 사실, 그의 이름은 버큰헤드호 사건에서 유독 도드라지고 영예롭게 빛난다.

진실로
정직하고 선한 인물

육군성 장관 윌리엄 베리스퍼드 소장이 D. 세튼에게 보낸 편지 한 통을 먼저 살펴보도록 하자. 육군성 1852년 5월 24일 자 편지에서 베리스퍼드 소장은 이렇게 적고 있다.

모든 사적인 편지의 설명에서뿐만 아니라 첫 공식 보고서에서도 버큰헤드호 승선 장병들의 지휘관 세튼 중령의 고결한 자기희생을 인정하는 진술이 나타나 있습니다. 모든 병사의 행동은 세튼 중령의 지휘권에서 나왔으며, 병사들은 세튼 중령의 솔선수범에 자극을 받았다고 보아야 합니다. 그에 따라 그토록 비참한 상황에서도 예외 없이 규율을 지키고 헌신을 다 했던 것입니다.

저는 하원에서 버큰헤드호 사건에 대한 국회의원들의 이목을 끌기 위해 과감한 발언을 했습니다. 파견대로 버큰헤드호에 승선한 장병들은 서로 다른 연대에 속한 신병들로 구성되어 있었으므로, 군인으로서 평상시에 겪기 힘든 위험과 공포의 상황에서 그들이 용감하게 행동한 것은 지휘관에 대한 병사들의 무한한 신뢰를 반영하는 것이라고 말입니다. 당시 부대 지휘관이었던 세튼 중령은 눈 깜짝할 사이에 각양각색으로 분리되어 있던 서로 다른 연대 소속의 많은 병사를 하나로 묶어 최후의 순간까지 사나이답고 군인답고 일사불란하게 제 임무를 다하도록 만들었습니다.

제74하이랜더 연대의 지휘관이었던 패튼(Patton) 중령도 1852년 7월 7일 자로 D. 세튼에게 편지를 보냈다. 그 편지는 전쟁이 한창이던 보타스 힐(Botha's Hill, 남아프리카 해안 북동쪽에 위치한 더반(Durban)에서 내륙으로 약 20km 떨어져 있는 지역—옮긴이) 전선에서 보내온 것이었다. 이처럼 당시 제74연대는 침몰 지점에서 아주 멀리 떨어져 있었다.

그 문제를 두고 언젠가 라이트 대위와 대화를 나누었지만, 제가 예전에 들은 세튼 중령 소식 이외에는 추가적인 정황을 들은 바가 전혀 없습니다. 세튼 중령은 모든 장교를 선미루에 집합시키고, 자기 안위는 까맣게 잊은 채 보기 드문 차분함과 침착성을 유지한 채 명령을 내렸습니다. 형님의 죽음은 저희 연대에 돌이킬 수 없는 큰 손실이며, 그가 진실로 정직하고 선한 인물이었다는 것을 누구보다도 잘 아는 저희 장병들 모두 깊은 회한을 느끼는 바입니다.

버큰헤드호 침몰 당시 소총 연대 소속의 선임 군의관이었던 로버트 보웬은 데이비드 세튼과 오랜 기간 서신을 주고받았던 생존자 중 한 사람으로, 배가 좌초한 후에 버큰헤드호 선미루에 서 있던 세튼 대령의 모습이 생생하게 기억이 난다고 답신을 보냈다.

제가 아는 바로는 대령은 좌현 뒷돛대의 삭구 근처에 머물러 계셨습니다. 저는 대령이 그곳에 서 있을 때, 그리고 선내에서 눈에 잘 뛰는 장소인 선미루 사다리에 계실 때 대령님과 여러 번 대화를 나누었답니다. 제가 그리로 갔을 때 대령은 갑판 위에 나와 계셨고, 마지막 순간까지 그곳에 머물렀습니다. 그때 놀라운 냉정함과 침착함으로 자기 휘하의 장병들에게 명령을 내리고 항해장의 제안을 실행하는 대령의 목소리를 들었습니다. 대령이 항해장과 함께 뒷돛대 삭구 근처에 서 있는 모습을 마지막으로 목격했습니다. 이 무렵 선체는 두 동강이 나서 선체의 앞부분은 거의 물속으로 사라진 상태였고, 후미 선미루도 빠르게 가라앉고 있었습니다. 배가 완전히 침몰하기까지 불과 2~3분도 걸리지 않았을 것입니다.

또 다른 생존자인 제60소총연대의 데이비드 앤드루스 하사는 이 무렵 상급 상사의 직책으로 희망봉 킹 윌리엄스 타운에 거주하고 있었다. 그는 D. 세튼에게 버큰헤드호에 승선했던 당시 '중사 대리'의 직책으로 편지를 썼다. 그의 말에 따르면 세튼 대령은 버큰헤드호 장병과 그 가족들에게 아낌없는 존경을 받았다고 한다.

배가 좌초할 때부터 침몰할 때까지 그 짧은 시간 동안 세튼 대령은 명령을 내릴 때마다 더할 나위 없이 차분하고 확고한 태도를 유지했습니다. 대령의 최우선 관심사는 구명정에 여성과 어린이와 환자를 태우는 일이었습니다. 그 뒤에 선체가 크게 요동치고 그에 따라 군마들이 이리저리 돌진하고 거꾸러져 구명정에 탄 인원들의 목숨을 위협하자 세튼 대령은 부하들에게 말들을 물속으로 던져버리라고 명령했습니다(이런 지시는 아마도 살몬드 함장의 제안에 따라 수행되었던 것 같다). 세튼 대령은 차분하고 추상같은 명령을 내리는 지휘관이었던 동시에 인간적으로는 너무도 친절한 분이셨습니다. 침몰 현장에 있던 모든 장병에게 극진한 존경을 받았기에 절체절명의 순간에서조차 장병들은 너나 할 것 없이 그의 명령을 한 마디 속삭임도 없이 수행했습니다. 대령이 제게 마지막으로 "선임 하사, 병사들이 침착함과 정숙함을 유지하도록 이끌게. 나는 이 배에서 가장 마지막에 퇴선하겠네"라고 말씀하셨습니다. 배가 암초에 부딪혔을 때 밖은 칠흑같이 어두웠고, 함장님은 외륜 구명정들을 뒤집으려 애쓰고 있었습니다. 그러나 선상에서의 대혼란 때문에 모든 장병은 세튼 대령의 명령에 온 주의를 집중했고, 바다에 떨어진 핀 소리가 들릴 만큼 놀라운 정숙함을 유지했습니다.

이 편지의 마지막 문장에서 나타나는 것처럼, 배가 침몰하고 난 이후에 선임 하사 앤드루스가 맡았을 임무는 킬케어리 하사와 비슷했던 것으로 보인다. 데이비드 앤드루스가 이렇게 적고 있기 때문이다.

그 우편선은 이틀간 지체했고, 그동안 저는 익사한 장병들의 이름을 수집해서 고국으로 서신을 보내는 임무를 맡았습니다. 세튼 대령의 이름이 생존자 명단에 포함되지 않아 안타까운 마음을 금할 길이 없습니다. 대령은 최후의 순간까지 장교이자 한 사람의 신사로서 존경을 받았습니다. 대령은 늘 우아한 기품을 유지한 채 확고부동하고 신색자약(神色自若)한 태도로 명령을 내렸기 때문입니다.

해병대의 존 드레이크 중사도 D. 세튼에게 자신의 목격담을 편지로 썼다.

배가 좌초할 때 선원 선실에 있던 저는 좌초 직후에 귀하의 작고하신 형님께서 선미 갑판에 계신 것을 목격했습니다. 대령은 판탈롱 바지와 모닝 가운(남녀 공용으로 헐렁하고 긴 상의—옮긴이) 차림에 글렌게리 모자(Glengarry - 스코틀랜드 고지 전통 복장에서 쓰는 보트 모양의 모자—옮긴이)를 쓰고 계셨습니다.

마지막에 언급된 모자는 아마도 하이랜드 연대 작업모일 것이라고 세튼은 추측했다.

저는 대령이 여러 장교에게 명령을 내리고, 그런 명령에 따라 자신의 주변에 모인 장교들에게 정렬하라고 외치는 대령의 목소리를 똑똑히 들었습니다. 대령의 명령이 떨어지기가 무섭게 장교들은 선미 갑판 좌우로 신속하게 정렬했습니다. 세튼 대령은 확고부동한 침착함을 유지했습니다. "자, 정숙하고 침착하라!"고 외치는 대령의 목소리가 또렷이 기억이 납니다. 그런 뒤 세튼 대령은 좌현 현문에 올라 장병들이 여성과 어린이들을 구명정에 승선시키도록 계속해서 지휘했습니다. 그와 동시에 병사들이 구명정에 오르지 못하도록 조치했습니다.

이 모든 일이 벌어지는 동안 세튼 대령만큼 침착하고 군인답게 행동한 장교는 아무도 없었을 것입니다. 그리고 그 영향에 대해 제가 조금이나마 진술을 할 수 있어서 기쁘게 생각합니다. 저는 대령님과 배가 침몰할 때까지 선미 갑판에서 계속 함께 있었기 때문에 그 누구보다 대령님의 모습을 생생하게 기억하고 있다고 자부합니다.

마지막
대화

다음은 제91연대 소속 라이트 대위가 보낸 편지다.

버큰헤드호에 승선했던 전우들과 만났던 시간은 짧았을지 모르지만, 수많은 목숨을 잃은 전우들을 향한 깊은 슬픔을 주체하기까지는 오랜 시간이 걸렸습니다. 그리고 애석하게도 귀하의 친형께서 희생당했다는 소식에 형언할 수 없는 비통함을 느끼고 있습니다. 앳된 장교들이 즐비한 가운데 나이가 찬 장교는 저와 대령님 두 사람밖에 없었던 데다 침몰하던 선체에서 파도에 크게 휩쓸려 내려가는 그 순간까지 함께했기 때문입니다. 사실 서로 소속이 다른 수많은 연대 장병을 통솔하기란 결코 쉬운 일이 아니었습니다. 게다가 연대 소속 병사들은 어린 신병들이 대부분이었습니다. 대령께서 최후의 순간까지 얼마나 임무를 제대로 완수했는지는 결과가 그대로 보여주고 있습니다. 배가 침몰하고 난 뒤에는 대령의 모습을 전혀 보지 못했습니다. 생존자들에게 제가 수도 없이 많이 물어도 대령을 목격했다는 사람이 단 한 사람도 없었으므로, 대령께서 떠다니는 목재 잔해에 무사히 올라탄 것 같지는 않습니다.

라이트 대위는 무거운 짐은 전부 배와 함께 가라앉았다고 덧붙인다. 대위는 나중에 해안으로 떠내려온 세튼 대령의 군마를 케이프타운에서 11파운드 19실링 6펜스에 경매로 팔았다. 판매대금은 제74하이랜더 연대 급여 담당자에게 전달되어 육군성 장관에게 송금될 예정이었다.

연거푸 인명 손실을 입은 제74연대는 얼마나 불행합니까! 대령이 그토록 일찍 목숨을 잃지 않았더라면 선생님의 가련한 형님께서 갑작스럽게 돌아가신 포다이스 대령의 빈자리를 얼마나 잘 채워주셨겠습니까?

제73연대 소속 G. A. 루카스 대위의 흥미로운 편지 두 통이 있다. 첫 번째 편지는 1852년 7월 15일 자 '케이스 카마 후크(Keis Kama Hoek) 기지'에서 보낸 것으로, 루카스 대위는 이렇게 적었다.

갑판 위에서 선생님의 형님과 마지막으로 대화를 나눈 사람이 저라고 믿고 있습니다. 침몰 후 생존자들에게 수소문해 보았지만, 물속에서 대령을 목격한 사람은 아무도 없었던 것 같습니다.

사실 C. K. 렌윅은 물속에 빠져 있던 세튼 대령을 두 눈으로 목격했다. 렌윅은 그 이후 구명정에 의해 구조되어 사이먼즈만으로 이송되었다. 한편 헤엄을 쳐서 뭍에 올랐던 루카스 소위는 탈출 와중에 부상을 입어 내륙에 위치한 스메일스 대위의 농장에 머물러야만 했으므로, 두 사람이 다시 마주쳤을 리 만무했다.

저는 배가 난파될 때까지 여러 차례 세튼 대령을 목격했고 대령에게 지시를 받았습니다. 각자 알아서 살아남으라는 명령이 떨어지자, 저는 선미루 갑판으로 가서 세튼 대령을 만났습니다. 우리는 몇 분 동안 대화를 나누었고, 갑판 위에 물이 몇 피트 정도밖에 차지 않았을 때 다시 육지에서 만나기를 바라며 서로 악수를 나누었습니다. 이 무렵 선생의 형님께서는 열병식을 하듯 차분하고 침착하게 행동하셨습니다. 우리 두 사람은 불과 반 피트도 떨어져 있지 않은 거리에서 같은 로프를 움켜잡고 있었습니다.

루카스 대위는 이어서 남아프리카의 나탈주 피터마리츠버그(Pietermaritzburg)에서 쓴 편지에서 중요한 사실을 언급한다.

펌프실에서 갑판으로 올라온 후 몇 분 동안 선생님의 형님을 현문 초입부에서 만났습니다. 제가 속한 연대의 하사 한 명을 현문에 배치하고 올라오는 길이라고 했습니다. 그 하사에게 여성을 태운 구명정에 인원이 초과한 것은 아닌지 살피고, 병사들이 구명정에 오르지 못하도록 감시하라는 지시를 내렸던 것입니다. 대령은 자신이 다른 곳을 살피러 가야 하니, 저에게 하사가 제 임무를 다했는지 확인해주길 바랐습니다. 그리고 이후에 선체에서 구명정들이 미끄러져 어느 정도 나아갔을 때, 형님께서 병사들이 구명정에 오르지 않도록 요청한 것을 똑똑히 기억합니다. 그렇게 되면 여성과 어린이들이 위태롭게 될 것이 뻔했기 때문입니다.

마지막 교신을 하는 김에 제가 들은 소문에 대해 말씀드리고자 합니다. 배가 침몰할 때 세튼 대령이 반(半) 크라운(half-crown, 영국의 옛날 주화—옮긴이)으로 50파운드가 담긴 가죽 가방 하나를 자기 몸에 둘렀다는 소문이 있습니다. 그

때 저는 세튼 대령과 같은 밧줄을 붙잡고 있었고, 바다로 뛰어들기 전까지 몇 분 동안 서로 대화를 나눈 사람입니다. 그래서 저는 늘 이 소문을 터무니없는 주장으로 여겨왔습니다.

그것이 뜬소문이었음은 의심할 여지가 없다. 곧 바다에 뛰어들 사람이, 게다가 세튼 대령이 루카스 소위에게 말했듯이 수영도 못하는 사람이 소문대로 무거운 짐을 몸에 미리 둘렀다는 주장은 너무나 터무니없어서 재미는커녕 헛웃음도 나오지 않는다. 더욱이 대령은 위기일발의 상황에서 그런 일에 관심을 쏟을 인물이 아니었다. 대령이 뭔가를 끝까지 소지하려 했다면 그것은 아마도 그의 소중한 서류들과 원고였을 것이다. 하지만 우리가 잘 알고 있듯이, 세튼 대령의 서류와 원고는 배와 함께 망실되었다.

속절없이 물속으로
빨려 들어가다

버큰헤드호 보조기관사로 나중에 구명정에 의해 구조되었던 C. K. 렌윅의 진술을 살펴보도록 하자. 1852년 10월에 렌윅은 D. 세튼에게 구두 진술을 했고, 나중에는 이를 법정에서 증언했다. 렌윅의 진술에 따르면, 그는 배가 마지막으로 요동쳐서 물속으로 떨어지기 전까지 세튼 대령과 선미루 갑판 위에 끝까지 남아 있었다. 그 후 바닷속에 빠지고 나서 살펴보니 멀지 않은 곳에 세튼 대령의 모습이 보였는데, 대령은 몇몇 병사들의 손에 속절없이 이끌려 물속으로 빨려 들어가는 것 같았다. 병사 여러 명이 서로 얽히고설켜서 필사적으로 허우적대는 바람에 대령이 그들의 손아귀를 벗어나기는 쉽지 않았을 터였다. 하지만 이 대목에서 렌윅은 대령이 어쩌면 구조되었을지도 모른다고 생각하고 있다. 세튼 대령은 배가 침몰하는 내내 더할 나위 없이 냉정하고 침착했다.

세튼 대령은 여성과 어린이들을 구명정에 탑승시키는 일을 손수 지휘했다. 구명정이 수면에 무사히 내려질 때까지 곁에 서서 지시를 내렸던 것이다. 이후에 헤엄칠 사람은 헤엄쳐서 구명정에 오르라는 지시가 병사들에게 내려졌을 때, 침몰 지점에서 가까운 거리에 있던 세튼 대령은 병사들에게 구명정에 접근하지 말라고 소리쳤다. 그렇게 되면 구명정이 전복되어 여성과 어린이들이 익사할 것이 뻔했기 때문이다. 렌윅은 이처럼 병사들을 향한 간곡한 호소가 세튼 대령에게서 비롯되었다는 루카스 대위의 진술을 강력하게 뒷받침하면서도, 병사들에게 헤엄을 쳐서 구명정에 오르라고 말한 사람이 바로 살몬드 함장이었다는 설은 부인하고 있다. 렌윅의 서명이 들어 있는 이 메모는 '선미루가 가라앉기 바로 직전에 렌윅과 세튼 대령을 비롯한 모든 장교는 그 자리에 꼿꼿이 서서 서로 악수를 나누며 마지막으로 작별을 고했다'고 언급하고 있다. 렌윅은 D. 세튼에게 보낸 어느 편지에서 앞서 말한 내용을 다음과 같이 보완하고 있다.

　　선생이 보내주신 우리 두 사람 사이의 대화 내용이 정확하다는 것을 기꺼이 서면으로 증명하고자 합니다. 저는 침몰 당시의 장면을 생생하게 기억합니다. 저는 배가 물속으로 완전히 사라지기 바로 직전에 세튼 대령 바로 옆에 서 있었으므로, 세튼 대령이 살몬드 함장과 보조를 맞추어 병사들에게 여성과 어린이가 탑승한 구명정을 위험에 빠뜨리지 말라고 요청하는 소리를 똑똑히 들었습니다. 고백건대 제가 도저히 이해할 수 없었던 대목이 있습니다. 그것은 바로 버큰헤드호 병사들(대다수가 앳되고 신병들인)의 진정으로 용감한 태도는 지금까지 제대로 평가받아 온 반면에, 그 고매한 영혼들의 기억에 대해서는 티끌만한 신뢰도 주지 않고 있는 현실입니다. 제 굳건한 믿음에 따르면, 그들은 심지어 죽음도 기꺼이 무릅쓸 만큼 용감무쌍했습니다. 감히 상상하기도 힘들만큼의 용기를 의심할 여지 없이 보여준 것이지요. 생존자들은 그 고통스러운 상황에서 세튼 대령과 롤트 소위가 보여준 상상을 뛰어넘는 침착함과 차분함을 절대 잊지 못할 것입니다. 그리고 저는 생존자 중에서 자신의 과거를 제대로 평가받고 싶은, 진실하고 간절한 열망을 갖고 있지 않은 사람은 단 한 사람도 없다고 생각합니다.

렌윅은 이 편지와 함께 D. 세튼과 이미 구술로 대화를 나눈 내용이 적힌 메모에 서명을 첨부하여 동봉했다. 육군에 대한 심한 편견이 없는 한, 한 해군 장교가 작성한 이 증거는 여성과 어린이가 탄 구명정을 지키려고 호소한 사람에 관한 모든 의문을 마침내 풀어줄 것이다. 버큰헤드호 군인들이 영웅적인 행위를 했다는 사실에 대해서는 한 치의 의혹도 없었다.

D. 세튼의 수기 중에는 1856년에 캔터베리에서 제12창기병 연대 소속 본드 중위와 나누었던 대화를 적은 메모가 있다. 이 메모는 어쩌면 의문으로 남았을 수도 있는 문제를 충분히 해명해 주고 있다.

이 장교는 자기 기억에 따르면 여성과 어린이들이 구명정에 실릴 때 세튼 대령은 현문 옆에 서 있었다고 말했다. 세튼 대령이 그(본드 중위)에게 선실에서 식탁용 칼을 가지고 오라고 해서 장교는 그 지시를 따랐다. 특별한 이유를 대지는 않았지만, 대령의 의도는 구명정을 지탱하고 있는 밧줄을 절단하려는 것이 분명했다. 병사들이 구명정에 달려들려는 낌새가 보이면 구명정을 바다에 다 내리기 전에 하선시킬 심산이었다. 그러나 식탁용 칼을 써야 할 상황은 벌어지지 않았다.

따라서 식탁용 칼에 관한 이야기는 틀림없는 사실이다. 이 흥미로운 일화는 여성과 어린이의 안전을 지키려고 했던 세튼 대령의 강한 결단을 잘 보여준다. 본드 중위 또한 세튼 대령이 "지극히 차분하고 침착했다"라고 증언한 바 있다.

마지막
기록

마지막으로 주목해볼 만한 서신은 에딘버그(Edinburgh)의 법정 외 변호사 존 쿡이 보낸 흥미로운 편지에 대한 희망봉의 윌리엄 호프 감사관의 답장이다. 호프는 편지에서 세튼 대령의 시신이 발견되지도 확인되지도 않았다는 확실한 느낌이 든다고 말한다. 그 이유는 이렇다.

침몰 지점 근처 해변에서 3주 동안이나 머물던 세관사도 대령의 시신은 전혀 발견하지 못했다고 진술했기 때문입니다. 칼레돈 민병대장에게서 사인 규명을 위한 특별 심리를 받은 그 세관사는 해안으로 밀려온 시체 48구를 수습해 매장했으나, 안타깝게도 그중에서 세튼 대령의 시신은 전혀 발견하지 못했다고 말했습니다. 실은 시신들이 상어 떼의 공격으로 심하게 훼손되어 신원을 제대로 확인할 길이 없었습니다. 침몰 현장에서 구조된 제60연대 소속 어느 하사의 증언에 따르면, 세튼 대령은 현문에 서서 검을 빼 들고 여성과 어린이들이 구명정에 오르도록 길을 터주고 질서를 유지시켰다고 합니다. 그런 뒤에는 검을 그 하사에게 건넨 뒤에 선미루에 올라가서 계속 지시를 했는데, 그때 배가 두 동강이 나면서 세튼 대령은 선미루에 있던 인원 전체와 함께 물속으로 가라앉았습니다. 모든 생생한 증언들은 아비규환 속에서도 빛난 대령의 행동과 태도를 두고 극찬을 아끼지 않고 있습니다.

관리가 아닌 한 명의 친구로서 기울인 호프의 친절한 노력 덕분에 침몰 지점에서 물에 휩쓸려 내려온 대령의 유실물 두 뭉치가 고국의 가족 품으로 돌아갔다. 두 가지 유품은 쉽게 구분이 가능한데, 하나는 서류 뭉치였고 하나는 은 조각이었다. 안타깝게도 서류 뭉치는 낡은 편지 몇 통과 더는 쓸모가 없는 보고서뿐이었다. 은 조각 몇 개는 값어치는 없었지만, 세튼 대령의 문장(紋章)과 좌우명이 각각 새겨져 있었다. 그 밖의 유품이 조금이라도 남아서 낯선 이의 손에 들어갔는지는 세튼 대령 가족이 확인할 방도가 없었을 터였다. 데이비드 세튼은 이처럼 침몰 사고 후 형님의 유품을 조금이라도 찾아보려고 지속적으로 노력을 기울인 결과들을 기록해두었는데, 그 기록에는 이렇게 적혀 있다.

형님이 금전상으로 가치 있는 유품은 전혀 남기지 않았으리라는 점을 잘 알고 있었다. 하지만 분명 집필한 서류는 많이 보관하고 계실 터였다. 나와 우리 가족이 대게 관심을 가질 만한 유품은 바로 그런 것들이었다. 마침내 상자 하나를 발견했다는 소식이 들려왔다. 군 관계자들은 그 상자를 부수어 열어 그 내용물을 바닥에 흩어 놓았다고 한다. 내게 형님의 유품에 관한 정보를 제공받을 자격이 있고, 그때나 지금이나 그 문제를 책임질 유일한 기관은 해군성밖에 없다는 믿음으로 나는 해군성 장관에게 정보를 요청하는 편지를 보냈다. 그 결과 장문의 서신이 날아왔다. 답신은 일관되게 정중함을 유지했으나, 그 내용은 모호하고 막연했다. 나는 그런 장문의 답변을 읽고 해군성이 형님 유품에 관해서 전혀 확실한 정보가 없으며 결국 흐지부지될 사안임을 확신했다.

이처럼 결과는 실망스러운 것이었다. 세튼은 자비로 출판한 흥미로운 소책자 『버큰헤드호 침몰(The Wreck of the Birkenhead)』에서 이 문제를 언급한다. 출판과 판매 목적이 아닌 개인 소장 목적으로 쓴 이 책은 에든버러에서 1861년에 처음으로 출판했고, 1873년과 1890년에 각각 재출간했다. 이 책에서는 세튼 대령에게 각별히 중요한 문제들을 다루고 있는데, 다음 인용문을 읽어보면 그의 겸손하고 충직한 면모를 판단할 수 있을 것이다.

진실로 말하건대, 예나 지금이나 총명하고 가슴 따뜻한 형님의 면모를 저만큼 잘 알고 있는 사람도, 형님의 그런 진가를 꿰뚫고 있는 사람도 없을 것이다. 하지만 과거에는 형님의 지인들에게 더는 내가 할 수 있는 말이 없으리라 여겼다. 그것이 형제간의 애틋한 감정이나 편애하는 마음에서 비롯되었다고 욕을 먹을 염려가 있었기 때문이다. 따라서 이 책에 형님의 생애와 재능에 관해 한 신사분(토머스 톰슨 목사)이, 그것도 일가친척도 아닌 전혀 형님과 관계없는 그런 분이 쓴 간단한 설명을 첨부할 수 있어서 어느 정도 만족스럽게 생각한다. 형님에 관한 그분의 글은 아무런 사심 없는 존경심에서 우러나왔다고 봐야만 한다. 형님에 관한 자료가 거의 남아 있지 않아 실로 유감이다. 안타깝게도 형님은 평소 습관대로 자신이 쓴 모든 원고와 그림, 온갖 내용을 적어둔 메모를 휴대하고 있었고, 이 모든 자료가 배의 침몰과 함께 유실되었다.

D. 세튼의 말대로, 세튼 대령의 뛰어난 자질을 그보다 잘 아는 사람은 없었을 테다. 그럼에도 세튼 대령의 훌륭한 면모에 대해 잘 알고 그를 인정하는 권위 있는 발언을 한 인물들이 있다. H. A. 브루스(H. A. Bruce)는 『윌리엄 네이피어 경의 삶』에서 자신이 알기로 세튼 대령은 '영국 육군에서 가장 재능 있고 성공한 장교 중 한 명'이라고 평가하고 있다. 또한 『전쟁과 군사학에 대한 호기심』의 저자이자 『영국 육군의 훈장』을 쓴 육군 부관참모실의 토머스 카터(Thomas Carter)는 버큰헤드호가 침몰할 때 세튼 대령이 '차분함과 침착함의 전형을 보여주었으며, 영국 군인으로서 용기와 결단력을 목숨이 다하는 순간까지 잃지 않았다'라고 평가했다.

제8장

생존자 루카스 소위의
생생한 증언

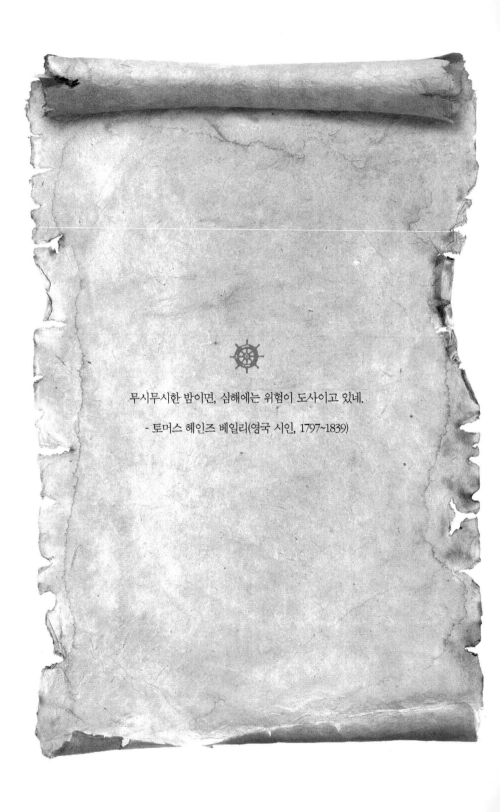

무시무시한 밤이면, 심해에는 위험이 도사이고 있네.

- 토머스 헤인즈 베일리(영국 시인, 1797~1839)

제73연대의 루카스 소위의 흥미

진진한 증언에 따르면, 그는 버큰헤드호 침몰 이후에 암초 지대에

서 부상을 입었으나 구사일생으로 뭍에 오르는 데 성공했으며, 사

고가 일어난 뒤 3주 후에 영국으로 귀환했다고 한다. 루카스 소위

의 비망록은 그의 가족이 오랫동안 소중하게 간직하고 있다가 마침

내 비망록을 쓴 자신의 손으로 들어가게 되었다. 젊디젊은 장교(당시

그는 불과 19세였다)가 난생처음으로 경험한 사고를 기록한 이 비망록

에서 그는 1852년 2월 그 끔찍했던 밤에 벌어졌던 상황을 생생하게

묘사하고 있다. 그의 비망록을 읽다 보면 수많은 용사가 생사를 넘

나들며 벌인 사투의 현장을 손에 잡힐 듯 떠올려 볼 수 있을 것이

다. 버큰헤드호 침몰 사고 50주년을 맞이하여 생존 장교 중 한 명이

었던 루카스 대위의 비망록을 그가 이 책을 위해 직접 작성한 각주

와 함께 최초로 공개한다.

1851년 12월 말, 우리는 H.M.S. 버큰헤드호를 타고 코크항에서 출항했다. 수

송선에는 승조원 90명을 비롯하여 남아프리카에 주둔하고 있던 영국군을 지원하기 위한 파병부대가 승선해 있었는데, 장병을 모두 합쳐 490명이었다. 우리는 출항 후 약 14일간 악천후를 만났지만, 그 이후에는 쾌속으로 순항했고 그 덕분에 1852년 2월 22일 시먼스 베이에 도착할 수 있었다. 2월 25일 저녁, 우리는 여러 부대를 상륙시킬 목적지인 알고아 베이와 버팔로 강어귀를 향해서 시먼스 베이에서 출항했다.

내 불침번 교대 시간은 다음 날 아침 4시에서 8시까지였으므로 나는 일찍 잠자리에 들었다. 그러다가 심한 충격을 느껴 잠에서 깨어났는데, 지축을 뒤흔드는 충격에 단숨에 잠이 확 달아난 나는 침상에서 벌떡 일어났다. 그리고 첫 번째 충돌이 있은 직후에 두 번의 충격이 더 있었다. 그 뒤 침상을 빠져나와서 갑판으로 뛰어 올라가 보니 모두가 혼란에 빠진 상태로 대부분 옷도 제대로 걸치지 않은 셔츠 차림으로 전투 선실에서 앞다투어 뛰어 올라오고 있었다.

배의 목수인 로버츠(Roberts)에게 도대체 무슨 일이 일어났냐고 물어보니, 그는 "암초에 부딪혀 배가 빠르게 침몰하고 있습니다!"라고 대답했다. 나는 로버츠에게 그런 사실을 병사들이 알면 공황 상태에 빠질지 모르니 입단속을 하라고 일러두었다. 다시 선실로 내려가 옷을 챙겨 입고 다시 갑판 위로 올라와 보니, 모든 것이 재정비되어 있었고, 모든 인원이 갑판 위에 올라 '정위치'에 자리 잡고 있었다.

제43연대 소속이던 지라르도와 나는 교대로 내려가 하갑판의 펌프실에서 물을 퍼내는 작업을 했다. 이어서 지라르도는 군마들을 배 밖으로 내던지는 임무를 맡았다. 길길이 날뛰던 군마들 탓에 아무 일도 할 수가 없었기 때문이다. 게다가 그것이 군마들도 목숨을 건질 수 있는 유일한 길이었다. 그렇게 군마 9필 중에 8필이 뭍에 올랐다. 그런 뒤에는 구명정들을, 즉 뱃전에 매달려 있던 구명정들을 내려 바다에 띄울 준비를 했다. 이 무렵 내 임무는 병사 50명을 새로 투입해서 펌프실에 있던 지라르도의 고통을 덜어주는 일이었다. 그곳에서 한 번에 투입되면 불과 몇 분을 견디기가 어려웠기 때문이다. 그러나 그런 상황에서도 상관의 명령보다 지엄한 것은 없었다. 장병들은 열병식을 할 때처럼 상관의 명령 하나하나를 똑똑히 들을 수 있었다. 나는 지라르도가 다시 교대해줄 때까지 최대한 펌프실에서 버텼다. 그리고 갑판 위로 올라오자마자 제74연대의 가련한 세튼 대령의 명령을 따라, 여성과 어린이들을 구명정에 태우는 임무를 맡았다.

배는 이제 돛의 활대 양쪽 끝이 바다 쪽으로 기울고 있어서 여차하면 전복될 것 같았다. 가련한 부인들을 구명정에 태우는 일이 얼마나 고통스러운 임무였는지는 겪어보지 않은 사람은 상상조차 하기 어려울 것이다. 그들을 떼어놓으려고 여러 차례 무력을 써야만 했다. 우리는 부인들을 남편에게서 겨우 떼어내어 상갑판 방파벽으로 옮긴 다음, 배의 측면에서 구명정에 타고 있던 승조원들의 품으로 던졌다. 그렇게 부인과 어린이들을 포함해 총 30명이 무사히 하선에 성공해 노를 저어 위험지역을 벗어났다. 완전히 속수무책이던 그들이 비교적 안전한 곳으로 피신했다는 사실을 마음속에서 떨쳐내야 했던 그 엄청난 압박감은 말로 다 표현할 길이 없다. 하지만 여태껏 영국인 사내가 여성과 어린이를 희생하고 자기 목숨을 부지했다는 소식을 거의 듣지 못했으니 천만다행 아닌가!

나는 다시 펌프실로 내려가 지칠 때까지 견디다가 갑판 위로 올라왔다. 나는 제73연대 소속의 가련한 부스가 지라르도를 대신하려고 펌프실로 내려가는 모습을 보았다. 안타깝게도 그는 펌프실에 닿기도 전에 배 안으로 밀어닥친 바닷물에 병사들(50명)과 함께 잠기고 말았다.

이 무렵 뱃머리 부분이 본체에서 떨어져 나가 그 속에 있던 병사들과 함께 곧바로 침몰했다. 나는 이어서 상관의 지시대로 구명정 한 척을 바다 위로 하선하는 일을 도왔다. 하지만 로프가 끊어지는 바람에 결국 실패하고 말았다.

다른 외륜 구명정도 그와 비슷한 운명을 맞이했고, 따라서 우리는 300명의 목숨을 구할 수 있는 수단을 잃고 말았다. 바로 그때 갑자기 굴뚝이 갑판 위로 무시무시하게 무너져 내리는 바람에 배의 난간에서 구명정 하선 작업을 하고 있던 내 부하 여럿이 굴뚝에 깔려 즉사하거나 불구가 되었다(제6연대 소속 병사 한 명은 눈 한쪽을 실명했다. 목숨은 건졌지만, 바닷물과 태양 때문에 다음 날 그가 느꼈을 고통은 상상을 초월했을 것이다).

그제야 우리는 목숨을 건지기 위해 선미루 갑판으로 달려갔는데, 선미 갑판에는 이미 물이 무릎 높이까지 차 있었다. 모든 인원은 고물 쪽으로 가라는 명령이 떨어졌다. 뱃머리 부분이 물에 잠기고 있는 것처럼 보였으므로 선미에 하중을 실어서 선미를 다시 물에 닿게 할 심산이었다. 몇 분 만에 배는 방향타 뒤축이 완전히 물 밖으로 드러난 채 물 위에 떠 있었고(목숨을 구한 보웬은 자신이 방향타 뒤축 아래로 헤엄을 쳤다고 내게 말했다), 그 사이 모두 물에 떠 있는 구명정으로 헤엄쳐 가거나 최대한 자기 목숨을 부지하라는 명령이 떨어졌다. 여태껏 갈고리로 잠겨 있던 구명정들은 바닷물에 떨어지자마자 병사들이 앞다투어 올라타는 바람에 곧바로 전복했다. 여성을 태운 구명정을 비롯한 구명정 3척만이 무사히 배를 탈출했다.

이 무렵 나는 배의 후미 쪽을 훑어보며 서 있었다. 내 옆에는 세튼 대령이 있었다. 나는 목숨을 건질 마지막 기회라고 생각하고 해안까지 헤엄쳐 가기로 이미 마음을 굳힌 상태였다. 그러나 물속으로 뛰어들 엄두가 나지 않았다. 시퍼런 바닷물은 물에 빠진 병사들과 함께 말 그대로 살아 있었기 때문이다. 그토록 끔찍한 광경이 또 있을까! 몇몇은 죽기 전 마지막 몸부림을 치고 있었고, 또 다른 이들은 대담하게 헤엄을 쳐가다가 고통에 찬 외마디 비명과 함께 물속으로 사라졌다. 그들의 비명은 아직도 내 귓전에 울리는 듯하다. 물속에 빠진 이들은 거머리처럼 달라붙어 물 위로 올라오려는 사람들을 끌어내렸다. 배의 삭구는 갑판에서부터 장관(檣冠, 마스트 꼭대기의 나뭇조각-옮긴이)에 이르기까지 생존자들로 가득했다.

메인 마스트 바로 뒷부분이 엄청난 굉음을 내면서 갈라져 배는 두 동강이 났다. 그러자 너나 할 것 없이 물속으로 황급히 뛰어들었다. 세튼 대령과 나는 그때까지도 같은 장소에 머물러 있었다. 완전히 앞으로 쏠렸던 하중이 느슨해지면서 선미도 물속으로 천천히 가라앉기 시작했다. 배에서 어서 탈출할 수밖에 별도리가 없는 것이 불 보듯 뻔했다. 이 순간까지도 나는 선미가 동이 틀 때까지는 물 위에 떠 있을 거라는 한 가닥 희망을 품었었다. 나는 그제야 서로 상륙해서 만날 수 있기를 소망하며 세튼 대령과 악수를 나누었다. "루카스, 그러기는 힘들 것 같네. 나는 단 한 뼘도 헤엄을 치지 못하니 말일세." 세튼 대령이 대답했다. 바로 그때 누가 내 이름을 불렀다. 뒤돌아보니 그 누구보다 충직했던 내 조수가 보였다. 그가 나를 따라가도 되겠냐고 물었다. 불쌍한 친구 같으니, 그는 수영의 '수' 자도 몰랐다! 가능한 한 삭구 위쪽으로 올라가 있으라는 말 밖에는 그에게 달리해 줄 말이 없었다. 그 이후로 나는 그를 다시 보지 못했다.

선미루가 물 밖으로 불과 한 자도 나와 있지 않을 만큼 심하게 침수되자 나는 바다로 첨벙 뛰어들었다. 그리고 배가 침몰하면서 생기는 소용돌이에 휩쓸려 들까 두려워 나는 전력으로 헤엄을 쳤다. 그렇게 얼마를 헤엄쳤을까. 날카로운 비명이 들려 뒤돌아보니 아무것도 보이지 않았다. 배는 새벽 2시에 좌초했는데, 그 이후로 채 30분도 지나지 않은 시각이었다. 사고 해역의 해안에 자리 잡은 산길을 따라 여러 개의 큰 불길이 솟아오르고 있었는데, 풀밭을 태우는 불길이었다. 나는 때때로 난파선 잔해에 기대어 잠깐씩 숨을 고르면서, 다시 불길이 솟고 있는 방향을 향해 헤엄을 쳤다.

침몰 지점에서 꽤 멀리 헤엄쳐 나왔을 때 우연히 큰 물체가 시야에 들어왔다. 처음에는 그것이 어떤 물체인지 전혀 감을 잡을 수가 없었다. 나중에 알고 보니 그 물체는 전복된 대형 보트의 용골 가장 윗부분이었다. 나는 그 위로 엉금엉금 기어 올라갔다. 반대편에 사람의 형체가 여럿 있는 것이 보였지만, 나를 다시 배에서 떠밀어내면 어쩌나 하는 두려움 때문에 일언반구도 하지 않았다. 망망대해에서 보트 위에 올라 제 몸 가눌 만한 공간을 찾았으니 그 얼마나 기뻤겠는가!

보트는 해안을 향해서 얼마간 떠밀려 가다가 갑자기 일어난 조류 때문에 침몰 잔해 옆을 스쳐 지나갔다. 사고 현장에는 물 위에 떠 있는 메인 야드 외에는 아무것도 보이지 않았다. 그 침울한 광경 속에서 배의 삭구에 여러 사람이 매달려 있는 것을 볼 수 있었다. 경악스럽게도 우리는 침몰선을 그냥 지나쳤는데, 더 정확히 말하면 침몰선이 계속 그 자리에 머물러 있었다. 전망은 암울했다. 우리가 바다 쪽으로 나간다면 구조될 가능성은 크게 떨어질 것이기 때문이었다.

보트가 다시 해안 쪽으로 향해 나아가자, 우리 운명은 정해져 있는 것처럼 보였다. 바다는 숨죽이듯 잠잠했고, 하늘의 별들은 찬연히 빛났지만, 눈 씻고 찾아봐도 달은 보이지 않았다. 추위는 혹독했다. 육지에서 타오르던 불길이 사그라지면서, 빛이라고는 일렁거리는 백파가 반사하는 빛뿐이었다. 이 무렵 나는 보트에 같이 타고 있던 인원들에게 내 존재를 이미 알린 뒤였다. 그들은 병사 5명과 선원 1명이었다. 선원 1명은 다름 아닌 버큰헤드호 갑판수 중 1명이었던 맥스웰이었다. 그는 그 누구보다 멋진 친구였다. 우리는 침몰 지점의 많은 잔해를 해치며 나아갔는데, 잔해마다 불쌍한 생존자들이 매달려 있었고, 우리가 지나가자 애절하게 도움을 요청했다.

서서히 날이 밝자 우리가 해안에서 1.6km 정도 떨어져 있다는 것을 알게 되었다. 해안에는 성난 파도가 거세게 몰아치고 있었다(그 만(灣)에는 '흉상어과'(상어) 고기떼들이 가득했다). 우리 일행 중 3명은 알몸 상태였다. 맥스웰이 셔츠 3벌과 바지 2벌을 가지고 있었으므로 여분을 그들에게 나누어 주었다. 이제 우리에게 닥친 가장 큰 위협은 바람의 방향이었다. 바람이 해안 쪽으로 불어온다면 필경 우리는 먼바다로 떠내려갈 수밖에 없을 터였다. 보트를 저을 만한 도구가 하나도 없었던 탓이다. 그때 떠다니던 노 하나가 우리를 지나갔고, 당시 수영을 가장 잘했던 내가 노를 쫓아갔다. 노를 붙잡기 위해서는 상당한 거리를 헤엄을 쳐가야만 했다. 그러다가 다시 보트 쪽을 향해 고개를 돌려보니 보트에서 너무 멀리 떨어져 나와 하마터면 다시 보트를 향해 헤엄치는 것을 포기할 뻔했다. 하지만 그때 일행들이 내 얼굴을 쳐다보며 독려했던 것 같다. 그 덕분에 나는 다시 헤엄을 쳤고 거의 탈진한 상태에서 간신히 보트에 올랐다.

그렇게 찾은 노는 우리 보트가 바다 쪽으로 멀어지지 않도록 하는 데 큰 도움을 주었다. 한 명은 노를 젓는데 '흥을 돋우는' 역할을 했고, 3명은 서로 교대해가며 한 번은 오른쪽으로 한 번은 왼쪽으로 노를 저었다. 우리가 천천히 앞으로 나아가는 가운데 수많은 목재 잔해가 옆으로 지나갔는데, 그 위에는 생존자들이 간신히 매달려 있었다. 그중 몇몇은 손에 힘이 빠져 더 이상 견디지 못하고 물속에 가라앉았다. 가장 가슴 아픈 장면은 남자 두 명이 나란히 헤엄쳐 가던 와중에 벌어졌다. 두 사람은 장시간 함께 헤엄을 치고 있었다. 하지만 한 사람은 기친 기색이 역력했고, 다른 이가 옆에서 도왔지만, 소용이 없었다. 결국, 그는 혼자서 해안을 향해 어느 정도 헤엄쳐 가다가 다시 방향을 돌려 자기 동료를 도우러 왔다. 하지만 그것마저도 아무 소용이 없었고, 그는 마침내 혼자 해안을 향해 헤엄쳐 갔다. 안타깝게도 전우를 돕느라 젖 먹던 힘까지 다 쏟아 부은 탓에 그는 얼마 못 가 물속으로 가라앉고 말았다.

우리 보트는 해안에서 몇백 미터가량 표류하다가 어느 암초에 부딪혔고, 그 위로는 거센 파도가 몰아쳤다. 보트를 암초에서 꺼내려고 여러 차례 시도했지만 끝내 실패하자 우리는 탈출을 포기하고 그 자리에서 최대한 머물기로 했다. 우리 일행은 여러 차례 배 밖으로 튕겨 나가 바다에 빠졌다. 곧 바닥에 6명을 태운 또 다른 보트 한 척이 우리 옆을 지나갔다. 그 보트는 암초와 아주 가까운 거리에서 전복했고, 6명 중에 오직 1명만 물 위로 올라왔다. 우리는 체력을 급격하게 소진했으므로 가장 가까운 바위가 있는 쪽을 향해 헤엄쳐 가자고 내가 제안했다. 해안은 수백 미터에 걸쳐 '바다 대나무'라고 불리는 해초 지대로 덮여 있었는데, 그곳을 통과하는 것은 역부족인 것처럼 느껴졌다. 그러나 결국 우리 보트에서 뛰어내렸다. 그 와중에 한 번 물속으로 가라앉은 적이 있는데, 그때 처음으로 실제로 내 심장이 멎는 것 같았다. 다행히 나는 다시 물 위로 올라왔고, 거의 탈진한 상태에서 오직 살아야겠다는 일념으로 계속 헤엄을 쳤다(해안 가까이에 있던 보트에 오르려다 다시 물에 빠졌기 때문에 바위 쪽으로 헤엄쳤던 것으로 기억한다. 맥스웰은 그 보트에 올라 다음 날 아침까지 기다리다가 마침내 구조되었다).

여러 차례 집채만 한 파도가 연이어 밀어닥쳤기 때문에 내 몸은 암초 위로 떠밀려 올라왔고, 그곳에서 파도가 잠잠해질 때까지 바위를 간신히 붙들고 있었다. 암초 지대는 바다까지 길게 이어져 있었다. 내가 안착한 곳은 깎아지는 듯한 절벽 위였다. 그곳에 잠시 누워 있다가 도저히 걸어갈 엄두는 나지 않았으므로 해변을 향해서 엉금엉금 기어갔다. 그러다가 폭이 거의 100미터나 되는 파도에 바위가 떨어져 나가는 것을 보고는 아연실색했다. 수심은 얕아 보였다. 물속을 헤엄치며 걸으려 했지만, 수심이 내 머리보다는 깊었다. 그때까지도 반대편에 있는 바위를 향해 헤엄칠 만큼의 힘은 충분히 남아 있었다. 그렇게 물에 뛰어들어 반대편에 있던 돌부리를 움켜잡았고 이어서 겨우 몸을 물 밖으로 꺼냈다. 그

때 일행 중 한 명이 다가와 나를 모래사장까지 부축해 주었다. 모래사장에 눕자 마자 잠이 들었다.

아까 그 친구가 내 잠을 깨웠다. 그는 그사이 해변에 있던 생존자들을 모두 불러 모았다. 한 곳에 집합한 우리 일행은 그때부터 물이나 가옥을 찾아 헤매기 시작했다. 하지만 주변에는 집은커녕 그 비슷한 것도 전혀 눈에 띄지 않아서 우리는 해안을 따라 걷기 시작했고, 얼마 못 가서 내가 더 이상 못 걷겠다고 백기를 들었다. 그러자 행군이 잠시 중단되었다. 우리는 모두 담배에 굶주려 있었다. 주변에서 아무것도 찾지 못하다가 결국 바닷물에 젖은 '담배' 한 개비를 발견했다. 우리는 그 담배를 여럿이서 나눠 피웠다. 그때까지도 나는 더 이상 걸음을 떼지 못하고 있었는데, 나를 부축해주던 친구가 말했다. "내가 이렇게 멀리까지 부축해 왔는데 그들은 절대 장교를 죽게 내버려 두지는 않을 겁니다." 암초 지대에서 당한 찰과상 때문에 앞으로 무슨 일이 벌어질지 전혀 신경 쓸 새도 없을 만큼 온몸은 욱신거리고 따끔거렸다. 게다가 태양에 다리를 심하게 데이는 바람에 겉 피부가 거의 다 일어나다시피 했다.

우리는 그때까지 해변을 따라 약 8km를 걸어온 뒤였는데, 일행이 지쳐서 초주검이 되어갈 무렵에, 정말 기쁘게도 해변에서 마차 한 대가 나타났다. 나는 그때까지 부족한 내 의지력을 수치스럽게 여기고 있었는데, 스스로 걸었다기보다는 나와 처지가 전혀 다를 바 없었던 병사들의 부축을 받고 걸었던 탓이다. 그마차의 주인은 네덜란드 사람으로, 생선 한 무더기를 싣고 칼레돈(Caledon) 시장으로 생선을 팔러 가는 길이었다. 그보다 친절한 사람은 아마 세상에 없을 것이다. 그는 우리에게 자기가 잡은 생선을 몽땅 내주고, 그것도 모자라 스탠퍼드만까지 걸어서 가는 길에 길잡이 역할까지 해주었다. 부두인 스탠퍼드만까지는 해안을 따라 무려 약 11km나 더 가야만 했다. 나는 도저히 몸을 가눌 수 없는 친구들과 함께 마차에 올라탔다.

다음 날 아침, 마차 주인이 내게 말 한 필을 빌려주어 그 덕분에 그 말을 타고 부두까지 갔다. 내가 감사의 대가로 그에게 반지를 건네자 그는 한사코 거절하며 "나중에 내가 사례를 할 수 있다면 그렇게 할 텐데, 그렇지 못하니 조금도 신경 쓰지 마시오"라고 말했다. 그 부두에 도착해 보니 이미 하루 전날에 당도한 병사 60명이 대기하고 있었다. 장교 두 명의 목소리도 들렸다. 지라르도 중위와 본드 소위였다. 모든 장병이 달려와 나를 환영해주었다. 내게 그들의 친절보다 더한 친절이 어디 있었겠는가? 그날 오후에 우리는 마차 한 대에 올라타고 가장 가까운 농가가 있는 곳으로 떠났다.

내륙으로 약 24km 정도 들어가서 저녁이 되어서야 그곳에 도착했다. 나는 침실로 안내를 받아 그곳에서 며칠을 묵었다. 우리가 묵는 동안 집 주인은 일행을 먹이고 또 입혔다. 집주인은 구(舊) 제7 근위 용기병 연대의 스메일스 대위였다. 며칠 사이에 증기선 한 대가 그 부두에 급파되어 실종된 장병들을 다시 케이프로 수송했다. 움직일 수조차 없던 나는 완전히 몸을 회복할 때까지 스메일스 대위의 숙소에 얼마간 더 머물렀다. 스메일스 대위 부부 내외에게 받은 극진한 친절은 이루 다 말로 표현할 수가 없다. 설사 내가 두 부부의 아들이었다고 해도 그토록 극진하게 챙겨주지는 못했을 것이다.

이토록 감동적인 일화를 쓴 이는 맺음말로, 버큰헤드호 침몰 후 여러 시간 뒤에 현장에 도착한 스쿠너 라이어네스호가 마스트에 매달려 있던 생존자 40명을 구조했으며, 사고 해안에서 몇 킬로미터 떨어져 있는 보트(Bot) 강 부근으로 구명정 한 척이 물에 떠밀려 올라왔다는 사실을 전했다.

G. A. 루카스 대위 초상

제9장

침몰 사고 후 50년이 지나다

그 조용한 해안가에 스며든
기억과 이미지, 귀한 생각들은
절대 죽지도, 파괴될 수도 없네.

— 워즈워스

마지막
생존자

　오랜 세월이 지났지만, 버큰헤드호
에 얽힌 불멸의 이야기는 영국인들에게 아직도 생생한 기억으로 남
아 있다. 1902년 2월 26일은 버큰헤드호 침몰 50주기였다. 50주기
를 앞두고 버큰헤드호 장병들이 보여준 영웅적인 행위와 희생정신
을 아직도 영국인들이 애정 어린 마음으로 바라보고 있음이 분명하
게 드러났다. 링컨셔 주(州) 보스턴 시민들은 보스턴 시내에 사는 버
큰헤드호 생존자 중 한 명에게 국민 감사장을 수여하기로 했다. 그
주인공은 바로 버큰헤드호 승선 장병이었던 제91연대 소속 존 오닐
상등병이었다. 육군 원수 울슬리(Wolseley) 경은 즉시 유려하게 쓴
편지 한 통과 함께 그 일에 발 벗고 나섰다. 편지에는 버큰헤드호와
그 영웅들을 지엄한 군기의 전범으로 삼겠다는, 깊은 인상을 남기
는 문구가 들어 있었다.

　때맞춰 당시 총사령관이었던 육군 원수 로버츠(Roberts)와 왕세자
도 이런 움직임에 애정 어린 관심을 표명했다. 그뿐만 아니라 버큰
헤드호 살몬드 함장의 아들로 유일하게 생존해 있던, 로버트 고프

턴 살몬드도 감사장 수여에 지지를 보냈다. R. G. 살몬드는 당시 노
우드(Norwood) 동남쪽 센트럴 힐(Central Hill) 뉴 에르미따주(New Her-
mitage)에 거주하고 있었다.

처음에 오닐 상등병은 버큰헤드호의 거의 유일한 생존자로 여겨
졌다. 1년 전에 노샘프턴셔 주의 플루어(Floore)에서 '마지막 생존자'
가 사망했다는 보도가 있었지만, 신문을 통해 또 다른 생존자로 오
닐이 남아 있다는 사실이 전해졌다. 그 밖의 다른 생존자의 소식은
전혀 전해지지 않았으므로, 사람들은 그 유일한 생존자가 보스턴에
살고 있으리라 추측했다. 많은 사람은 그렇게 믿고 있었다. 그러나
처음에 언론의 관심은 오닐의 감사장 수여 소식이었지만, 다른 생존
자들도 살아 있다는 기쁜 소식이 속속 들리기 시작하자 순식간에
언론의 관심이 그쪽으로 쏠렸다.

지라르도 중령은 〈더 스탠더드(The Standard)〉에 실린 편지를 보
자마자 기금 마련에 동참했고, 점차 다른 생존자들의 소식도 들려
왔다. 버큰헤드호 영웅들은 세상에 자기 자신을 공공연히 드러내
는 그런 부류가 아니었다. 그래서 사람들은 그들을 찾는 데 상당한
공을 들였다. 생존자들을 전부 찾아내기까지는 '디오게네스의 손전
등(기원전 4세기경의 그리스 철학자 디오게네스는 아테네에서 가끔 대낮에도 등불을
들고 다녔다. 그것은 그의 눈에는 아테네가 어둠의 도시로 보였기 때문이다. 그래서 더
러는 사람들이 "왜 대낮에 등불을 들고 다닙니까?"하고 물으면 디오게네스는 이렇게
대답을 했다고 한다. "사람을 찾고 있습니다. 이 시대를 밝힐 사람다운 사람을 찾고 있
습니다."—옮긴이)'이 필요할 뻔했다.

생존자를
수소문하다

생존자들에 대한 탐색은 사면팔 방으로 확대되었다. 먼저 아일랜드에서 두 명의 생존자가 발견되었다. 당시 제12창기병연대 소속의 본드-셸튼 대위와 제73연대 소속 킬키어리 중사였다. 이어서 제2여왕 연대의 존 스미스가 헌팅던셔주 세인트이브스(St. Ives)에 살고 있다는 소식이 전해졌고, 사고 당시 갑판수였던 해군의 토마스 코핀이 브리스톨에 거주하고 있다는 소식도 전해졌다. 해병대원으로 용맹스럽게 활약한 덕분에 '작위를 받았던' 드레이크 중사는 램버스(Lambeth)에 거주하고 있는 것으로 밝혀졌다. 또한, 각각 총포 관리장과 보이 직책을 맡았던 아치볼드와 벤저민 터너는 두 사람 모두 포츠머스 근방에(아치볼드는 버클랜드 (Buckland)에, 터너는 랜드포트(Landport)에) 사는 것으로 한꺼번에 드러났다. 버큰헤드호에서 터너가 아치볼드의 시중을 들을 뻔했다는 사실은 상당히 놀랍다.

이어서 기분 좋은 뜻밖의 소식이 또 들려왔다. 제73연대 소속의 루카스 대위가 아직도 생존해서 스태퍼드셔주 팽크리지(Penkridge)

에 살고 있다는 소식이었다. 생존자 목록은 거기에서 그치지 않았다. 해병대원의 신분으로 버큰헤드호에 올랐던 윌리엄 터크도 고스퍼트 시 브록허스트(Brockhurst)에 '정렬'해 있었다. 생존자들을 모두 합하면 총 11명이었다. 장교 3명을 포함해 육군 생존자가 총 6명이었고, 장교 1명과 해병대 2명을 포함해 해군이 총 5명이었다. 그 사이 금빛과 갖가지 색깔로 예술적으로 제작한 제목이 붙은, 양피지로 만든 생존자 '점호' 명부가 제작되었다. 그때까지 확인된 생존자들은 그 명부에 돌아가면서 서명을 했고, 명부는 상황을 설명한 편지와 함께 국왕에게 전달되었다. 영국 국왕은 흡족한 마음으로 그 역사적인 서류를 받았다.

명부가 전달된 직후에 루카스 대위의 소식이 들려와 교신이 시작되었다. 물론 '점호' 명부에는 그의 이름이 빠져 있었지만, 시드니 그레빌(Sidney Greville) 경이 '루카스 대위의 이름이 명단에서 누락되었다는 사실을 국왕께 최대한 빨리 알리겠다'고 회신을 한 덕분에 그의 생존 사실은 곧바로 공식적으로 인정을 받았다. 생존자들은 영국 국왕에게 제출된 양피지뿐만 아니라 명부 사본에도 서명했다. 이 사본에는 루카스 대위의 서명이 정식으로 첨부되었고, 윌리엄 터크의 서명도 첨부되었다. 버큰헤드호 50주기 당시에 윌리엄 스미스는 밴버리 시 근처 미들턴 체니(Middleton Cheney)에 살고 있었으나, 그 이후로는 종적을 알 수가 없다.

또한, 침몰 당시에 현장에 있었던 제43경보병연대 소속 프랜시스 긴(Francis Ginn)의 소식도 전해졌다. 그가 자기 고향인 서퍽(Suffolk) 주 서드베리에서 사망했다는 소식이다. 앞으로 알게 되겠지만, 버큰헤드호 생존자 2명은 1903년에 불과 몇 달 간격으로 남아프리카의 가혹한 환경 속에서 끝내 목숨을 거두었다. 그중 한 사람은 케이프 기마대 소속으로, 또 한 사람은 승객으로 버큰헤드호에 승선했다. 목숨을 잃은 이들의 안타까운 사연은 여태껏 영국 내에 알려지지 않았을 테지만, 우리가 제대로 검증한 바에 따르면 그들은 가혹할 정도로 슬픈 최후를 맞았다. 이들 외에도 남아프리카의 추가 생존자들의 진술도 앞으로 소개하고자 한다. 그 주인공은 버큰헤드호 침몰 당시 보이로 일하다 구조된 네스비트 대령(C.B.)과 제12창기병 연대 소속의 윌리엄 버틀러다.

이를 종합해보면, 버큰헤드호 침몰 '50주기' 생존자 수는 총 17명이 될 것이다. 하지만 그중에서 6명은 1904년 연말이 되기 전에 사망했다. 지라르도 대령, 포술장 아치볼드, 하사 오닐, 하사 긴, 남아프리카에서 각각 심각한 부상과 총격으로 사망한 하사 맥클러스키(McCluskey)와 찰스 달리가 그들이다. 네스비트 대령은 1905년 연말을 앞두고 갑작스럽게 숨을 거두었다. 게인즈버러 근처의 베킹엄(Beckingham)에서도 사망 소식이 들려왔다. 그 주인공은 '연대의 딸'이라 불리던 파킨슨 부인이었다. 버큰헤드호 침몰 당시 본명은 마리안 다킨(Marian Darkin)으로, 네 살도 안 된 어린 아이였던 마리안은 어머니와 함께 사고 현장에서 구조되었다. 여기에 리즈(Leeds)에 살고 있는 토마스 켈리(Thomas Kelly)까지 포함하면 온전한 생존자 기록이 완성된다. 토머스 켈리는 침몰 당시 3명의 보이 중 한 명이었던 제73연대 소속 티머시 켈리의 아들로 아버지가 목숨을 잃는 와중에 어머니, 형과 함께 배에서 탈출했다.

버큰헤드호 희생자 중 한 명인 제43경보병연대 소속 토마스 케이브(Thomas Cave)의 부인은 1905년 3월에 포츠머스 구빈원(救貧院) 의무실에서 사망했다. 케이브 부인은 침몰 당시에 그 군인 수송선에 승선하지는 않았지만, 배가 사이먼즈만에 기항할 때 자녀 네다섯 명과 함께 뭍에 내렸다. 침몰 사고 후 몇 년 후에 케이브 부인은 두 번째 남편인 머피(Murphy)와 재혼을 했다. 첫 번째 남편 케이브가 사고로 죽고 두 번째 남편마저 사망하자, 브리지 머피(Bridget Murphy)는 1897년에 포츠머스 구빈원에 입소를 허가 받았다. 그녀는 84세의 일기로 생을 마감했고, 당시 포츠머스 인근에 사는 자녀들 몇몇을 두고 있었다.

육군 원수
울슬리 경의 편지

기록에 남길 만한 슬픈 사실은 살몬드 함장의 아들로 사고 현장에서 생존한 R. G. 살몬드가 버큰헤드호 침몰 사고 50주기가 되던 그해 8월 31일에, 건강을 회복하러 워딩(Worthing)을 찾았다가 그만 그곳에서 사망했다는 사실이다. R. G. 살몬드는 엘머스 엔드(Elmer's End) 묘지에 묻혔다. 그는 생전에 오랫동안 다양한 자선 사업에 참여했다. 그는 웨일스 공주(후일의 알렉산드리아 여왕)가 스트리담(Streatham)에 건립한 불치병 환자 요양소(British Home for Incurables)의 사무관으로 가장 잘 알려진 인물이었다. R. G. 살몬드는 간호사연금기금(Trained Nurses' Annuity Fund)의 명예 비서였고, 병원연합위원회의 초대 회원이기도 했으며, 그 밖에도 다양한 분야에서 선행 활동을 벌였다.

그는 영웅 같은 아버지 살몬드 함장이 버큰헤드호와 함께 침몰할 때 불과 생후 12개월도 안 된 갓난아기였다. 그는 나중에 엘섬(Eltham) 대학으로 개칭되는, 뉴크로스(New Cross)에 위치한 왕립해군학교에서 수학했다. 그의 어머니는 일런드홀(ElandHall)의 전통 있는 노섬벌랜드 가문 중 하나인 고프턴 가문 출신으로, 그의 이름은 후에 외가 가문의 이름에서 따온 것이었다. 그는 1879년에 자기 생명의 은인인, 덴마크 힐(Denmark Hill)에 사는 존 워더스푼(John Wotherspoon)의 딸 루시(Lucy)와 결혼했다.

한편 버큰헤드호에서 사무장 보조를 맡았던 제임스 제프리는 버큰헤드호 침몰 50주기를 목전에 두고 런던에서 사망했다. 제프리는 살몬드 함장이 배가 침몰하기 전에 그의 시계를 건네받은 인물이었다. 그리고 앞서 제프리가 라이트 대위에게 쓴 편지에서 알 수 있듯이, 그는 고국으로 돌아와서 그 시계를 살몬드 함장의 미망인에게 건네주었다. 애석하게도 제프리는 명이 다할 무렵에 극도로 노쇠하고 병약했다. 나중에 우리가 존 드레이크를 통해 들은 소식에 따르면, 당시 제프리의 딸인 윈터 부인은 여전히 런던에서 살고 있었다. 앞서 언급한 육군 원수 울슬리 경이 유려하게 쓴 편지는 아래와 같다.

노스라이딩 글라인드 팜 하우스,
1902년 2월 17일

친애하는 귀하,

감사장 수여는 오닐 하사에게 50년 전 버큰헤드호가 침몰했을 때의 감회를 떠올리게 하는 그에게 감개무량한 사건이 될 것이 틀림없습니다. 제가 처음으로 육군에서 사관으로 부임했을 때, 버큰헤드호 침몰 소식이 영국 전역에 퍼졌습니다. 그리고 그 사건에서 일부 장병들이 보여준 영웅적인 행위에 군인들은 모두가 자부심을 느꼈던 것으로 기억합니다. 버큰헤드호 장병들의 영웅적인 헌신은 군사 연보를 통틀어도 그 유례를 찾기 힘든 가장 장엄한 사례 중 하나로, 오늘날의 젊은 장병들이 거듭거듭 되뇌더라도 지나치지 않습니다. 버큰헤드호 장병들의 헌신 덕분에 우리 군은 지휘고하를 막론하고 헤아릴 수 없을 만큼 큰 군율의 가치를 배웠습니다. 지위에 관계없이 모든 장병이 군율의 진가를 통감하고 군율을 확고하게 지키지 않는다면, 군대는 조금도 제구실을 하지 못하게 될 것입니다. 부디 오닐 하사에게 제가 그의 장수와 번영을 기원한다고 전해주십시오. 그는 이미 영웅적 행위를 찬양하는 사람들의 끊임없는 칭송을 받았습니다.

이만 줄이겠습니다.

(서명) 울슬리.

버큰헤드호 침몰 50주기를 맞아 울슬리 경은 과거를 떠올리게 하는 인물에 대해 짧은 편지 한 통을 썼는데, 이 내용 또한 흥미롭다.

노스라이딩 글라인드 팜 하우스,
1902년 2월 26일

친애하는 귀하,

저 자신의 모습을 담은 마지막 사진의 사본을 대단히 기쁜 마음으로 동봉합니다. 종잡을 수 없이 임무를 수행하는 와중에 저는 버큰헤드호가 침몰한 해역에 다녀온 적이 있습니다. 또한, 버큰헤드호에서 생존한 장교 2명도 아주 잘 알고 있었습니다. 그들은 라이트 대령과 본드 소위였습니다. 두 사람 모두에게 그 참사에 이어 벌어진 상세한 일들을 여러 차례 전해 들은 바 있습니다만, 육군 역사를 통틀어도 그토록 영광스러운 사건은 없을 것입니다. 충심을 전하며, 이 만 줄입니다.

(서명) 울슬리.

육군 원수 비스카운트 울슬리(Viscount Wolseley) 초상.
1895~1900년 총사령관 역임

총사령관 로버츠 경의
편지

이어서 전해진 총사령관 로버츠 경의 편지는 버큰헤드호 영웅들에 대해 진심 어린 경애를 표하고 있다. 육군 원수의 희열에 찬 증언은 앞으로 영원히 소중하게 여겨질 것이고, 그가 그토록 강조하는 버큰헤드호의 교훈을 감동적으로 전하는 데 큰 보탬이 될 것이다.

육군성, 런던 남서쪽
1902년 5월 26일

친애하는 귀하,

육군 원수 로버츠 경은 지난 20일에 여러분이 보내주신 편지를 받자마자 심심한 감사의 뜻을 전하셨습니다. 로버츠 경께서는 그 편지를 흥미롭게 읽으셨으며, 버큰헤드호 침몰에 관해 여러분이 쓴 이야기가 출판되어 최대한 성공을 거두길 바라고 계십니다. 버큰헤드호 장병들이 보여준 영웅적인 행위는 영국인의 진가를 명징하게 보여주고 있습니다. 육군 원수께서는 여러분의 작품을 읽는 모든 장병들이 수많은 인명이 희생된 큰 재난을 군인들의 엄중한 군율로 극복한 그 대훈(大訓)을 가슴을 새길 것으로 믿고 계십니다. 그럼 이만 줄이겠습니다.

조지 J. 고셴 소령

중령 진, 개인 비서

모리스 장군의
편지

그것은 실로 큰 교훈이 아닐 수
없었다. 모리스(Maurice) 장군이 1897년 2월 〈콘힐 매거진(Cornhill
Magazine)〉에 '기념일 연구'라는 글로 찬탄한 것도 무리가 아니었다.

　오늘은 영국 사람이라면 누구나 그 어느 때보다도 관심을 가져야 할 날이다.
버큰헤드호 침몰 당시 영국인들이 보여준 선행은 비단 영국 국민들뿐만 아니라
다른 나라 국민들마저도 격앙하게 만들었다. 우리는 최근에 프러시아가 유럽에
서 가장 자부심 높은 군사 군주국의 핵심으로 부상했음을 목도했다. 그리고 프
러시안 군인들의 군율은 단단한 바위처럼 굳건하다고 여기고 있다. 그런 토대를
바탕으로 독일 통일이라는 위엄을 드높일 수 있었다. 하지만 1852년 2월 26일
영국 군인들이 세계만방에 보여준 지엄한 군율에 프러시아 왕도 감복했던 것
같다. 프러시아 왕은 그 사건을 기록해서 전 장병들 앞에서 크게 낭독하라고 지
시하기까지 했다. 세계사를 통틀어도 자부심으로 가득한 민족의 군주가 다른
국가 군인들의 용맹을 치하한 일이 과연 있었을까 싶다.
　영국인이라면 누구나 그 날의 진상을 전혀 모르는 교사가 학교에 단 한 사람

이라도 있다면, 당장 지엄한 제프리즈(Jeffreys) 판사 앞으로 데려가 재판을 받게 하고, 감옥살이를 시켜야 한다고 생각할 것이다. 그보다 훨씬 더 경미한 죄를 짓고도 판사 앞에서 움츠러들었다는 이유로 불쌍한 여성을 감옥살이시킨 제프리즈 판사가 아니었던가. 슬픈 현실이여! 정말 그렇게 한다면 감옥에 가는 교사들이 부지기수가 아니겠는가. 오늘날 영국 역사에서 등장한 영웅적인 행위와 그 사례는 영국 교육에서 거의 찾아볼 수가 없다. 내 경험에 비춰볼 때, 사람들 대다수는 버큰헤드호 이야기는 들어본 적은 있으나 굳이 그들에게 버큰헤드호에 관해 이야기해 보라고 하면, 버큰헤드호 영웅들이 대오를 갖추고 "브리태이어여, 통치하라(Rule, Britannai)"나 "여왕 폐하 만세(God Save the Queen)" 같은 영국 국가를 부르면서 바다에 빠진 사건이 아니냐고 대답할 것이다. 나는 아이들을 가르치는 영국의 어머니들에게 이런 병폐를 고치고, 자녀들에게 분명하고 있는 그대로의 이야기를 가르쳐 주십사 호소하는 바다.

사건의 모든 정황이 위엄이 있었던 것은 다음과 같은 이유 때문이다. 먼저, 승선한 모든 병사가 곧바로 수장될 위험 속에서도 평상시처럼 차분하게 제 임무를 다했다는 점이다. 침몰 당시 암초 지대 주변에는 사람에게 치명적인 해초가 빽빽하게 둘러쳐져 있었고, 게다가 그 해상은 우글거리는 상어 떼들로 유명했다. 또한, 총 630여 명의 승선 인원 중에서 오직 193명밖에 생존하지 못한 극한 상황에서도 여성이나 어린이는 단 한 명도 익사하지 않았다는 점을 들 수 있다. 그것은 불가항력의 상황에서 병사들이 물속으로 뛰어들지 말고 선미루에 남아달라는 장교들의 호소를 받아들인 덕분이었다. 그 많은 병사가 바다에 전부 뛰어들었다면 틀림없이 여성과 어린이들이 타고 있던 구명정이 전복될 것은 불 보듯 뻔한 상황이었다. 그러나 이 모든 이야기는 그토록 절체절명의 상황에서 우리가 어떤 선택을 해야 하는지 그 방향성을 제시하고 있다. 그리고 그런 목적을 위해서 버큰헤드호 사건은, 훨씬 더 고매한 정신을 보여주는 사례로서뿐만 아니라, 그 모든 정황이 낱낱이 연구되어야만 한다.

당시 파견부대를 보낸 모든 연대가 '버큰헤드'라는 이름을 연대 깃발에 표시할 수 없다면(나는 그래야 한다고 생각하지만), 적어도 전사자 명단에는 당시 활약했던 연대의 이름이 하나도 빠져서는 안 된다고 생각한다. 당사자들도 온전히 깨닫지 못한 그토록 **훌륭한** 가치(목숨과도 같은 잘 훈련된 연대의 결속력)의 중요성을 절감하는 일은 요원할지 몰라도, 군인들의 가슴에 아마도 더 뼈저리게 와 닿는 것은 이런 사실이다. 당시 버큰헤드호에는 고도로 조직화한 완전한 부대가 하나도 없었다. 오히려 그들은 본국에서 따로따로 훈련을 받은 파편화한 부대의 전형이나 다름없었다. 그런데 그런 대원들이 갑자기 가장 혹독한 시련에 직면하고 만다. 절체절명의 위기 속에서 자기 지휘관도 아닌 낯선 이의 지휘를 받아야만 했다.

뛰어난 연대 군율과 장교들과 병사들 간의 끈끈한 관계, 세튼과 라이트, 지라르도 같은 **훌륭한** 장교들의 통솔력이 있었기에 병사들은 마음속으로 선미루에 끝까지 남아 있겠다는 의지를 불태울 수 있었다.

그처럼 위대한 이야기가 영국 어머니들과 교사들, 그리고 화가들의 가슴 속에 작은 열정이라도 지필 수 있다면, 나는 감히 이번 달 26일을 절대 잊지 말라고 그들에게 당부할 것이다. 나의 아버지가 캠브리지에서 일부 대학생과 대학원생들에게 버큰헤드호 이야기를 읽어주면서 젊은이들이 열정의 불꽃을 일으켰듯이 말이다.

가장 화려한
승전보

　　그 날, 즉 2월 26일은 앞으로도 영
원히 잊히지 않을 것이다. 그 날과 관련한 여러 사건이 혼동되거나
일부가 잊혔다고 하더라도, 그 날에 얽힌 기억의 본질은 전혀 퇴색
되지 않았다. 1852년의 그 영예로운 사건은 오랜 세월이 흘렀어도
결코 잊히지 않았다. 대중 연사들과 작가들은 지금까지 시시때때로
대중들에게 버큰헤드호 사건을 상기시켰으며, 그 사례를 들어 '교훈
을 전하고, 이야기를 풍성하게 하는 데' 활용했다. 요컨대 영국의 일
부 공립학교에서는, 1858년 럭비(Rugby)와 베드포드(Bedford)에서처
럼 '버큰헤드호 침몰'을 입선 시 주제로 채택했다. 헨리 G. 휼렛
(Henry G. Hewlett)이 쓴 버큰헤드호에 대한 8절(八節)로 이루어진 시는
1882년 3월에 〈아카데미(The Academy)〉에 실렸다.

　　버큰헤드호 50주기에 때맞추어 도처에서 『버큰헤드호 이야기』에
대한 진심 어린 환영을 보냈고, 언론에서도 『버큰헤드호 이야기』를
두고 다시 한 번 찬사를 보냈다. 그에 대한 찬사는 비단 영국에서만
있었던 것이 아니었다. 영국의 이웃인 유럽 대륙의 국민들 중에는

버큰헤드호 희생자들의 뜻을 참되게 기리는 사람들이 아직도 많다. 이를테면, 프랑스 학술위원인 몽탈랑베르(Montalembert) 백작은 『영국 정치의 미래(Political Future of England)』라는 책에서, 버큰헤드호 이야기가 영국인의 성격을 상징하는 혹은 나타내는 훌륭한 본보기라고 그 중요성을 후하게 평가했다. 버큰헤드호에 승선했던 군인들에게는 충분히 합당한 찬사이지만 영국 국민들이 받기에는 과분한 찬사다.

하지만 중대한 위험 앞에서 죽음을 겁내지 않고 불굴의 의지를 불태우고 엄중한 규율을 지키는 면에서, 그들(영국군)은 아무에게도 뒤지지 않는다. 몇 년 전에 난파선 사고로 죽음을 목전에 두고 있으면서도, 고매한 정신과 기독교도적 극기심을 보여준 어느 영국 연대 전체의 사례를 누가 잊을 수 있겠는가? 이 연대는 이미 버큰헤드호라는 소형 군함에 승선해 있었는데, 희망봉에 상륙해 수비대 임무를 맡기 위함이었다. 하지만 그 배는 목적지를 코앞에 두고 암초에 걸리고 말았다. 이때 장병들은 구명정을 여성과 어린이, 몇몇 환자를 위해서만 준비시켰다. 장병들은 구명정이 내려지고 배가 서서히 바닷물에 침수되는 와중에도 갑판 위에서 각자 정위치에 서서 대오를 갖추었다. 이들 장병 중에서 어느 누구도 노약자들이 탄 배를 침범하지 않았고, 복종과 자비를 실천한 연대원 전체가 의롭게 목숨을 잃었다. 내 의견으로는, 각양각색의 연대원들의 마음속에서 버큰헤드호라는 이름과 그 침몰 날짜는 전쟁에서 가장 화려한 승전보만큼이나 중요했을 터이다.

백작의 설명에는 명백한 오류가 있어 보이지만, 버큰헤드호 침몰 당시 장병들이 보여준 진정한 정신만큼은 제대로 간파하고 있다. 또한, 단순히 특정한 일개 연대가 아니라 연대 전체가 보여준 헌신에 초점을 맞춤으로써 그의 진술은 힘을 얻고 있다.

버큰헤드호 이야기의 명맥은 베를린의 〈내셔널 차이퉁(National Zeitung)〉 1902년 1월 16일 자 기사에서도 이어진다. 이 기사에서 한 독일인이 의견을 개진하고 있는데, 이 글을 읽어보면 타 국민이 영국인을 실제로 어떻게 평가하고 있는지 그 실상이 드러난다. 당시 유럽 대륙의 일부 국가들은 그저 기분 전환용으로 영국군을 한창 매도하고 있었다. 하지만 이 기사를 쓴 필자는 자기 국민들의 정의감에 호소하고, 워털루를 포함하여 격전지에서 영국군이 극악무도한 행위를 저질렀다는 만연한 뜬소문을 경계하면서, 프러시아군과 영국군이 영광을 함께 했음을 상기시켰다.

독인 국민들은 슬프고 끔찍했던 영국의 군인 수송선 버큰헤드호 침몰 사고를 완전히 잊어버렸는가? 그 배에는 638명(군인이 464명, 승조원·여성·어린이를 합쳐 174명)이 승선해 있었다. 배는 해역의 수중 암초와 크게 두 번 충돌했고, 이어서 탑승자들은 끔찍한 흥분에 휩싸였다. 여성들의 애절한 통곡에 부응하려는 듯 병사들은 일사불란하게 행동했다. 장병들은 조용하면서도 결연한 태도로 펌프실과 구명정에서 각자 맡은 소임을 다했고, 그들의 충성스러운 행동 덕분에 승선해 있던 여성과 어린이 전원이 구조되었다. 반면 장병들은 극소수만 살아남아 해안에 도달했다. 갑판 위에서 질서를 유지하기란 여간 어려운 일이 아니었다. 승선한 장병들은 갓 징집된 보충대로 값으로 따질 수 없는 훌륭한 감정인 전우애를 느끼기에는 시기상조였고, 10개의 연대가 뒤죽박죽 섞여 있는 데다 자기 지휘관의 통솔도 받지 못했기 때문이다. 게다가 난파된 잔해와 해초가 뒤엉켜 있고, 상어 떼까지 우글거리는 침몰 해역을 상상해 보라. 병사들에게는 암울한 죽음의 그림자가 드리워져 있었다. 프러시아 왕이 버큰헤드호에 관한 공식 기록을 게르만 민족 특유의 진정한 규율과 정신을 보여준 사례로 모든 장병 앞에서 크게 낭독하게 한 것은 너무나 애틋한 사건이었다. 하지만 이제 이런 질문을 던질 수 있다. 같은 게르만 민족 국가들이 그런 성품을 가진 국민을 모략하고 낙인을 찍는 것이 과연 온당한가?

버큰헤드호 사건은 실로 '게르만 민족 특유의 진정한 규율과 정신을 보여준' 사례였다. 실제로 일어난 사실이 그렇고, 당시에도 그렇게 추앙받았으며, 지금도 여전히 그토록 자랑스럽게 기억되고 있으며, 앞으로도 그렇게 기억될 것이다. 다름 아닌 불멸의 이야기로. 한 해군 관리는 이런 규율의 힘에 관해 제대로 언급하고 있다.

『영국 해군의 위치와 정책』을 쓴 어느 해군 귀족(해군 제독 하드워크 백작)의 전망에 따르면 앞으로 육지에서뿐만 아니라 해상에서 벌어지는 전투를 좌지우지할 핵심은 선박 조종술이 아니라 '규율'이다. 이 문제는 충분히 검토할 만한 가치가 있다. 거의 모든 영국 병사는 개인적으로 용감하고 호전적이다. 그러나 여타 국가의 병사들과 마찬가지로, '다수'의 용맹은 서로 얼마나 신뢰하느냐에 달려 있다. 규율의 본질은 예나 지금이나 서로 혼연일체가 됨으로써 이런 신뢰를 형성하는 것이다. 그렇게 할 때 누구든 자기 상관은 물론이고 전우를 배반하지 않고 제 임무를 다할 수가 있다. 앞서 너무나 훌륭한 몇몇 사례들에서도 살펴보았듯이, 장병들 전체가 혼연일체가 되어 엄중한 규율을 따를 때 심지어 불가피한 죽음마저도 그들을 막지 못한다. 버큰헤드호에서 끝까지 목숨을 바치며 너무나 눈부신 활약을 펼친 군인들과 최후의 순간까지 장교들의 지시와 규율을 따르면서 자기 목숨을 희생한 병사들이 기억되기를.

사명감은
죽음보다 강하다

버큰헤드호 장병들의 이런 인상
적인 모습은 크림 전쟁에서 영국군이 러시아군을 습격할 때 서로
다른 연대가 뒤얽혀 규율을 상실했던 모습과는 대조된다. 또한, 문
학 석사인 앤드루 비셋(Andrew Bisset)에 의하면, 이런 사실에 비춰볼
때 '버큰헤드호 장병들은 하나의 연대처럼 행동했으리라 추측할 수
있다'. 그는 『국가의 힘에 관하여(On the Strength of Nations)』라는 책에
서 그런 의문을 제기하며 다음과 같이 지적한다.

버큰헤드호 승선 부대는 최소한 '10개' 이상의 서로 다른 연대로 이루어진 파
견부대로, 그토록 슬프고 인상적인 사고에서 장병들이 경탄할 만한 규율(끔찍
한 죽음도 불사할 정도로 유례없는)을 유지할 수 있었던 것은 그 사고로 목숨을
잃은 지휘관 알렉산더 세튼 중령의 지도력과 솔선수범 덕분이었다. 물론 다양
한 연대를 이끌던 다른 장교들도 자기 임무를 경탄할 만큼 훌륭하게 수행했음
에 틀림이 없다. 하지만 선임 장교로서, 따라서 지휘관 역할을 했던 세튼 중령이
다양한 연대 소속 병사들에게 마치 자신의 연대인 제74 하이랜더연대 병사들

에게 하는 것처럼 명령을 내릴 수 있었다는 것은 서로 다른 연대의 여러 장병들을 혼연일체가 되어 한 몸처럼 행동할 수 있도록 그 지휘관이 확고부동하게, 그리고 영리하게 처신했음을 방증한다. 버큰헤드호 사례를 아직도 더욱 돋보이게 만드는 것은 승선한 부대원들이 대부분 나이가 어린 신병들로 구성되었다는 사실 때문이다. 그럼에도 지엄한 명령이 최후의 순간까지 유지될 수 있었던 비결은 엄정한 군율 덕분이었다.

그리고 그런 군율의 영향력은 너무나 막강해서, 하드위크 경이 유려하고 진실하게 말하고 있듯이, 피할 수 없는 죽음의 그림자가 눈앞에 아른거리는 상황에서도 병사들은 조금도 동요하지 않았다. 그의 이런 발언은 몇 년 후에 다시금 공감을 얻게 된다. 버큰헤드호와 똑같이 희생정신이 발휘된 사건이 일어났기 때문이다. 그 사건을 계기로 다시 한 번 군인들의 희생정신에 관해 흥분되고 감사하는 존경심이 일게 되었다.

〈더 타임스〉 1865년 1월 5일 자 기사는 중국해에서 영국의 군함 한 척이 침몰했다는 소식을 전하면서, 영국 군인들과 선원들의 뇌리에 재난 시에 각자의 사명감을 각인시켜 준 버큰헤드호 사건의 강력한 영향력을 언급하고 있다.

여태껏 버큰헤드호에 승선한 군인들의 군율보다 숭고한 사례는 없다. 그리고 그 사건은 현대에도 자기희생의 최고의 본보기로 선박 난파 시에 평범한 선원들에게도 귀감이 되고 있다. 이런 영웅적인 정신이 침몰한 레이스호스(Race-horse)호 승조원들에게 그대로 계승되었다는 사실은 우리에게 위안을 준다. 우리는 비록 훌륭한 선박 한 척과 용맹한 승조원들을 잃었지만, 이 사건을 계기로 다시 한 번 적어도 승조원으로서의 사명감이 죽음의 두려움보다 강하다고 확신할 수 있게 되었다.

제10장

마리안 다킨 이야기

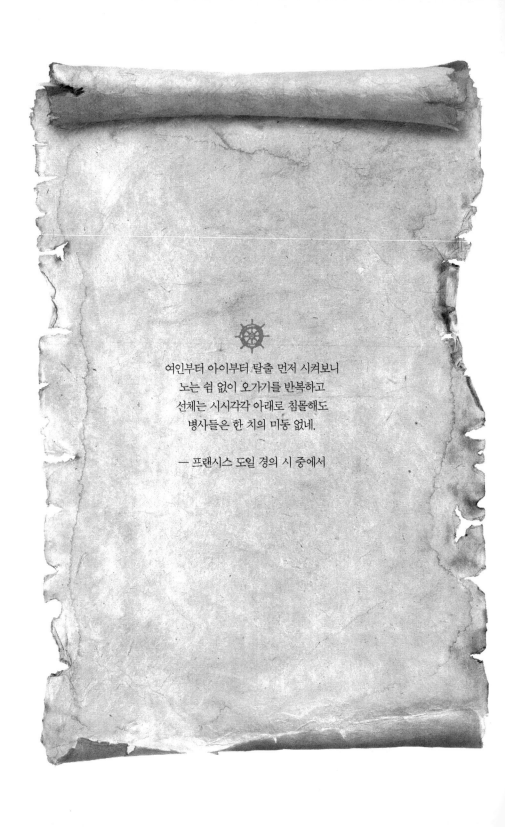

여인부터 아이부터 탈출 먼저 시켜보니
노는 쉼 없이 오가기를 반복하고
선체는 시시각각 아래로 침몰해도
병사들은 한 치의 미동 없네.

— 프랜시스 도일 경의 시 중에서

파킨슨 부인의
생애

1904년 11월 17일, '연대의 딸'이라 불리던 여성이 노팅엄셔 주 베킹엄(Beckingham)에서 유명을 달리했다. 특히 여왕 연대원들은 그녀의 존재를 항상 흥미롭게 기억할 것이다. 고인은 버큰헤드호 침몰 당시 경탄할 만한 침착함과 규율을 보여준 제2여왕연대와 기타 연대원들을 대표하는 인물 중 한 사람이었다. 당시 본명이 마리안 다킨(Marian Darkin)이었던 파킨슨 부인은 여왕 연대에서 고적 대장을 하던 아버지 존 로버트 다킨을 만나기 위해 어머니와 함께 배에 승선해 있었다. 침몰 사고 당시 마리안은 겨우 4살배기였으나, 그녀는 나중에 1852년 그 참혹한 밤에 있었던 몇몇 사건에 대해서는 또렷하게 기억을 했다. 이런 정황은 버큰헤드호 침몰 50주기를 맞아 그녀가 여왕 보병연대의 윌리엄 매키 중령에게 쓴 편지에서 확인할 수 있다.

저는 침몰 사고 당시 3년 8개월 된 어린 아이였습니다. 어머니와 저는 당시 아버지를 만나러 가던 길이라 버큰헤드호에 승선한 우리 가족은 어머니와 저

둘뿐이었습니다. 어머니가 갑판 위에서 저를 팔로 안아다가 어느 선실 보이에게 건네던 기억이 아직도 또렷합니다. 어머니와 저는 그때 잠옷을 입고 있었는데, 어머니는 소매 없는 외투 하나를 가지러 다시 선실로 내려가셨지요. 그사이 병사들이 저를 구명정에 태웠습니다. 어머니가 다시 돌아왔을 때 구명정들은 전부 이미 자리를 뜬 상태였으므로 어머니는 저를 찾을 수가 없었습니다. 장교 2명이 침몰하고 있던 선체의 선측에서 어머니를 흔들어 휙 들어 올려 밖으로 던진 덕분에 어머니는 구명정의 측면을 겨우 붙잡고 사람들 사이에 안착할 수 있었습니다. 침몰하던 선박 주변으로 구명정이 빨려들고 있었으므로, 자칫 잘못 떨어졌으면 어머니는 틀림없이 사람들의 구조를 받지 못했을 터입니다.

우리는 구명정을 타고 다음 날 1시까지 표류하다가 작은 배 한 척을 만나 구조되었는데, 그들은 우리에게 약간의 비스킷과 물을 주고 케이프타운까지 우리를 수송해 주었습니다. 그 후 얼마 지나지 않아 우리 가족은 다시 피신해야만 했는데, 카피르 전쟁 내내 북쪽으로 올라갔습니다. 저는 여왕연대에서 태어났고, 오빠들도 마찬가지였습니다. 아버지는 제가 12세 때 군에서 제대하셨어요. 그때 저는 아버지께서 제대하신 게 못내 아쉬웠답니다. 저는 병영 생활을 정말 좋아했으니까요.

매킹 중령은 위의 편지에 다음과 같은 주석을 덧붙였다.

파킨슨 부인의 말에 따르면, 장교 2명이 배가 침몰하기 전에 그녀의 어머니를 발견해서 구명정에 옮겨 실었다고 합니다. 버큰헤드호 침몰 사건을 전하는 이야기마다 버큰헤드호 승선 장교들의 고결한 자기희생 정신이 환하게 빛나고 있습니다. 그들의 경탄할 만한 의기와 준엄한 규율 덕분에 여성과 어린이 전원이 목숨을 구했습니다.

파킨슨 부인에게는 직업이 군인인 남동생 3명과 여동생 1명이 있었다. 남동생 3명은 전부 희망봉의 포트 헤어(Fort Hare)에서 태어났는데, 앨프레드 존 다킨은 1853년 3월 10일생, 에드워드는 1855년 7월 9일생, 로버트 크리스토퍼는 1858년 10월 12일생이었다. 그리고 여동생 캐서린 다킨은 1861년 3월 18일생이었다. 남동생들은 전부 영국 왕실 근위 연대(Coldstream Guards)에 입대했는데, 다킨 가문은 이 유명한 연대에서 4대째 복무를 하는 셈이었다. 아버지는 1846년 윈체스터에서 왕실 근위 연대에서 복무하다가 여왕 연대의 고적 대장으로 부임했고, 그에 앞서 아버지의 부친과 조부도 왕실 근위 연대에 복무한 역사가 있었다. 따라서 군인 가족으로서 이 흥미로운 가족의 역사는 매우 놀랄 만한 것이었고, 영광스러운 일이기도 했다.

'연대의 딸'의 첫째 남동생은 1864년 6월 6일에 왕실 근위 연대에 입대하여, 군에 복무한 지 28년 1개월 만인 1892년 7월 7일에 중사로 제대했다. 그리고 에드워드 찰스 다킨은 같은 연대에 17년간, 로버트 크리스토퍼 다킨은 16년간 복무했다. 에드워드 찰스는 1899년에 런던에서 사망했고, 나머지 남동생 두 명은 1905년 당시 모두 포레스트 게이트(Forest Gate)에 살고 있었다. 1860년에 군에서 제대한 아버지는 63세의 일기로 1883년 6월 10일 영국 리즈에서 사망했다. 아버지는 군에서 장기 복무와 선행을 인정받아 카피르 전쟁 훈장을 받았다. 어머니는 그보다 20년 앞선 1863년 7월에 36세의 젊은 나이로 나스보로(Knaresborough)에서 사망했다. 마리안 다킨 자신도

1886년 3월 11일 엔지니어인 조지 파킨슨과 결혼하여 이듬해 9월 11일에 딸 로즈를 낳았으나 그 이후 창창한 나이에 세상을 떠났다.

파킨슨 부인은 결혼 전에 베킹엄 교구 목사로 20년 넘게 봉직했다. 1904년 사망하기 전에 파킨슨 부인은 고통스러운 병을 앓았는데, 진정한 '연대의 딸'답게 엄청난 인내심으로 병을 감내했다. 안타깝게도 파킨슨 부인은 기르던 소에게 가슴에 발길질을 당하는 고통을 겪었다. 그녀는 링컨 카운티 병원에서 암 수술을 받고 나서 집에서 의붓딸의 극진한 간호를 받았고, 그녀의 친구인 베킹엄의 시드웰 양으로부터도 아주 친절한 도움을 받았다. 그녀가 병을 얻자 여왕 연대 소속 장병들은 지휘고하를 막론하고 연민의 마음으로 그녀를 크게 격려했다. 과거에 고적 대장 다르킨과 함께 여왕 연대에 복무했던 파이 필립스(Pye Phillipps) 소장 같은 장교들 개인뿐만 아니라 대대와 보급창의 지휘관들도 파킨슨 부인의 쾌유를 빌었다.

파킨슨 부인 초상(본명은 마리안 다킨).

마리안 다킨의
장례식

마리안 파킨슨의 장례식에는 연대 리본이 달린 추모 화환이 도착했는데, '버큰헤드호 생존자를 애경의 뜻을 담아 추모하며. 여왕 연대 장병 일동'이라는 헌사가 적혀 있었다. 제2대대의 11월 19일 자 연대 명령에서 대대장은 파킨슨 부인의 애석한 죽음을 알리면서, 생전의 파킨슨 부인을 떠올리며 헌사를 실었다. 이후에 왕실 연대 제1대대에서는 연대와의 인연이 깊고, 최후의 순간까지 인간에 대한 큰 관심과 배려를 잃지 않은 영원히 추앙받을 만한 사건에 참여한 그녀를 위해 기념 명판을 세웠다. 그 명판은 베킹엄 교회 서쪽 벽에 세워졌고, 1905년 6월 19일에는 그 제막식이 열렸다.

글귀가 새겨진 기념 동판 위에는 본드 셸튼 대위가 그린 침몰하던 군인 수송선 버큰헤드호 그림이 그려져 있다. 영국의 여느 동네 교회의 장례식에서처럼, 아름답고 소박하게 열린 이 장례식에서는 제막식에 참여하기 위해 수많은 인파가 몰렸다. 장례식에는 매키 대령을 비롯해 제2대대 장교들 전원이 참석했고, 인도에서 복무 중인 제1대대를 대표하여 『버큰헤드호 이야기』의 필자가 장례식을 주관했다. 사우스웰의 호스킨스 주교와 베킹엄 교구 목사 C. R. 라운드, 이웃의 여러 성직자가 조문객으로 장례식에 참석했다. 그 밖에도 장례식 준비를 맡았던 베킹엄의 시드웰 양, 기념 동판 설계와 제작을 담당한 회사의 사장인 셰필드의 H. L. 하우든(H. L. Howlden), 전(前) 왕실 근위대의 A. J. 다킨 중사가 추모에 동참했다. 비록 직접 장례식장에 참석하지는 못했지만, 매키 대령은 이미 잘 알려졌듯이 버큰헤드호 승선 군인들의 숭엄한 선행에 글로 다시금 찬사를 보냈다. 매키 대령은 라이트 대위가 자기 스스로 목숨을 희생해 가면서 여성과 어린이들의 목숨을 먼저 구한 버큰헤드호 병사들의 완벽한 질서와 규율을 크게 칭송했음을 언급하면서, 당시 프로이센 국왕도 프러시아의 전 연대원들에게 라이트 대위의 보고서를 낭독하도록 지시를 내렸음을 회상했다.

제막식에서는 감동적인 일이 벌어졌다. 국기로 싼 동판에 서서 펑펑 눈물을 쏟아내는 젊은 여성은 파킨슨 부인의 유일한 자녀인 딸이었다. 고개를 숙이고 흐느껴 울던 딸은 찬란한 영국 국기 색깔을 그 윤곽으로 삼은 검은 옷을 입고 있었다. 너무나 애처로운 그녀의 모습에 사람들은 즉시 그 어떤 장면을 연상했다. 그런 감동적인 모습에 순식간에 비극적인 버큰헤드호 침몰 사건이 온전히 되살아났던 것이다! 그것은 그저 시골 처녀 한 명이 슬픔을 토해내는 모습일 뿐이었다. 하지만 그 모습에서 뭔가 더 큰 의미가 드러났다.

그 모습은 반세기 전에 조국이 자신의 병사들을 기리며 애통해했듯이, 영국이 자국의 용감한 장병들의 죽음을 애통해 하는 모습의 전형이었다. 구명정에서 목숨을 구한 '한 명의 어린이'를 위해 지금 흘리는 조문객들의 눈물처럼, 그때 조국이 흘렸던 눈물은 진심에서 우러나온 것이었다. 하지만 눈물은 곧 칭송으로 바뀌어 영국뿐만 아니라 유럽과 전 세계 방방곡곡에 그 메아리 소리가 울려 퍼졌고, 오늘날까지 칭송의 메아리는 그치지 않고 있다. 장례식 헌사가 일부 낭독된 뒤에 영국 국기를 걷어내자 기념 동판이 그 모습을 드러냈고, 주교는 특별한 헌정 기도를 올렸다.

이어서 시드웰 양이 연사로 초대한 하우든(Howlden)이 사심 없이 적극적으로 장례식을 준비한 시드웰 양의 노고에 감사를 표하면서, 앞서 인용한 파킨슨 부인의 편지에 등장하는 '이야기'의 일부를 낭독했다. 매키 대령의 진술이 첨부된, 파킨슨 부인이 매키 대령에게 쓴 바로 그 편지였다. 하우든은 그 편지 속에 등장하는 그녀의 '이야기' 일부를 낭독했다. 하우든은 계속해서 '슬리피 할로우(Sleepy Hollow)' 같은 이런 작은 마을에서는 대개 남자들이 자기 꿈을 거의 펼칠 수 없을 정도로 열악한 환경에서 태어나 고난을 밥 먹듯이 겪으며 성장하지만, 그들에게는 남부럽지 않은 활기차고 강건한 체질과 정신을 지니고 있다고 평했다. 이어서 그런 토대로부터 영국의 필요는 충족된다고 말했다. 영국의 크고 작은 마을에서 모집된 병사들이 모여 근성이 생긴다는 것이었다.

여기서 말하는 근성이란 영국 남성이 가지고 있는 불굴의 용기와 영국인 성격의 골자를 이루는 견고한 자기 신뢰와 독립심을 전형적으로 드러내는 듯이 보였다. 하우든은 자신이 소년이었을 때 옛 여왕보병연대 병사들의 용맹을 낭독하던 모습을 회상했다. 그것은 버큰헤드호 장병들이 여성과 어린이들을 먼저 구명정에 태운 후 침몰하던 선체 위에서 부동자세로 침착하고 의기 있게 죽음을 맞이한 것에 관한 내용이었다. 자기 절제와 고결함, 이타심으로 굳건히 자기 자리를 지키고, 절체절명의 위기와 약자에 맞서 남자답게 행동한 그 군인들의 용맹을 떠올리면서 하우든은 다른 수많은 소년들과 마찬가지로 자신도 큰 자극을 받았다고 했다. 그리고 미력하기는 했지만, 그곳에 가서 고결한 영령들에게 경의를 표했던 일은 자신에게 진심 어린 기쁨이었다고 분명히 말했다.

장례식 와중에 사우스웰의 주교도 유창한 연설을 했다. 주교는 방금 전에 벌어진 일을 감동적인 일이라고 묘사하고, 버큰헤드호 승선 군인들의 선행을 기리면서 그런 선행은 오직 훈련과 규율, 고결한 동기와 삶의 목적이 있을 때만 가능하며, 그럴 때만 자기보다 타인을 먼저 생각할 수 있다고 말했다. 한편 호스킨스는 자신이 몸소 그 군인 수송선이 침몰한 해역과 아주 가까운 지점까지 항해했다는 경험을 이야기했다. 장례식 행사와 분위기에 적합한 표현을 쓰면서 그는 도덕적 의무와 복종, 이타심이라는 버큰헤드호 희생자들이 남긴 교훈을 강조했고, 그것이 교회의 일원인 신자의 삶에 어떻게 적용되는지 설명했다.

보이든 중사의
증언

침몰 사고 현장에서 제2여왕연대 (로열웨스트서리연대(Royal West Surrey Regiment))의 파견대가 펼친 활약은 매키 대령이 그 누구보다도 제대로 진술했다. 매키 대령은 제2여왕 연대 소속으로 생존한 파견대원들과 개인적인 친분이 있어서 그들의 생생한 증언을 직접 들을 수 있었기 때문이다.

이제 꼭 50년이 지난 일이기는 하지만, 이 사건은 벌써 사람들의 뇌리에서 잊힐 위험에 처해 있다. 하지만 이 섬나라의 국민들은 세월이 아무리 흘러도 조국의 명예를 지키기 위해 죽음을 무릅쓰고 생경한 전쟁터에 나가 싸우고, 군인으로서 명예와 여성과 어린이들의 안전만을 생각한 자식 같은 젊은이들이 있었다는 사실을 자랑스럽게 기억해야만 한다. 그러나 여왕 연대원들은 지난 세대의 선배 전우들이 이처럼 굉장하고 가슴 뭉클해지는 비극의 현장에 참여했다는 기억을 바라건대 영원히 소중하게 간직할 것이다. 버큰헤드호에 승선했던 여왕 연대의 파견대는 하사 1명과 악대장 1명, 병사 50명으로 이루어져 있었다. 부대 지휘관은 보일란 소위였다.

보일란 소위와 악대장 쥐커, 병사 33명은 침몰 사고 이후 영영 그 모습을 볼 수 없었다. 파견대의 일부 생존자들은 소설을 방불케 하는 흥미진진한 구사일생의 탈출기를 많이 털어놓았다. 여왕 연대 소속 로버트 페이지 이병은 다른 병사 28명과 함께 물 위에 떠 있던 선실 공용 탁자에 매달려 있었다. 유일한 생존자인 페이지는 24시간 후에 결국 지나가던 배에 의해 구조되었으나, 그의 전우들은 전부 지치고 손에 맥이 빠져 물속에서 익사하거나 상어 떼의 먹잇감이 되고 말았다. 나중에 페이지는 이 글을 쓰고 있는 필자의 병졸이 되었고, 자신의 그와 같은 경험을 털어놓았다.

한편 여왕 연대원이자 입대한 지 5개월밖에 안 된 신병이었던 제임스 보이든 이병은 압착된 건초더미 꼭대기에 간신히 올라탄 후 조류를 타고 해안으로 떠내려왔다. 그러던 중 바로 코앞에서 보이 한 명이 활대에 매달려 있는 모습이 눈에 들어왔다. 그 어린 친구는 자신의 위태로운 상태에도 불구하고 농담을 참지 못하고 "이봐요, 지푸라기 인형"이라고 외쳤다. 두 사람은 다행히 모두 구조되었고, 보이든에게 붙여진 그 별명은 보이든이 연대 복무를 마치는 그 날까지 그를 따라다녔다.

그 후 오랜 세월이 지나서 보이든은 매키 대령이 지휘하는 부대에서 중사로 진급했고, 자신의 상관에게 그 당시 참사를 이렇게 설명했다.

세튼 대령이 명령을 내리는 동안 핀 하나가 떨어지는 소리가 들렸던 것 같습니다. 세튼 대령은 갑판 주변을 걸으면서 자기는 완전히 잊어버리고 열병식을 하는 것처럼 침착함과 차분함을 최대한 유지한 채 명령을 내렸습니다. 함장님이 병사들에게 구명정 쪽으로 헤엄치라고 소리쳤지만, 아무도 그런 시도를 하지 않았고 전부 제 자리를 지켰습니다. 건초 더미 위에 올라서서 쳐다보니 바다는 그야말로 상어 떼 소굴이었는데, 먹잇감에 쏜살같이 달려든 상어 떼 때문에 바다는 희생자의 비명으로 가득 찼습니다. 해안에 닿기 전에 엄청난 수초 지대가 나타났으므로 건초 더미를 버리고 해안으로 헤엄을 쳐야만 했습니다. 난파선의 메인 톱 마스트의 삭구는 물 위에 수직으로 걸려 있었는데, 거기에 매달려 있던 생존자 약 40명이 마침내 구조되었습니다.

보이든 중사는 연금을 받고 여왕 연대를 떠날 때 1852~1853년 카 피르 전쟁 훈장과 1860년 차이나 전쟁 훈장, 태고(太沽) 요새와 북경 (北京) 전투 기장, 장기 복무와 선행장을 수여했다. 버큰헤드호 침몰 사고 2~3년 후에 여왕 연대에 부임한 H. P. 필립스 소장은 매키 대 령에게 글로 다음과 같은 사실을 알렸다.

여왕 연대의 생존자 중 한 명은 나중에 중사가 되었다오. 성은 로(Law)라고 합니다. 로는 여왕 연대의 보일란 소위와 함께 얼마 동안 헤엄을 쳤는데, 보일란 이 상어의 공격을 받고 비명을 지를 때 바로 곁에 있었다고 하더군요. 로가 과거 에 자주 말하길, 두 사람 중에 보일란이 훨씬 더 수영을 잘했지만 보일란이 상 어에게 물려 수면 아래로 끌려 내려갈 때까지 두 사람은 서로 힘을 합쳤다고 해 요. 선상에 있던 가축 일부는 곧장 바다에 빠졌는데, 본드 소위의 군마는 목숨 을 구했답니다.

여기에서 언급한 로 이병은 침몰 사고 후 헤엄을 쳐서 상륙에 성공하고 나중에는 중사로 진급했는데, 나중에는 고적 대장 다킨의 장남 알프레드 존(Alfred John)의 대부를 자처했다. 알프레드 존은 1853년 3월 포트 헤어에서 태어났고 후일 왕실 근위 연대에서 중사의 직위에 오른다. 로는 리즈에서 1872년 사망했다. 본드 셸튼 대위는 매키 대령에게 쓴 편지에서 다음과 같이 말했다.

여왕 연대 파견대의 지휘관인 가련한 보일란을 아주 잘 알고 있습니다. (제가 알고 있는 케이프의 장교들 대부분이 그렇듯이) 그는 아주 키가 크고 멋진 청년이었습니다. 사고 당시 제가 선실에서 구조한 어린이 중 한 명이 지금의 파킨슨 부인이 아닐까 싶습니다. 저는 사고 이후 변경으로 떠났기 때문에 그들에 관해 전혀 소식을 듣지 못했습니다. 제 생각에 그때 선실에서 구조한 또 다른 소녀는 군악대장의 딸이 틀림없는 것 같은데, 듣기에 그 딸이 수년 전에 결혼했다고 합니다.

제11장

그곳을 잊지 않기 위해 :
데인저 포인트에서

험한 바위투성이의 해안.

— 헤먼스(Hemans) 부인

데인저 포인트
등대

버큰헤드호가 침몰한 데인저 포인트에는 현재 해수면에서 150피트 위에 등대 하나가 자리 잡고 서 있다. 5각형 모양에 지면에서 87피트 높이로 서 있는 이 등대는 수직으로 빨강과 흰색 줄무늬로 도색되어 있고, 3단 섬광기가 장착되어 있어 야간에 40초마다 최대 6리그, 즉 18마일까지 빛을 비추고 있다. 데인저 포인트 등대의 대략적인 위치는 남위 43도 47분 45초, 동경 19도 18분이다. 이른바 '버큰헤드 암초(Birkenhead Rock)'로 불리는 수중 암초는 데인저 포인트 등대 반대편에 바로 인접해 있고, 해안에서는 2마일 정도 떨어져 있다. 수위가 가장 낮을 때는 이 암초가 훤하게 드러나지만, 한사리처럼 밀물이 가장 높을 때는 해수가 암초를 12피트까지 덮는다.

여기서 몇 킬로미터 떨어진 곳에 버큰헤드호 침몰 사고를 또렷이 기억하는 노인이 두 분 살고 계시는데, 두 분은 사고 당시 해안으로 떠내려온 많은 시체를 매장하는 작업을 도왔다고 합니다(그중 한 사람은 어부인 데이비드 파로(David

Faro)다. 그는 1905년에도 여전히 정정했다. 침몰 사고 당시 민병 대장으로 파로에게 지시를 내렸던 칼레돈 상원의원 빌리어스는 1905년에도 여전히 생존해 있었다).

저는 그분들과 그 사건에 관해 종종 이야기를 나눕니다. 항상 이곳을 지키는 엄청난 암초와 거친 물결을 보신다면, 아마도 그 침몰 사고에서 생존자가 있었다는 것이 신기하게 느껴질 것입니다. 생존자들이 도움을 받았던 스메일스 대위 소유의 농장에는 현재 스탠포드의 작은 네덜란드 마을이 자리 잡고 있습니다. 그 마을에는 네덜란드와 영국 교회가 하나씩 있고, 400명 정도가 거주하고 있습니다. 이야기 속에 언급된 또 다른 장소인 스탠포드 곶은 흔히 스탠포드만으로 더 잘 알려져 있는데, 그곳은 작은 어촌 마을로 50~60명 정도가 살고 있습니다.

본래 영국 맨체스터 하이어 브로튼(Higher Broughton) 출신인 코커는 이 편지를 쓸 당시 남아프리카에서 26년째 거주하고 있었고, 케이프 라이트하우스 서비스(Cape Lighthouse Service)에서는 13년 7개월째 근무하고 있었으며, 최근 7년 1개월 동안은 두 명의 조수를 두고 데인저 포인트 등대지기 책임자로 일하고 있었다. 코커는 그곳에서 아내와 자녀 7명과 함께 살았다. 데인저 포인트는 외부와 고립된 벽지로, 외부인이 방문하는 경우가 거의 없어서 어떤 경우에는 여러 달 동안 방문객이 단 한 명도 들리지 않는 그런 곳이다. 다만 우편배달부가 편지와 소포를 배달하러 스탠포드에서 일주일에 한 번씩 이곳을 방문하고, 등대 검사관이 두 달에 한 번씩 정기 방문을 할 뿐이다.

그럼에도 코커의 쾌활한 편지 내용에 비춰볼 때 그곳에서 전혀 우울함을 못 느끼는 것 같다. 식민지의 외딴곳에 살면서도 그들에게는 자신들의 이목을 사로잡는 일거리와 풍경이 넘쳐나지 않을까 싶다. 코커가 제공한 사진들을 보면 데인저 포인트 등대와 옆에 딸려 있는 신호소의 모습, 데인저 포인트 인근의 해안 풍경을 그려볼수 있을 것이다. 데인저 포인트는 거의 반 마일에 걸쳐 암초 지대가펼쳐져 있다. '버큰헤드호 암초' 지대는 데인저 포인트 끝에서 서남서 방향으로 1.6킬로미터 지점에 있다. 대개 백파의 위치를 보면 그지점을 파악할 수가 있다. 그 암초 지대 때문에 이 부근을 항해할때에는 데인저 포인트를 우회하는 항해술이 필요하다. 특히 이 지대는 매우 경사가 급해서 그 위에서 측심을 하면 수심이 7~10패덤(12.6~18m—옮긴이)에 이른다. 암초 지대인 데인저 포인트는 육지 경사와 같은 방향, 즉 서남서 방향으로 약 5킬로미터에 걸쳐 물속에 잠겨 있는데, 그 지점에서부터 해안까지 10패덤에서 최대 20패덤 깊이의 뱅크(bank, 대륙붕에서 언덕 모양으로 높게 솟아오른 부분—옮긴이)가 형성되어 있다.

뱅크는 대부분 암초와 산호로 이루어져 있다. 여름에 남동쪽으로강한 돌풍이 부는 기간에 선박들은 데인저 포인트에 잠시 피신할수가 있는데, 남동풍이 불어 그 일대의 암초 지대를 조심스럽게 피하려면 아마도 보트들은 데인저 포인트 끝에서 8킬로미터 정도 북쪽에 위치한 자그마한 어촌 마을인 스탠포드 만에 정박해야 할 것이다. 그러나 데인저 포인트 끝 부분에서 더 가까운 지역은 히드라(Hydra) 만으로, 이곳은 놀이 그렇게 강하지 않으므로 정박하기에더 유리하다. 하지만 외진 곳에 있는 암초들을 피하려면 똑같이 세심한 주의를 기울여야 한다. 이 만은 육지에서 약간 팬 곳에 있는데, 작은 언덕을 이정표 삼아 그 앞에 놓인 모래사장을 찾으면 쉽게 발견할 수 있을 것이다. 바다에서 데인저 포인트에 접근할 때 해안의 모습 때문에 멀리서 보면 수심이 얕고 바로 뒤에 고지대가 있는 것처럼 현혹되기 쉬운데, 실제로 고지대는 데인저 포인트 내륙으로 족히 20킬로미터나 떨어져 있다.

데인저 포인트 등대

버큰헤드호를
기억하다

포인트 등대는 이 해안을 정기적
으로 왕복하는 수많은 선원들에게 긴요한 나침반 역할을 하고 있
다. 그렇다면 영국 정부는 그토록 장엄하고 비극적인 사건을 조명
하고 영원히 기념하는 기념물을 그 장소에 왜 세우지 않을까? 머
지않아 이런 의문에 대해 만족할 만한 답이 도출되기를 바란다. 데
인저 포인트 등대의 뛰어난 등대지기인 코커는 케이프 라이트하우
스 서비스에서 일하기 전엔 육군에서 활약한 군인이었다(1906년 1월
에 코커는 로벤 아일랜드의 등대지기 책임자로 근무지를 옮겼다). 그는 1879년
줄루 전쟁과 1880~1881년 바수토 전쟁에 참전한 공로로 훈장 2개
와 선장(線章)(공을 세울 때마다 군복에 한 줄씩 증가하는 훈장—옮긴이)을 수여
받았다. 그런 개인적인 이력과 버큰헤드호 침몰 현장과 지근거리에
있는 근무지를 감안할 때, 코커가 버큰헤드호 사건으로 인해 큰
영향을 받았고 또 그 사건에 비상한 관심을 갖는 것은 그리 놀랄
일이 아니다.

누군가가 공을 들여 버큰헤드호 침몰 사고 같은 참사와 그 용감했던 전사자들과 생존자들의 역사를 잊지 않고 기록한다는 사실에 흐뭇한 마음을 감출 수가 없습니다. 우리 영국이, 한 국가로서 그런 일들을 걸핏하면 간과하고 있다는 사실이 매우 유감스럽습니다. 다른 국가들, 요컨대 독일 같은 국가였다면 그처럼 용감하고 헌신적이며 철저한 규율을 지켰던 귀중한 행위를 기리며 매년 기념식을 열었을 것입니다. 하지만 귀하께서 옳은 방향으로 충분히 여론을 이끌고 압력을 행사한다면 그런 작업을 할 수 있는 가능성은 아직도 열려 있다고 생각합니다.

7년 전에 저는 케이프타운에서 영향력이 있는 몇몇 분들과 그 문제에 관해 이야기를 나누면서 그분들이 추모 사업에 흥미를 느끼도록 최선을 다해 이야기를 이끌었습니다. 저는 케이프타운 광장 한 곳에 추모비를 건립하고, 데인저 포인트 등대에는 버큰헤드호 사건을 간략하게 기록한 황동 동판을 세우자고 제안했습니다. 그리고 그 비용은 일반인들의 기부로 마련하자고 덧붙였지요. 하지만 당시 그 밖의 여러 공식 행사와 정치 행사가 일어나는 바람에 그 문제는 사장되고 말았습니다.

하지만 코커는 스스로 다시 한 번 그런 시도를 해보겠다는 희망을 내비쳤고, 조언과 협조를 부탁했기에 우리는 기꺼이 그에게 도움을 줄 것을 약속했다. 바로 이 무렵(1905년 1월 초) 전(前) 식민지 장관 조지프 체임벌린(Joseph Chamberlain, 1836~1914)은 버킹엄 왕실 근위 연대를 환영하는 공식행사에 참석해 다음과 같이 유창한 연설을 했다.

이처럼 위대한 소명을 가진 이들(군인)의 고결함을 무시하는 처사는 일종의 사회적 범죄라고 생각합니다. 자기 앞에 놓인 의무와 임무를 기꺼이 떠안고, 필요할 때에는 희생을 감수하며, 죽음이 닥쳤을 때도 국가를 위해 충성을 다하는 병사들을 기회가 닿을 때마다 기리는 일은 너무나 마땅한 도리라고 생각합니다.

조지프 체임벌린은 당시 그 주제에 관해 대화를 나누었다. 그 와중에 버큰헤드호 승선 장병들이 가장 고귀한 군인의 면모를 대변하고 있고, 침몰하던 수송선 갑판 위에 서 있던 버큰헤드호 군인들은 실제로 '죽음이 닥쳤을 때도 국가를 위해 충성을 다했다'는 사실을 상기했다. 그는 그 자리에서 남아프리카에서 나온 추모 사업에 관한 제안을 듣고, 크게 칭찬할 만한 그런 노력을 강력하게 지지해 줄 것을 요청받았다. 하이베리(Highbury)에서는 즉각 다음과 같은 회신이 왔다.

귀하의 제안이 실행에 옮겨진다면 체임벌린 의원은 반가워하실 것입니다. 의원님은 국가가 그런 영웅들을 잊는다는 것은 도리가 아니라고 생각하고 계십니다.

이런 격려의 메시지는 코커에게 그대로 보내졌다. 그 서신은 코커에게 경의를 표하면서 그의 제안이 성공하기를 기원하고, 남아프리카 정세와 관련해서 너무나 중요한 한 정치인의 영향력 있는 발언이 결과적으로 결실 맺기를 바라는 바람을 담고 있었다. 나중에 이 문제는 해군 협회 케이프타운 지부가 맡게 되었다. 이 지부의 명예

간사인 허버트 페니(Herbert Penny)가 이 문제를 부각한 덕분이었다. 페니는 버큰헤드호 추모 사업과 관련해 개인적으로 깊은 연민을 느끼고 있었음에 틀림없다. 그는 이 문제에 관해 〈케이프 타임스〉에 기고를 했을 뿐만 아니라 추모 사업과 관련한 서적의 출간과 관련 서신도 언급했다.

그에 따라 해군 협회 회원들이 그의 심정에 공감해 주었고, 회원들은 지체 없이 그런 제안을 실행할 사전 준비 작업에 들어갔다. 그 비극적인 침몰 사고에서 영웅처럼 위대하게 제 임무를 다한 장병들 중에는 해군 희생자들뿐만 아니라 육군 희생자들도 많았다. 따라서 침몰 현장에서 훌륭하게 처신한 버큰헤드호 생존자와 희생자들의 기억은 침몰 사고 현장에서 영원히 기록되어야 마땅하다는 의견이 모였다. 버큰헤드호 승선 군인들이 당시 강력하고 흉포한 적에 맞서 케이프 식민지를 방어하기 위해서 항해하고 있었다는 점을 감안할 때 그런 필요성은 배가 되었다.

제12장

어느 생존자의 비극적인 죽음

너무나도 끔찍한 참극.

— 셰익스피어

매클러스키
살해 사건

버큰헤드호 생존자이자 건장한
노인이었던 윌리엄 헨리 매클러스키는 볼트폰테인의 디 비어스 광
산에서 경비병으로 근무하던 도중 1903년 10월 5일 비극적인 죽음
을 맞이했다. 여기에서는 그 이후에 드러난 정황을 바탕으로 이 끔
찍한 사건에 관해 좀 더 자세하게 다루고자 한다. 매클러스키 살해
사건은 남아프리카 역사상 유례없이 대중들의 흥미와 연민을 자아
낸 형사 재판이었다. 안타까운 죽음을 맞은 매클러스키 살해 사건
이 일어나자 다이아몬드 산지 전체에 공포가 확산되었고, 그런 끔찍
한 범죄를 저지른 원주민 용의자 마이클 몽게일에 대한 호기심이
증폭되었다. 사건 다음 날인 10월 6일 아침, 비컨스필드 법원 구내
는 악마 같은 몽게일의 모습을 직접 목격하려고 모인 백인과 흑인
참관자들로 북적거렸다. 그들을 실망하게 하지 않으려는 듯, 담요
하나를 덮어쓴 용의자는 가지각색의 경범죄로 재판을 기다리고 있
는 다른 범죄자들과 함께 재판장 밖에서 쪼그리고 앉아 있었다.
 몽게일은 호기심 어린 대중들의 모습에 아예 신경을 끄고 무관심

한 듯 보였다. 그저 무신경한 태도로 참관자들을 응시할 뿐이었다. 재판장 안에서는 매클러스키 살인 사건과 관련한 피범벅이 된 소름 끼치는 증거품들이 제시되었다. 증거품들 중에는 몽게일이 매클러스키를 난타하는 데 사용한 낡은 빈 깡통과 89파운드(40kg) 상당의 원통형 기계 부품 일부가 포함되어 있었다. 이 부품은 용의자가 삽으로 매클러스키를 난타한 이후에 의식을 잃은 그의 머리를 가격한 도구로 지목되었다. 재판장에서 몽게일의 외모는 잠깐 동안만 드러났다. 몽게일은 앞서 치안 판사 대리 E. L. 해리스에 의해 살인 혐의로 기소되었고, 다음 재판일인 10월 9일까지 구금되었다.

심리가 있던 날, 경찰의 취조가 시작되기 전에 몽게일을 포함한 수감자들 주변으로 수많은 인파가 몰렸다. 법정으로 출입을 허가받은 방청객들은 그 비극적인 사건과 관련하여 법무관의 탁자 위에 놓여진 피투성이가 된 범행 도구에 깊은 관심을 보였다. 재판장으로 끌려와 피고석 구석에 자리를 잡은 몽게일은 심리가 진행되는 내내 종이 몇 장을 손가락에 끼운 채 거의 미동도 없이 서 있었다. 사건 증거물이 나와도 몽게일이 진실한 관심을 보인 것은 간혹 있었을 뿐이다. 몽게일은 살해 사건 당일 날 아침에 현장을 떠날 때 입었던 코트를 그대로 입고 있었다. 수사 경사 비티는 경찰을 대변해 심리를 시작했다.

첫 번째 증인으로 그린 포인트 토박이인 존 말레이레브(John Malahleve)가 나섰다. 그는 피고인이 자신의 조카이고 지난 12개월 동안 같은 오두막에서 생활했다고 증언했다. 최근에 증인은 몽게일의 행동이 뭔가 이상하다는 점을 발견했다고 한다. 월요일이었던 9

월 28일, 피고인은 한밤중에 노래를 부르기 시작했고, 며칠 동안 주기적으로 노래를 부르고 또한 소리를 질렀다. 증인은 몽게일의 이상한 행동이 계속되는 며칠 동안 아무런 조치도 취하지 않았다. 몽게일은 밤에는 노래하고 소리를 질렀고, 낮에는 그린 포인트 일대를 배회하며 노래를 불렀다. 증인은 몽게일을 조용히 시키려고 했지만, 몽게일은 듣기 싫다며 "나를 건드리지 말아요. 나는 아무도 방해하지 않으니"라고 말했다. 증인은 몽게일이 대마초를 피우는 모습은 한 번도 본 적이 없었다고 증언했다.

증인은 몽게일의 이런 이상 증세를 원주민 목사인 조사이어 필립(Josiah Philip)에게 보고했고, 목사는 몽게일의 오두막을 방문해 그의 상태를 확인했다. 필립은 증인에게 몽게일의 정신이 이상한 것은 아닌지 한 번 확인해 보려면 그를 며칠간 구금하는 편이 좋겠다고 말했다. 일요일 몽게일의 상태는 더욱 악화되었고, 그날 아침 6시경에는 난폭해졌다. 이 때문에 증인은 비컨스필드 경찰서로 가서 몽게일이 미친 것 같이 노래하고 소리치고 춤추고 있다고 신고했다. 그리고 자신이 말한 장소로 가면 미친 듯이 정신이 나간 소년 한 명이 있을 것이라고 일러주었다. 경찰은 그에게 다시 집으로 되돌아가서 그 소년을 포박해서 경찰서로 데리고 오라고 말했다. 그런 뒤 증인은 시간이 늦었으니 월요일에 그 소년을 경찰서로 데리고 오는 게 더 낫겠다는 말을 들었다. 그때가 정오 무렵이었다. 일요일 몽게일은 상태가 조금 나아 보였고, 같은 날 밤에도 상태는 나쁘지 않았다.

월요일 아침, 즉 10월 5일이 되자 증인은 또 다른 원주민에게서 몽게일이 갱도 주변을 뛰어다닌다는 소식을 듣게 되었다고 말했다.

오두막 안에서 증인이 몽게일을 포박하거나 움직이지 못하도록 아무런 조치도 해두지 않았으므로, 몽게일은 해 뜰 무렵에 일어나 밖으로 나갈 수 있었다. 오두막에서 나온 몽게일은 지금 재판장에서 입고 있는 복장과 똑같은 빨간색 셔츠 한 벌과 바지를 입고 있었다. 몽게일이 바로 옆 동네인 불트폰테인 갱도 주변을 뛰어다닌다는 소식을 전해 들은 증인은 조사이어 목사에게 가서 이 사실을 알렸다. 일전에 소년이 정신이 나가면 반드시 경찰서로 데리고 가야 한다는 조언을 들었기 때문이다. 그런 뒤에 증인은 몽게일을 잡으러 나섰다. 몽게일은 자기 통제가 안 되는 데다 길을 잃거나 자해를 할까 봐 걱정되었던 까닭이다.

증인은 갱도 울타리를 따라서 걷다가 몽게일이 경비병의 막사에서 나오는 모습을 목격했다. 몽게일은 그 막사를 빠져나오면서 허리를 굽히고 자기 앞에 있는 뭔가를 내리치는 것 같았고, 그 부근으로 가까이 가보니 내리치던 물체는 다름 아닌 어떤 이의 시체였다. 몽게일은 다시 그 막사로 들어가서 '식사용' 깡통을 하나 들고 나왔다. 증인이 몽게일을 불러 깡통을 내려놓으라고 말했고, 몽게일은 순순히 그 말에 따랐다. 증인이 "누가 저 남자를 죽였지?"라고 묻자 몽게일은 "내가 그랬어요"라고 대답했다. 울타리 안에 놓여 있던 시체 때문에 증인은 그곳에 다가가기가 두려웠다. 당시 몽게일은 셔츠도 재킷도 입고 있지 않고, 바지만 입고 있었다. 증인은 몽게일의 재킷이 울타리 밖에 놓여 있음을 알아채고 그것을 집어 들었다. 하지만 몽게일의 셔츠는 사건 현장에서 전혀 발견되지 않았다. 이어서 증인은 마을 촌장 집으로 몽게일을 데리고 갔다.

'폭행'과 '살해'
사이

　　수사 경사 비티가 심문을 하자 증인은 자신이 경찰서로 가서 그 소년이 (그의 머리를 손으로 가리키며) "정신이 나갔습니다. 완전히 바보가 된 것 같아요"라고 신고했다고 대답했다. 증인은 경찰서로 그를 데리고 오라는 말을 들었고, 경찰에게 "소년을 묶어서 제지하라"는 당부도 들었다. 월요일 몽게일을 경찰서로 데리고 가자 몽게일은 자신이 남자 한 명을 폭행한 것이 아니라 살해했다고 자백했다. 몽게일의 진술은 마을 추장이 통역했다. 경사 비티는 심문을 통해 경찰이 증인에게 그 이상한 소년을 경찰서로 데리고 가는 일을 월요일까지 미루라는 말을 하지 않았다는 것과 몽게일이 월요일 경찰서에 끌려 왔을 때 경찰이 보고받은 내용은 몽게일이 '경비병을 폭행했다'는 내용뿐임을 증명하려는 듯 보였다.

　　그린 포인트에 사는 원주민 장로교 목사 조사이어 필립이 그다음으로 심문을 받았다. 필립 목사의 진술에 따르면, 앞서 발언한 증인이 그에게 '아픈 소년을 와서 한 번 봐달라'고 요청했고, 그 때문에

10월 2일 피고인과 처음으로 대면했다. 증인이 피고인에게 어디가 아프냐고 묻자, 몽게일은 "아니오"라고 대답했다. "하지만 저는 그 아이가 머리가 좀 이상하다는 것을 발견했습니다"라고 증인은 덧붙였다. 그런 사실을 어떻게 알았느냐는 질문을 받은 증인은 '광기 어린 그의 눈을 보고' 알았다고 응답했다. 필립 목사는 이 문제를 마을 추장에게 보고했고, 몽게일의 상태를 살피러 추장과 함께 말레이레브의 오두막까지 찾아갔으나 몽게일은 이미 집을 나선 뒤였다. 증인은 그 이후로 법정에서 그를 보기 전까지 피고인을 보지 못했다고 진술했다. 필립 목사의 기억에 따르면, 월요일 아침 6시경 말레이레브가 자신에게 그 '아픈 소년'이 집을 나와 갱도를 가로질러 가고 있다고 말했다. 당시 증인은 잠자리에 누워 있었다. 그리고 그 이후에 경비병 한 명이 살해당했다는 소식을 들었다.

법정은 이어서 그린 포인트 촌장이자 특별 순경인 존스 노됴다(Jones Notyoda)의 진술을 들었다. 존스는 피고인의 얼굴은 본 적이 있었으나 직접 대화를 나눈 것은 그가 자신에게 끌려온 월요일이 처음이었다고 증언했다. 말레이레브는 존스에게 몽게일이 경비병을 폭행했다고 신고했다.

그가 쓴 표현은 '폭행'을 뜻하지만, 경우에 따라서 '살해'를 뜻하기도 합니다. 그 단어는 폭행이나 살해 두 가지 의미로 해석할 수 있기 때문입니다. 저는 그가 쓴 표현을 '폭행'으로 해석했고, 몽게일을 경찰서에 끌고 갔을 때도 그렇게 보고했습니다.

경찰서로 가는 길에 몽게일은 아주 난폭해 보였다. 단순한 폭행 사건이라고 생각한 증인은 실제로 몽게일을 조금도 묶어 두지 않았고, 몽게일은 정신없이 뛰어 돌아다니며 길가에서 우연히 눈에 띄는 깡통들을 발로 찼다. 일행이 시내로 들어오자 몽게일은 뚜렷한 이유도 없이 막노동꾼들에게 욕지거리를 했다. 장정 6명이 몽게일을 경찰서로 이송했다. 사고가 일어나기 전 주 금요일에 조사이어 필립 목사가 자신에게 몽게일이 미쳤다는 소식을 들었다고 전해주었으므로, 존스는 필립 목사와 함께 몽게일의 상태로 확인하러 말레이레브의 오두막을 방문했으나, 몽게일은 이미 그곳에 없었다.

킴벌리 교도소의 교도관 윌리엄 로버트 스프랫(William Robert Spratt)은 법정에서 몽게일이 교도소에 10월 6일부터 수감되어 증인의 감시를 받았다고 진술했다. 교도소에 수감될 때 피고인은 약간 흥분한 상태였고, 관할 지역 의사의 요청에 따라 증인은 몽게일을 특별히 관찰했다.

수감 첫날 밤, 몽게일이 교도소 안에서 노래하고 빽빽 소리치면서 다른 수감자들의 잠을 깨우는 바람에 우리는 몽게일을 벽에 완충물을 댄 독방으로 옮겨 수감해야만 했습니다. 처음에는 방 안에 있던 패드 하나를 찢어 놓더니 다음 날 아침에는 패드를 완전히 갈기갈기 찢어 놓았습니다. 제가 왜 그런 짓을 했냐고 물으니 몽게일은 말들에게 먹이를 주는 꿈을 꾸었는데, 말들에게 먹이를 주려고 지푸라기를 쥐어뜯었다고 대답했습니다.

몽게일의 정신 상태를 확인하기 위한 신체검사 보고서 문제 때문에 재판은 휴정에 들어갔고, 재개된 재판에서 피고인에게 살해 혐의가 적용되었다. 이 사건에 대한 심리는 절차에 따라 1903년 11월 12일 킴벌리 형사 재판소에서 재개되었다. '원주민 노동자'로 묘사된 몽게일은 매클러스키 살인 혐의로 기소되어 호플리(Hopley) 판사의 법정에 섰고, '국선' 변호사 발라흐(Wallach)가 몽게일을 변호했다. H. T. 탬플린(H. T. Tamplin)은 검사로 법정에 섰다. 불트폰테인 광산의 운수과장 데이비드 매킨토시(David Macintosh)는 10월 5일 아침 6시에 그린 포인트 지구와 알렉산더스폰테인(Alexandersfontein) 가(街) 사이에 있는 불트폰테인 광상(鑛床, 유용한 광물이 땅속에 많이 묻혀 있는 부분—옮긴이) 아래에서 근무하던 고인을 목격했다고 진술했다.

왜 매클러스키를
죽였을까?

한편 피고인은 2년 동안 디 비어스 광산을 들락날락하는 노동자로 일했다. 허나 증인은 그 당시 몽게일에게서 그 어떤 특이점도, 대마초 중독의 징후도 전혀 발견하지 못했다고 증언했다. 한편 목동인 한스 드레이어(Hans Dreyer)는 피고인이 얼핏 어디로 계속해서 뛰어가는 모습을 목격했고, 자리에서 일어나 무슨 문제가 있냐고 묻던 고인을 향해 고함을 치고 욕을 하는 피고인의 음성을 들었다고 진술했다. 피고인은 그렇게 매클러스키를 따라 경비실로 뛰어들어갔다. 몽게일은 깡통 하나를 들고나와 바닥에 던지더니 발로 짓밟았다. 그리고 매클러스키를 움켜잡고는 몸싸움 끝에 그를 내동댕이쳤다. 그러더니 삽 하나를 집어 들고 고인을 수차례 가격했다. 그 뒤로 고인은 다시 일어나지 못했다.

다음으로 피고인의 삼촌인 존 말레이레브가 증인 선서를 했다. 예비 심리에서 아주 중요한 진술을 했던 인물이다. 그는 재판장에서 새로운 증거를 제시하고 여러 가지 상세한 정황을 이야기하고 있으므로, 내용이 다시금 반복될지도 모르겠다. 말레이레브의 증언에 따르면, 지난 1년 동안은 몽게일의 행동은 무난했다. 10월 5일 아침, 말레이레브는 몽게일에 대한 소식을 전해 듣고 피고인을 찾아나섰고, 경비실 쪽으로 광상을 따라 달려가는 모습을 목격했다. 그때 피고인은 미친 사람처럼 행동했다. 사건 전날인 토요일, 증인은 경찰에게 자신의 조카가 미쳤다고 알렸고 경찰은 그를 데리고 경찰서로 오라고 일러주었다. 증인은 피고인을 데리고 가려고 애를 썼으나, 몽게일이 몸부림을 치며 저항했기 때문에 곧 그런 시도를 포기했다.

피고가 토요일에 극도의 흥분 상태였으므로 증인은 이런 사실을 경찰에 신고했다. 증인은 피고인이 과거에 케이프타운에 있는 한 정신 병원에 수감된 사실을 들어서 알고 있었다(이때 호플리 판사가 끼어들며 "당연히 이 문제는 아주 중요합니다. 이 사건 전체가 피고인의 당시 정신 상태에 달려 있습니다"라고 말했다. 호플리 판사는 몽게일에게 몇 가지 질문을 던졌다. 몽게일은 자신이 정신 이상으로 1896년에 킴벌리에 수용된 적은 있지만, 케이프타운까지 끌려 갔는지는 말할 수가 없다고 대답했다). 존 말레이레브의 계속된 증언에 따르면, 10월 5일 아침에 몽게일이 달아난 것을 목격한 증인은 원주민 촌장에게 그 사실을 알리고 이어서 피고인을 뒤쫓았다. 멀리서 바라보니 몽게일이 도구 하나를 들고 뭔가를 거칠게 내려치고 있었다.

사건 현장에 다가가 살펴보니 매클러스키가 죽은 채로 누워 있었고, 피고인은 경비실을 이리저리 서성이고 있었다. 증인이 고인의 시체를 가리키며 물었다. "저 남자에게 무슨 일이 생긴 거니?" 피고인이 대답했다. "내가 죽였어요." 증인은 피고인에게 네가 죄를 저질렀으니 경찰서로 데리고 가야겠다고 말했다. 끊임없이 이리저리 날뛰던 몽게일은 그저 "그래요, 그럼"이라고 말하고 나서 계속 소리를 치고 노래를 부르며 증인과 함께 마을 촌장 집으로 갔다. 증인은 판사나 변호인 혹은 배심원의 질문에 대답하면서 마을 촌장이 다가오자 몽게일이 차분해진 것 같았다고 진술했다. 증인이 피고인에게서 이상 징후를 발견한 것은 10월 5일 사건이 일어나기 불과 4~5일 전의 일이었다. 그때 몽게일은 알코올에 중독되어 있었다. 증인은 피고인의 이상한 태도가 술이나 대마초 때문이라고는 꿈에도 생각하지 못했다.

10월 5일 월요일 전날 밤 몽게일은 이상한 태도를 보이기 시작했는데, 밤새 잠도 자지 않고 노래를 부르고 소리를 질렀다. 증세가 호전되는 듯했으나 나중에 증세는 다시 악화되어 몽게일은 계속해서 이리 뛰고 저리 뛰며 노래를 불러댔다. 증인은 몽게일을 어린 시절부터 잘 알고 있었다. 피고인은 과거에 정신 병원에 입원한 적이 있다고 알려져 있는데, 이 무렵 증인은 보쇼프(Boshof, 남아프리카 자유주 서부에 위치한 행정도시이며 킴벌리에서 동북 방향으로 55km 지점에 위치—옮긴이)나 포크웨니(Pokwani, 킴벌리 북부 100km 지점에 있는 도시—옮긴이)에 살고 있었다.

그린 포인트 지구의 촌장인 존스 노툐다는 자신에게 끌려온 피고인에 관해서 진술했다. 그리고 발라흐의 질문에 몽게일의 태도가 뭔가 이상한 것처럼 보였다고 대답했다. 경찰서에 끌려가면서 몽게일이 인도인 행상들을 해코지하고 깡통을 발에 걸리는 대로 걷어찼기 때문이었다. 또한, 한 번은 몽게일이 교회에 난입해 끙끙거리는 신음 소리를 내는 바람에 그를 끌어내야만 했다. 한편 피고를 체포

한 경찰관 브룩스 순경은 몽게일에게 살인 혐의를 적용하고 추궁을 했는데, 몽게일은 '그가 땅을 못 쓰게 망쳐 놓았기' 때문에 자신이 그 남성을 살해했다고 주장했다.

한 정신 이상자의
살해

이제 심리는 의학적 소견으로 넘어갔는데, 그동안 참관인들은 부검의의 진술을 목 빠지게 기다리고 있었다. 관할 지역 외과의 윌리엄 워터 스토니(William Walter Stoney)는 10월 5일에 고인의 시체를 검시했다고 증언했다. 윌리엄은 고인의 몸에 난 상처들을 자세하게 설명하면서 사인은 동시다발적인 타박에 의한 쇼크사라고 덧붙였다. 그러면서 삽을 고인의 몸에 상처를 낸 범죄 도구일 것으로 추정했다. 증인은 상당한 공을 들여 피고인의 정신 상태를 감정했는데, 검토 후 애초에는 피고인이 당시 완전히 제정신이었다는 결론을 내렸다. 10월 5일 오후, 피고인은 스스로 자처하여 윌리엄에게 그 살인 사건에 관해 털어놓았다. 윌리엄은 몽게일의 정신 상태를 감정하기 위해 그에게 몇 가지 질문을 던졌다. 그 후에 증인은 피고인을 2주간 관찰했다.

해당 사건에 대해 몽게일은 자신이 네덜란드인 한 명을 살해했다고 털어놓으면서, 그 해가 마무리되기 전에 반드시 그렇게 해야 한다고 들었기 때문에 살인을 저질렀다고 했다. 피고인은 정신이 멀쩡

했다. 피고인의 변호인은 증인에게 반대 심문을 했다. 이에 증인은 살인광에 시달리는 환자는 종종 범죄를 저지르고 나서 한 시간이나 하루, 혹은 1주일씩 완전히 정신을 잃는 경우가 있다고 대답했다. 피고인을 경찰서로 인계한 원주민들이 검찰 측 증인으로 나섰으나, 그들의 증언도 피고인이 살인광일 개연성을 완전히 뒤집지는 못했다. 교도소에 있는 침구를 왜 갈기갈기 찢어놓았느냐는 질문에 피고인은 침구에 이가 들끓었기 때문이라고 대답했다. 피고인의 상태를 묻는 재판관의 질문에 증인은 피고가 일시적인 정신 이상으로 고통당하는 와중에 범죄를 저지른 것으로 생각한다고 진술했다.

증인은 과거에도 정신 이상과 흥분 증상으로 고통을 받다가 투옥된 원주민 3명을 관찰한 적이 있던 터였다. 피고는 증인에게 자신이 대마초를 피워왔다고 말했지만, 실제로 그런 증거는 전혀 발견되지 않았으므로 그것은 단지 몽게일의 망상일 가능성이 컸다. 실제로 그의 눈이나 입에서는 약물의 흔적이 조금도 없었다. 다양한 질문을 하고 그의 모든 대답을 취합한 증인은 피고가 살인을 저지를 당시에 일시적인 정신 이상 상태로 고통받고 있었음이 틀림없다고 판단했다.

다른 증인들도 간략하게 심문을 받았다. 다니엘 제이컵스(Daniel Jacobs)는 외과의 스토니가 참관한 가운데 고인의 시체를 검시했다고 진술했다. 비컨스필드의 경찰 통역관 프레드 눔(Fred Num)은 피고인이 경찰서로 이송되었을 때 그에게 주의를 주었다고 진술했다. 몽게일은 '그가 땅을 못 쓰게 망쳐 놓아서 그 남자를 죽였다'라고 말했다. 그러면서 과거에 자신이 폭행을 당했다는 사실에 대해서는 일언반구도 하지 않았다. 킴벌리의 교도관 윌리엄 로버트 스프랫은 피고인이 처음 교도소로 끌려왔을 때 흥분한 상태에서 소리를 질러 댔다고 진술했다. 시간이 흐르면서 몽게일은 점차 조용해졌고, 10월 7일 이후에는 전혀 문제를 일으키지 않았다. 몽게일은 자신이 침구를 갈기갈기 찢어 놓은 이유에 대해 '말들의 먹이를 주려고' 그랬다고 답했다.

이로써 증인 진술이 끝나고, 피고 측 변호인 발라흐는 배심원 쪽을 향해 배심원들이 심사숙고해야 할 문제는 피고가 범죄를 저질렀을 때 자기 통제를 할 수 있을 만큼 온전한 정신 상태였는지라고 지적해 주었다. 몽게일이 자신에게 같은 사건을 두고 3가지로 각기 다른 설명을 했다는 외과의 스토니의 증언은 피고인에게 가장 유리하게 작용했다. 피고인과 관련이 있는 다른 증인들도 몽게일이 흥분하고 이리저리 뛰어다녔고, 깡통을 질색하는 듯 깡통이 보일 때마다 발로 걷어찼다고 진술했다. 변호인 발라흐는 배심원단에게 몽게일은 살인을 저지를 당시 온전한 정신 상태가 아니었다고 판단해줄 것을 자신 있게 요청했다.

판사 호플리는 이 사건을 최종 정리하면서 살해가 성립하려면 반드시 피의자의 가해 의도가 있어야 하므로, 배심원들은 피고인이 그런 의도가 있었는지, 그리고 피고가 살인을 저지를 때 의식이 온전했는지를 고려 대상으로 삼아야 할 것이라고 설명해 주었다. 재판관은 이 사건의 증거에 대해서 상당한 시간 동안 명쾌하게 심리를 진행했는데, 대법원에 올라갔던 정신 이상에 관한 소송 사건들을 언급하면서 거기에 적힌 재판관의 판결 주문을 인용했다. 재판관은 계속 설명을 이어가면서, 고인을 살해한 극악무도한 살해방식은 정상인으로서는 상상하기 힘든 일로, 피고는 매클러스키가 사망한 이후에 단순히 한두 차례 가격하는 것에 그치지 않고 두개골이 으스러질 때까지 계속해서 머리를 내려쳤다고 지적했다. 피고인 친척들의 증언 역시 피고가 이전에 완전히 실성한 적이 있었다는 사실을 뒷받침하는 듯했다.

배심원단은 오랜 시간 심사숙고 끝에 피고인이 일시적인 정신 이상 상태에서 윌리엄 매클러스키를 살해했다는 의견을 제시했다. 그리고 몽게일 같은 사람이 대중의 안전을 위협하는 존재가 되어서는 안 된다는 취지의 강력한 의견을 덧붙여 제시했다. 재판관 호플리는 죄인의 이름을 호명하면서 다음과 같이 선고했다.

> 배심원단은 피고가 매클러스키를 살인했지만, 당시 피고의 정신 상태가 온전하지 않았다고 판단했다. 피고의 정신 상태가 온전했다면, 당연히 사형을 선고받아야 마땅했을 것이다. 그러나 현행법은 정신이 온전하지 않은 상태에 범죄를 저지른 사람을 처벌하지 못하도록 규정하고 있다. 하지만 피고의 자유로운 석방은 허가하지 않는다. 피고가 대중의 안전에 더 이상 위협이 되지 않도록 총독께서 특별한 지시를 내리실 것이다. 각하께서 피고의 사건에 관해 결정을 내리실 때까지 피고를 킴벌리 교도소에 구류할 것을 명한다.

재판관은 비컨스필드 경찰이 정신 이상자가 활보한다는 신고를 받았을 때 좀 더 철저하게 경계를 했더라면 몽게일이 평생 구금되는 비극을 피하고 매클러스키의 목숨도 구할 수 있었을 것이라고 첨언하면서, 이 사건에 대한 조사가 이루어지겠지만, 앞으로 시민들은 철저한 대비책을 마련해 달라고 주문했다. 아직도 틀림없이 영국 전체를 비통하게 만들 이 비극적인 한 편의 드라마가 이렇게 끝이 났다. 안타까운 매클러스키여! 운명은 최후의 순간까지 그에게 잔인했다. 그러나 비통한 그의 최후만큼 매클러스키 개인의 가치와 그의 꿋꿋하고 헌신적인 삶은 더욱 두드러졌다. 결국, 매클러스키는 순직했지만, 그것은 적어도 그에게 어울리는 죽음이었다. 매클러스키는 진실로 겸손한 영웅으로, 그에 대한 기억을 영국인들이 자랑으로 여기는 게 당연하다.

부록 :
사망자와 생존자 명단

 **사망자 명단**

제2여왕보병연대—보일란 소위, 마누스 상등병(이하 이등병) H. 컬, T. 매켄지, 조지 마시, 제임스 롤리, 조지프 버크, 찰스 코넬, 제임스 코, 리처드 콜먼, 윌리엄 클레이, 윌리엄 포브스, J. 그림, 존 그린리프, 존 하워드, 조지 나이트, 패트릭 레이버리, 존 마틴, 찰스 무니, 제임스 네이슨, 마이클 오코넬, 제임스 옥슬리, 조지 프라이스, 존 퀸, 티머시 시몬스, G. 쇼너시, 나다니엘 토머스, 사무엘 베스, B. 웹스터, J. 워커, 토머스 울폴, 조지 웰러, W. H. 휠러, 즈위커(군악대) A. 밀스, 윌리엄 데이.

제6왕실연대—멧포드 소위, 아브라함 바크, 마이클 베케트, 윌리엄 브라운, 존 브라이언, 패트릭 브라이언, 윌리엄 브라이언, 조지프 브롬리, 데니스 콜필드, 패트릭 캐리건, 휴 딕슨, R. 핀, 윌리엄 플레처, 존 그레이디, 조지프 허드슨, 헨리 킨, M. 켈리, 윌리엄 키칭, 헨리 롬브레스트, 존 마인, 휴 마라, 코르넬리우스 말로니, 패트릭 말로니, 토머스 말로니, 마이클 모건, 존 울렌쇼, 찰스 프린스, 패트릭 라이언, 존 라이더, 존 레닝턴, 토머스 스파이서, 마크 서머턴, 마이클 스타, 토머스 스미스, 에드워드 토피, 조지 툴리, 존 티어니, 조지 워스, J. 웨스트, 토머스 화이트, 제임스 밀럼, 헨리 제이컵스, 존 루이스, 패트릭 맥캔, 조지프 해리스, 알프레드 클리퍼드, 존 크로커, 제임스 핸들리.

제12왕실창기병연대—롤트 소위, 존 스트로 하사, G. 허칭스, I. 잉글리슨, 콜본

제12연대—(이하 이등병) 토머스 아처, J. 암스트롱, 바렛, T. 벨링햄, W. 보즈웰, 조지 브래들리, J. 번, M. 캐링턴, M. 셀러스, M. 클린스, B. 커민스, J. 코스텔로, J. 크랙, W. 데맥, J. 더킨, J. 잉글랜드, J. 필드, T. 피츠제럴드, P. 플래너건, T. 플래니, O. 프리먼, W. 핀, A. 그림쇼, F. 하트, S. 헤이워드, 사무엘 존스턴, J. 우튼, T. 켈처, J. 켈리, C. 램던, M. 롤러, E. 리, J. 맥더모트, J. 맥도널, T. 맥모로, W. 매트래비스, A. 밀리, J. 멀라니, T. 모란, R. 모리슨, R. 먼스, D. 오코노, J. 오웬, W. 파머, J. 페티퍼, T. 퍼셀, C. 레이놀즈, J. 로시, R. 셰퍼드, W. 스미스, W. 스프릭스, J. 톰슨, W. 틴, T. 웨일스, W. 윌슨.

제43경보병연대—윌리엄 힉스 하사, 조지프 해리슨 상등병, 벤자민 커즌스 상등병, 존 앤더슨, 존 버틀러, 존 번, 윌리엄 불런, 다이엘 브레넌, 토머스 케이브, 존 코스그로브, 조지 질럼, 윌리엄 드뱅크, 토머스 듀스, 윌리엄 도널, 조지프 패닝, 켈리, J. 호턴, 존 리들스덴, D. 리오단, T. 설리번, 비케리, 에드워드 퀸, 모리스 웰치, 찰스 랜쇼, G. 셰퍼드, 존 엠퀘이드, 마이클 M. 파클린, 티머시 시핸, H. 터커.

제45연대—G. 코커, 윌리엄 코넬, M. 도커리.

제60소총연대—프랜시스 커티스 상등병, 제임스 브라운, 제임스 브루클랜드, 제임스 캘러핸, 윌리엄 채프먼, 엘리 엘리엇, 토머스 프로스트, 아서 해밀턴, 마이클 캐처, 윌리엄 켈리, 찰스 루카스, 제임스 마허, 제임스 무어, 존 매카시, 다니엘 맥퀘이드, 패트릭 오브라이언, 토머스 피콕, 존 리스, 윌리엄 러셀, H. 스커츠, 제임스 스토리, 패트릭 스토크스, 제임스 톰슨, 윌리엄 윌킨스, 윌리엄 윌킨슨, 제임스 윌슨, 윌리엄 울워드, 존 월리스, 시몬 제이컵스, 조지프 라드.

제73연대—G. W. 로빈슨 중위, A. H. 부스 중위, H. 버밍엄, 제임스 버나드, 제임스 비검, 윌리엄 브레넌, 다니엘 버클리, 존 번, 윌리엄 바턴, E. 브라이언, 마이클 카프리, 매슈 콜린스, 패트릭 쿠니, 존 클레먼츠, 찰스 도슨, 휴 디건, J. 더들리, 패트릭 도일, 휴 필리, 매슈 피츠패트릭, 마이클 플래너건, 마이클 프랜치, 말러치 가빈, 마이클 가빈, L. 자일스, 존 그랜트, 윌리엄 H. 홀, 존 한넨, 패트릭 헨리, 로버트 하우친, 마이클 헐리, 윌리엄 컨스, 티머시 켈리, 조지 로렌스, 토머스 라킨, 마이클 메이버, 존 하허, 존 머피, 토머스 머리, 패트릭 오브라이언, 윌리엄 오코넬, 마이클 로넌, 조지 랜들, 조지 다르시, 윌리엄 플린, 필립 스콧, P. 시핸, 다니엘 시어, 제임스 설리번, 로버트 셰퍼드, 조지 스미스, 제임스 윌슨, H. 홈스, 제임스 맥머리, W. 버클리, C. 웰스.

제74하이랜더연대—세튼 소령, 러셀 소위, M. 매디슨 상등병, 윌리엄 레어드 상등병, 조지 앤더슨, 아치볼드 백스터, 존 베니, 로버트 블래키, 월터 브루스, 존 캐터니치, 존 카원, 데이비드 쿠쟁, 윌리엄 도널드, 데이비드 도널드슨, 제임스 깁슨, 찰스 고완, D. R. 고먼, J. H. 그레이엄, 토머스 해리슨, 알렉산더 헨드리, 데이비드 헌터, 제임스 커크우드, 존 로리, 제임스 모턴, 알렉산더 머독, 알렉산더 매디슨, 토머스 맥스웰, 알렉산더 밀러, 데이비드 밀러, 조지 밀러, 윌리엄 매컨리, 제임스 매키넌, 에드워드 매클라우드, 존 매컬라니, 토머스 로버트슨, 에베네저 러더포드, 존 샤프, 던컨 쇼, 로버트 스미스, 윌리엄 스미스, 로버트 스튜어드, 윌리엄 스튜어드, 존 톰슨, 아담 톰슨, 프랜시스 터너, 로버트 워커, 조지 왓슨, 피터 해밀턴, 존 넬슨, 토머스 프라이드.

제91연대—윌리엄 버틀러 하사, 알렉산더 웨버 상등병, 스미스 상등병, 조지프 버트, 제임스 브라이언, 제임스 버킹엄, 윌리엄 와이브로, 제임스 카바나, 다니엘 데일리, 제임스 드루어리, 휴 포드, 패트릭 가피, 존 하피, 스티븐 호건, 패트릭 호건, 토머스 제이스, 조지 켐프, 프랜시스 해켄리, 제임스 에번스, A. 몽고메리, 윌리엄 매시어슨, 존 스미스, W. S. 스미스, 패트릭 스미스, 윌리엄 클라크, 제임스 타니, 크리스토퍼 와이어, 알렉산더 위닝턴, 조지프 그랜트, 존 무어, 윌리엄 우드먼, 조지

저스티스, 제임스 문, 윌리엄 포스터, 윌리엄 메저즈, 윌리엄 세지우드, 패트릭 켈리, 제임스 델라니, 알렉산더 맥파든, 헨리 헤이워드, 패트릭 허시, 존 스위니, 데이비드 프랫, T. 월시.

앤드류 화이트(하인).

선임 군의관 랭, 선임 군의관 후보생 로버트슨.

'버큰헤드호' 익사 장교—함장 R. 살몬드, 항해장 W. 브로디, 부항해장 R. D. 스피어, 부항해장 J. 오도노반 데이비스, 수석 기관사 W. 와이엄, 항해사 C. W. 헤어, 보조 기관사 제임스 엠클리몬트, 보조 기관사 딜리, 보조 기관사 키칭엄, 갑판장 T. 해리스, 목수 제임스 로버츠.

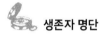 **생존자 명단**

제2연대—존 무어, 마이클 말리, P. 피터스, 존 피터스, 토머스 채드윅, 로버트 페이지, 헨리 더블, 헨리 버넌, 제임스 길도, 벤자민 워릴, 패트릭 엠크레리.

제6연대—테일 하사, W. 부시, 윌리엄 클라크, 토머스 코, 제임스 골딘, 존 헤리치, 제임스 웨이드, 윌리엄 웰치.

제12연대—다이엘 워터스, 토머스 생고, 존 어빙, 제임스 존슨, 로버트 돌란, 존 예일, 존 시몬, P. 워드.

제43연대—존 헤린, 에드워드 앰브로즈, 제임스 웨스트.

제60소총연대—윌리엄 벌로, 토머스 너틀, 토머스 스미스, 윌리엄 수터.

제73연대—B. 킬키어리 하사, 윌리엄 부시, 토머스 캐시, 제임스 피츠패트릭, 윌리엄 헤이페니, 패트릭 메이, 마이클 오브라이언, 패트릭 린치, 존 설리번, 윌리엄 우드.

제74연대—해럴드 하사, 윌리엄 보이스, C. 퍼거슨, 제임스 헨더슨, D. 커크포드, 월터 테일러, 존 스미스, 찰스 워커, 다이엘 쇼.

제91연대—존 스탠리, 데이비드 케리, P. 멀린스, P. 커닝엄, 존 쿠엄, 존 램, 존 웜슬리, 패트릭 윈터보텀.

여성—다킨 부인, 네스비트 부인, 멀린스 부인, 허드슨 부인, 즈위커 부인, 스프루스 부인, 몽고메리 부인.

어린이 13명.

선임 군의관 보웬.

총 인원: 장교 1명, 병사 62명, 여성 7명, 어린이 13명.

라다만토스호는 침몰 사고 현장에 도착해서 데인저 포인트 근처 해안에 가까스로 상륙하는 데 성공한 생존자 68명을 발견했다(라이트 대위가 보고서에서도 언급했듯이). 인근 해역을 32km나 수색했으나 추가로 생존자를 발견할 가능성은 희박해 보였다. 구명정에 의해 구조된 생존자들 이외에 추가로 구조된 군인들의 명단은 다음과 같다.

장교—제91연대 라이트 대위, 제43연대 지라르도 중위, 제73연대 루카스 소위, 제12창기병연대 본드 소위.

제12창기병연대—J. 도드, W. 버틀러.

제2연대—A. 아서, W. 밥, J. 화이트, J. 보이든, 존 스미스.

제6연대—J. 키슨, R. 헌트, M. 하티, J. 호브디.

제12연대—G. 브리지스, G. 웰스, W. 스미스, L. 히긴스, J. 엠도널.

제43연대—F. 긴, G. 피터스, G. 라이언스, G. 브라츌리, M. 호넷, P. 앨런, J. 우드워드.

제60소총연대—D. 앤드루스 하사, A. 라키, H. 보스, J. 한론, H. 몰티어, J. 스탠필드.

제73연대—D. 설리번, J. 오라일리, W. 도슨, P. 테일러.

제74연대—G. 테일러, J. 엠멀린, R. 하틀, J. 키스, D. 먼로, J. 엠그레거, J. 엠키.

제91연대—오닐 상등병, J. 홀든, P. 플린, J. 코디, A. 엠케이, A. 헛슨, J. 로시, J. 해거드.

총 인원: 병사 47명, 장교 4명.

　구명정에 의해 목숨을 건진 나머지 승조원 전체의 명단은 다음과 같다.

군의관 후보생 윌리엄 컬헤인, 1등 보조 기관사 C. R. 렌윅, 3등 보조 기관사 벤자민 바버, 항해사 R. B. 리처즈, 함장 보좌관 G. W. S. 하이어.
기타 수병: 선임 수병 존 보웬, 선임 수병 토머스 던, 선임 수병 조지 틸, 선임 수병 존 스미스, 선임 수병 찰스 노블, 선임 수병 존 헤인스, 선임 수병 토머스 데일리, 선임 수병 윌리엄 랭메이드, 화부 존 애시볼트, 화부 조지 랜달, 화부 존 킹, 화부 토머스 듀, 조타수 헨리 맥스웰, 부갑판장 에드워드 윌슨, 주돛대장 제임스 레이시, 부돛수선장 제임스 웨섬, 부조선장 윌리엄 닐, 부조선장 J. 돕슨, 선임 화부 토머스 핸드레인, 경리장 겸 사무장 보조 제임스 제프리, 화부 에드워드 가드너, 화부 존 홉킨스, 선임 수병 E. 크로커, 선임 수병 사무엘 해리스, 선임 수병 리처드 티글, 선임 수병 H. 치즈먼, 2등 수병 아벨 스톤, 화부 존 엠캐브, 화부 윌리엄 체

이스, 화부 조지 켈리, 선임 수병 마틴 러시, 선임 수병 로버트 핀, 선임 수병 조지 윈저, 선임 수병 토머스 해리스, 선임 수병 존 루이스, 화부 토머스 우즈, 선임 수병 존 틸렌, 선임 수병 존 다이크, 선임 수병 제임스 엠카시, 선임 수병 토머스 포브스, 선임 수병 헨리 비와일, 수병 윌리엄 우드워드, 수병 토머스 드랙포드, 수병 토머스 코핀, 1등 보이 윌리엄 게일, 2등 보이 윌리엄 헨리 매슈스, 2등 보이 조지 윈덤, 2등 보이 벤자민 터너, J. R. 하워드(승선 명부에 없는 인원).

해병대—존 드레이크 중사, 이등병 윌리엄 노도버, 이등병 토머스 다이엘스, 이등병 존 쿠퍼, 이등병 윌리엄 터크, 이등병 토머스 컨스.

앞에서 언급된 이름 중 일부는 다음과 같이 데인저 포인트에서 승선한 장교 2명과 수병 16명, 그리고 여타 승조원 명단에도 포함되어 있다.

장교—보조 기관사 바버, 포술장 존 T. 아치볼드.

선임 수병 에드워드 크로서, 선임 수병 사무엘 해리스, 화부 토머스 핸드레인, 부갑판장 에드워드 윌슨, 부돛수선장 제임스 웨섬, 주돛대장 제임스 레이시, 통제조장 보조(cooper's mate) 제임스 엠닐, 조타수 헨리 맥스웰, 화부 에드워드 가드너, 선임 수병 리처드 티글, 화부 존 홉킨스, 해병대 이등병 윌리엄 터크, (좌동) 토머스 컨즈, 2등 보이 조지 윈덤, 2등 보이 벤자민 터너.

물론 선박이 침몰할 때 선내에 있던 모든 군적부와 장부는 소실되었다. 보고서에도 나타나 있었듯이, 육군 사망자는 총 508명 중에 장교 9명, 부사관 11명, 사병 338명이었다. 해군 사망자는 장교를 포함하여 총 87명이었다. 탑승자 638명 중에서 불과 193명만 생존했음을 감안할 때, 군인 희생자는 총 445명에 이른다.

첼시 병원에 세워진 버큰헤드호 희생자 추모비